무정한 짐승의 연애

무정한 짐승의 연애

1판 1쇄 발행 2021년 11월 26일

지은이 · 이응준
펴낸이 · 주연선

(주)은행나무
04035 서울특별시 마포구 양화로11길 54
전화 · 02)3143-0651~3 | 팩스 · 02)3143-0654
신고번호 · 제 1997―000168호(1997. 12. 12)
www.ehbook.co.kr
ehbook@ehbook.co.kr

ISBN 979-11-6737-092-1 03810

무정한 짐승의 연애

이응준 소설

소설가 이정길 교수님 영전에

병을 치유하는 신들의 뒤에는 언제나 희생양이 있고, 이 희생양은
항상 치료제와 같은 어떤 것을 가지고 있다.
유대인들에 대해서와 마찬가지로, 마법사를 비난하면서
동시에 그들의 힘을 이용하는 이들은 전부 같은 사람들이다.
모든 박해자들은 자신들의 희생양을 해로운 존재라고 주장하는데,
그 주장은 실제로 확인되거나 아니면 그 역일 수도 있다.
—르네 지라르,《희생양》에서

《구약 성서》에 등장하는 희생양들이 전부 요셉만큼 운이 좋은 것은
아니라서, 박해자들에게서 벗어나 그 박해를 이용해 자신의 운명을
개선하는 데에 있어 늘 성공하는 것은 아니다.
이들은 그냥 죽고 말 때가 많다.
—르네 지라르,《나는 사탄이 번개처럼 떨어지는 것을 본다》에서

차례

초식 동물의 음악

1

아주 미약한 지진(地震)을 느꼈다.

나는 깨어났다.

아득히 먼 여행에서 돌아와 곰팡내 묻어나는 좁은 쇠침대 위에 누워 있다. 옷도 벗지 않고 담요 안으로 기어들어가 얼마를 잔 것일까. 하루? 어쩌면 이틀째인지 모른다.

나는 되뇐다. 예민한 상수리나무 뿌리만이 알아차릴 수 있는 지진이 일어났다고. 그래서 이렇게 눈을 뜬 것이라고.

캄캄하다. 새벽일까, 밤일까?

싸구려 전세 반지하방. 너무 지겨워 언젠가는 죽을 때까지 떠나 있고 싶었던 곳. 하지만 낯익은 이 어두운 공간의 허깨비

같은 윤곽이 지금 내게는 오히려 반갑다. 나는 방랑의 피로와 공포로부터 비로소 풀려난 것이다.

걸상 없는 책상이 나를 제 신도(信徒) 바라보듯 보고 있다. 섬뜩해 뒤척이자, 여독(旅毒)에 녹슨 뼈마디를 따라 쇠침대가 삐걱거린다.

나는 오른팔을 내려, 벗어놓은 등산화를 건드린다. 구겨진 그것이, 허기진 어떤 들짐승 같다. 여태 단단히 꾸려진 채로 벽을 외면하고 쓰러져 있는 배낭. 밤이 아니라 새벽임을 속삭이며 점점 파랗게 닳아가는 저 겨우 나비만 한 창문도.

어쨌거나 나는 돌아왔다. 흩어진 몸과 영혼을 이끌고, 악독한 외로움과 차라리 결혼해버린 다음에.

스물셋 무렵이던가. 오토바이 사고로 사경을 헤매던 나는, 돌아가신 조부(祖父)의 음성을 들었다.

— 넘어졌으니, 일어나라. 일어나라!

그 말씀의 주술(呪術) 덕이었을까. 나는 묘연히 목숨을 거머쥐었다.

이제 나는, 다른 세계에서도 나를 지켜주시던 당신의 어투를 빌려 스스로에게 요구한다.

얼굴을 들어야지. 온통, 미치게 밝아져야지!

서기 1999년의 타오르는 여름. 연옥(煉獄)의 겨울을 향해 뚜벅뚜벅 걸어가봤던 사람들이라면, 바로 그들처럼 삶을 어지러워하던 나를 차마 모른다고는 못할 것이다.

따뜻한 물에 젖고 싶은 새벽이다.
나는 그러기 위해
천천히 몸을 일으키고 있다.

2

해수는 내게 시드니 공항까지만 동행해달라고 부탁했다. 일단 도착한 이후에는 각자 따로따로 움직이자고 말했다. 돌아오는 것도 마찬가지였다. 내가 곧바로 서울행 비행기를 타든, 수년간 호주 전역을 떠돌든 간에 전혀 개의치 않겠다고 못을 박았다.

'둘이서 한 길을 가지 말아라.' 해수는 어느 성인(聖人)의 가르침을 따르고 싶어 했다.

나는 주저했지만, 결국엔 그녀의 쓸쓸한 눈빛을 수락하고야 말았다. 왜 그랬을까. 어차피 더 이상 잃을 것 없는 이들끼리의 연대감이었을까? 아니면 해수로 하여금 혼자서는 떠나지 못하게 만든 그 무엇에 대한 적개심이었을까.

8월 21일 20시. 실핏줄 같은 비가 창에 부딪혀, 'Kimpo'라는 붉은 네온사인을 흐려놓고 있었다. 비행기는 예정 시각보다

15분 늦게 하늘로 솟아올랐다.

해수와 나는 비즈니스 클래스에 앉아 있었다. 내 것의 왕복표까지 그녀가 그렇게 끊었던 것이다. 나에 대한 배려이기도 했으려니와, 실지로 해수는 재산의 전부를 처분해 적잖은 돈을 지니고 있었다. 좀 다르게 표현하자면, 그녀에게는 자신의 육체와 서너 장의 크레디트 카드, 그리고 당장 필요한 몇 가지의 짐밖에는 아무것도 남은 게 없었다. 해수는 망명하는 자의 각오로 집을 버리고 길을 선택했다.

이미 휴가철이 지나서였는지, 여기저기 빈 좌석들이 많았다. 호주가 처음인데다가 무척 오랜만의 해외여행이었기에, 나는 약간 긴장하고 있었다.

남은 비행 거리 8348킬로미터. 목적지 도착 예정 시각 오전 7시 30분. 목적지 현재 시각 오후 9시 42분. 출발지 현재 시각 오후 8시 42분. 전방 스크린에는 그런 정보들이 떴다.

나는 저녁식사로 파슬리를 익혀 삶은 감자를 곁들인 참치 스테이크를, 해수는 베이컨을 말아 구운 닭가슴살 요리를 먹었다. 비행기 창문 덮개를 올리니, 새하얀 구름층이 그대로 북극의 설원이다.

화이트 와인을 여러 잔 마신 해수는, 헤드폰의 볼륨을 최대한 높이고는 눈가리개를 덮었다. 자고 있지 않은 건지도 몰랐다. 혹시 내가 부질없는 걱정의 말을 건넬까 싶어, 미리 침묵의 장벽을 세웠을 수도 있었다.

그러는 해수의 옆모습이, 언뜻 주검 같았다.

기내가 어두워지고, 숀 코너리가 희대의 보석 도둑으로 출연하는 영화가 상영되기 시작했다. 그는 007의 임무를 수행하던 젊은 시절보다 훨씬 근사하고 유연해져 있었다.

나는 늙어도 늙어도 추해지지 않는 그런 부류의 늙은이가 역겨워, 독서등을 켜고 니코스 카잔차키스의 《그리스도 최후의 유혹》을 펼쳤다.

3

나는 서른 살 생일에 귀를 뚫었다. 계속 이대로 시시껄렁하게 나이를 먹다가는, 나 아닌 다른 사람들 모두와 똑같아지는 게 아닌가 하는 찝찝한 생각이 들었기 때문이다. 요즘에야 남자가 귀고리를 하고 다니는 것쯤은 흔하디흔한 일이겠으나, 비교적 튀지 않게 (못하고) 살아온 나로서는 상당한 용기가 필요한 사안이었다.

그런데 핀을 뽑고 정식으로 귀고리를 건 지 불과 이틀 만에, 나는 내 어설픈 사보타주를 포기하고 말았다. 나보다 인생을 훨씬 솔직하게 대하는 한 친구가, 묵직한 펀치를 날렸던 것이다.

"그깟 귀고리가 널 지켜준다면, 니가 과연 누구를 지켜줄 수 있겠니?"

나는 가끔 막혀버린 귀고리 구멍의 오톨도톨한 흔적을 만지작댄다. 과거에 내가 내렸던 어떤 결정과 그에 따른 후회가, 타인의 눈에는 보이지 않는 나만의 손끝으로 다가올 적마다, 나는 매우 아찔하고도 섹시한 감정에 사로잡히곤 한다. 메워져버린 귀고리 구멍 자국이, 아문 그 상처가, 정작 내 귀고리였던 것이다.

나는 투명한 은귀고리를 달고 다니는 이상한 사람이다.

4

위세척을 끝낸 해수는 병실로 옮겨졌다. 나는 주치의의 소견을 들으며 해수의 창백한 얼굴을 내려다보고 있었다. 내가 잘 아는 사람이 자살하려 했다는 사실이 너무도 생경했다.

나는 가정 법원에서 합의 이혼 절차를 마치자마자 허겁지겁 달려온 참이었다. 아내는 저녁식사나 함께하자고 했지만, 나는 다급한 일이 생겨 다음 기회로 미뤄야겠다며 양해를 구했다. 아내는 금방이라도 울 듯한 표정이 되어 해수에게 가는 거냐고 물어왔다. 나는 내가 듣기에도 어색한 목소리로 애써 부정하였다.

아내는 가끔씩 납득하기 힘들다는 속내를 내비치며 다소 민감한 반응을 보였지만, 그렇다고 해서 해수와 나 사이를 오해하고 있었던 것은 아니다. 어쩌면 아내의 입장에서는, 차라리 내가 해수를 속되게 사랑하길 바랐는지도 모른다. 남편과 어느 여자와의 순수한 우정, 그것이 아내에게는 훨씬 더 큰 배신으로 받아들여질 수 있음을 나는 최근에야 깨달았다. 한 여자로서 한 남자의 가장 허물없는 친구인 것. 만약 그것이 아내라는 존재의 특권이자 본질이라면, 나는 명백히 아내 앞에 죄인이다.

그러나 결단코, 우리의 결별과 해수와는 아무런 상관이 없었다. 마찬가지로 내가 이혼을 결심한 것은 단순히 아내의 외도 때문이 아니라, 더 이상 아내에게 아무것도 해줄 수 없는 내 한심한 처지를 절감해서였다.

해수와 나의 인연은 직접적인 만남 이전에, 먼저 수백 통의 편지들을 통해 이루어졌다. 그 당시에는 우리나라 중고생들 사이에서 펜팔이 굉장한 붐이었다. 금발에 파란 눈동자가 박힌 서양 계집아이와의 사귐이란, 상상만 해도 그 자체가 황홀한 광채였다. 게다가 학교나 집에서도 영어 실력 향상에 효과가 높다며 적극 권장하고 나서는 판이니, 나라고 그 인터내셔널 프렌드십의 대열에서 뒤처질 수는 없는 일이었다.

제인과의 펜팔 기간이 6개월을 훌쩍 넘어선 어느 날이었다. 나는 방과 후 귀가하자마자, 늘 그랬듯이 먼저 우편함부터 열어보았다. 제인의 편지가 있었다. 나는 그 자리에서 봉투를 뜯어 읽어내려갔다.

그런데 나는 당황할 수밖에 없었다. 영어 문장이 난해해서가 아니었다. 거기엔 한글이 적혀 있었던 것이다.

제 또래의 고국 남자 친구와 이야기를 나누고 싶어 미칠 지경인 한 소녀가 오스트레일리아에 살고 있었다. 궁리 끝에 그녀는 이민자임을 감춘 채 펜팔 회원에 등록했고, 급기야는 서울하고도 상계동에 소재한 모 중학교의 2학년으로서, 이제 막 수음에 익숙해져가고 있던 나와 연결되었던 것이다. 소녀는 편지 말미에 이렇게 적었다.

'너는 여기서 내가 얼마나 따분한지 모를 거야. 계속 편지하면 안 될까? 부탁이야. 영어가 아니라 우리글로 된 답장 기다릴게. 속인 거 다시 한번 사과해.'

해수는 재혼하는 어머니를 따라 열두 살에 호주로 건너갔다. 의붓아버지가 경영하는 차이나타운의 한국 식당에서 하루 네 시간씩 일을 도우며 학교에 다닌다고 했다.

내 이름 석 자처럼 잊을 수 없는 주소, 딕슨 스트리트Dixon Street 24. 그곳은 아버지가 변호사인 호주 상류층 소녀 제인네 저택이 아니었던 것이다.

시간이 흘러 나는 스무 살이 되었다. 시드니에 있는 해수도 스무 살이 되었다.

우리는 서로에 대해 모르는 게 없었다. 나는 해수의 첫 생리와 첫 경험의 날짜를, 그녀는 내가 현역 중령인 아버지가 너무 무서워 담배를 피우기 시작했다는 어처구니없는 사실 등을 알고 있었다.

나는 담쟁이덩굴이 아름답게 뒤덮인 벽 아래서 눈을 감았다. 《소외된 삶의 뿌리를 찾아서》를 무슨 대단한 불온서적이나 되는 것처럼 읽고 있던 촌스러운 프레시맨. 나는 홀연, 진한 꽃향기에 눈을 떴다.

거기에는 제인과 해수가 한 몸으로 서 있었다. 가늘고 깊게 파인 보조개와 오뚝한 코, 봄바람에 흐트러진 머리칼을 이마 위로 쓸어넘기며 그녀는 내게 물었던 것이다.

협(峽)이니? 그러니? 맞구나.

사진 속에서가 아닌 해수의 실물은 뭐랄까, 이제 막 개울에서 건져낸 자갈 같았다.

그녀는 왜 혼자 돌아왔는지를 말해주지 않았다. 그저 당장 죽어도 행복해할 만큼 피곤해 보였을 뿐이다. 아무튼 그날 이후로 우리는 얼추 5년간의 펜팔을 마감하고, 같은 서울 하늘 아래서 숨쉬게 되었다.

나와 해수에게 연인으로 발전할 만한 기회가 전혀 없었던 것은 아니다. 여관방 침대 위에서 손만 잡고 나란히 누워 있다가,

아무래도 무리라며 그냥 멀쩡히 걸어 나와 포장마차에서 소주를 마시고 헤어진 것은, 두고두고 웃지 못할 우리만의 에피소드이다. 편지를 나누며 커가는 사이에, 해수와 나는 동성(同性)이자 근친(近親)이 되어버렸던 것이다.

만일 우리가 부부였더라면, 평생 무턱대고 서로를 견제했을 거라고 말한 쪽은 해수다. 또 그깟 귀고리 따위에 의지하는 주제에 감히 누구를 책임질 수 있겠느냐며 일침을 놓았던 친구 역시 해수였다. 그리고 그토록 총명하고 당찬 해수를, 노란 알약이나 서너 줌 털어넣는 바보로 만든 것은 다름 아닌 사랑이다. 나쁜 자식, 하필 그 흉한 걸 필요로 하고 있었다니. 내가 절대로 잡아다 줄 수 없는 사랑이라는 괴물을.

어디로 갈 생각이야?
사막. 사막이 보고 싶어.

시드니 공항에 도착하자마자 정말 사막을 향해 단신으로 떠나는 해수의 등을 나는 허탈하게 바라보고 있었다.

5

"큰 차들마다 모두 저런 게 달려 있네요."

"아, 캥거루 바요."

"캥거루 바?"

"차가 사막을 달릴 때 캥거루들과 자주 부딪치거든요. 그 작살이 난 캥거루가 계속 밀고 들어와 엔진을 상하게 할 수 있기 때문에, 저런 강철로 된 범퍼를 장착하는 거죠."

"아니, 캥거루가 사막에 산단 말입니까?"

"모래만 있는 극건조 사막 말고. 키가 발목 정도 오는 관목들이 군데군데 자라는, 그런 사막에서 많이들 살죠."

"그렇구나. 캥거루가 사막에서도 사는구나."

"저기! 길 건너가는 흑인 여자!"

사팔뜨기는 타들어가는 담배를 끼운 손가락을 들어, 내 뒤편을 가리킨다.

"있죠? 보이죠?"

"왜요?"

"쟤가 어제 바로 요 자리에서, 지보다 덩치가 두 배는 커다란 백인 남자를 엄청 패뿐졌다는 거 아닙니까."

"그게 말이 됩니까?"

"되냐고요? 직접 봤으면 골 때렸지. 흑인 아가씨가 백인 아가씨랑 여기 앉아서 놀고 있었는데, 그 백인 사내놈이 와서는 지분거린 기라. 그랬더니, 바로 주먹 날아가고, 발 올라가고, 박치기 터지고. 우와, 좌우간 나는 그렇게 쌈 잘하는 여자는 첨 봤다니까요."

"아."

"여기 호주 여자들이 원래 좀 그렇답디다. 남자들보다 와일드하고 사회적 발언권도 상당하대요."

날씨는 한국의 초봄과 초겨울을 수시로 바꿔가며 도무지 종잡을 수 없었다. 실지로 거리에는 반팔과 코트 차림새가 버젓이 공존했다. 그러나 아무튼, 그곳은 겨울이었다.

나는 이런저런 궁리 끝에, 오스트레일리아가 자랑한다는 쾌속 열차 XPT에 몸을 실었다. 창밖 가도 가도 끝없는 들판 위에서는, 고통이 뭔지도 모르는 서양 소들이 기괴하게 생겨먹은 고목 주변을 서성이며 적막한 시간을 뜯어먹고 있었다. 순간 나는, 이 거대한 땅덩어리가 나와는 영적(靈的)으로 뭔가 어긋나 있음을, 심장에 소금물이 차오르는 것같이 깨달았다.

어둠이 깔려 그나마 무료한 풍경마저도 사라져버리자, 이번엔 거의 신경질에 가까운 외로움이 찾아들었다. 나는 맥주라도 잔뜩 마시고 잠을 청할 요량으로, 심하게 흔들리는 통로를 지나 식당 칸으로 건너갔다. 하지만 곧, 아까의 내 불길한 예감을 직접 확인하고는 절망하지 않을 수 없었다. 음주와 흡연이 법으로 금지되어 있었던 것이다.

게다가 어찌 된 일인지 객실마다에는 머리가 허옇고 살찐 노인네들만 득실거리고, 얘기를 나눌 만한 배낭족은 전혀 눈에 띄지 않았다. 그제껏 해외여행이라면 자연스레 유럽에서의 경험을 떠올렸던 나로서는, 정말이지 여러모로 이해하기 힘든 상황이었다. 만약 얼마 전에 담배를 끊지 않았다면, 아마도 나는 그 밤 달리는 기차에서 뛰어내렸을 것이다.

장장 열네 시간을 견뎌 다음날 아침에야 브리즈번에 발을 디딘 나는, 약간 제정신이 아니었다. 나는 론파인 코알라 보호 구역에서, 만사가 귀찮아 보이는 코알라를 안고 사진을 한 장 찍은 것으로 만족하고, 다시금 열네 시간 동안 기차 속에 갇혀 시드니로 돌아왔다. 그곳 공항에서 서울행 비행기를 타야 하기 때문이었다. 나는 이미 홈시크Homesick에 단단히 걸려든 상태였다.

"유럽통이시라니, 그럼 오스트리아에도 가봤겠네요?"

"그렇죠."

"실은, 내 애인이 거기 있는데."

"그럼, 어젯밤 그분은……."

"걔는 개고. 왕립 음악원이라고 있죠? 내가 진짜루 사랑하는 여자는 지금 거기서 피아노를 공부하고 있어요. 헤어지긴 했는데, 가끔 편지는 주고받고 그래요. 내 방에 있는 그 앤, 아무것도 아니야. 어디서든 떨궈버려야지."

원래 숲이 울창했다던 그곳은 고지대인데다가 바람이 워낙 강해, 백인 이주자들이 원주민인 에버리진들을 쫓아내고 식민지 최대의 풍차를 세웠다고 한다. 이후 헝가리 혁명의 피난민들을 비롯한 유럽에서의 각종 이민자들, 특히 배우·화가·작가들이 몰려들어 보헤미안의 분위기가 넘쳐나게 된다. 그러다 1960년대에 이르러 베트남 전쟁 참전 병사들이 귀환하면서부터는, 밤낮을 가리지 않고 실직자·마약 중독자·매춘부들이 거리를 배회하고 스트립쇼 클럽들이 줄을 잇는 현재의 모습으로 탈바꿈하였다.

이른바 남반구 최대의 환락가, 킹스 크로스. 나는 그 한복판에서 사팔뜨기와 마주쳤다. 과일 가게 앞에서 어물쩍거리고 있던 그에게 먼저 말을 건넨 것은 나였다. 나는 서툰 영어가 아니라 한국어로 수다를 떨고 싶었다. 나는 사팔뜨기를 근처 한국 식당으로 데려가, 등심 4인분과 한 병에 16달러씩이나 하는 소주를 대접했다. 서울행 비행기 편은 사흘 뒤에나 있었고, 어떤 의미로든 친구가 필요했던 것이다.

그는 런던에 있는 누나에게로 가서 매형이 하는 사업을 도우며 아예 눌러앉을 작정이며, 호주로 건너온 지는 다섯 달째로, 지금은 어학연수도 받고 여행도 하고 그러는 중이라고, 묻지 않았는데 굳이 밝혔다. 지방의 의과대학을 중퇴했다는 그는, 굉장히 잡학다식하고 머리 회전이 빠른 것 같았으며, 말하기를 무척 즐기는 동시에, 아는 바를 전달할 때는 반드시 잘난 척을 교묘하게 섞었다. 그리고 무엇보다, 옅은 사팔뜨기였다.

사팔뜨기는 자신의 숙소로 나를 안내했다. 거기에는 여자가 하나 있었는데, 나는 그녀를 보자마자 하마터면 웃음을 터뜨릴 뻔했다. 이틀 전 브리즈번에서 안고 사진 찍었던, 만사를 귀찮아하는 코알라가 떠올랐기 때문이었다.

우리 셋은 내가 들고 온 잭 대니얼을 마시며 떠들어댔다. 각자 속사정은 달라도, 만리타향에서 쓸쓸하고 불안하기는 마찬가지였던 것이다. 코알라는 낮에는 식당에서 접시를 나른다고, 마치 내가 궁금해 졸라대기라도 한 듯—그런 면에 있어서, 사팔뜨기와 비슷했다—털어놓았다.

그때, 사팔뜨기가 갑자기 양미간을 심하게 찌푸렸다가는, 이내 비릿한 웃음을 입가에 머금으며 이렇게 말했다.

— 가만. 방금 지진이 일어난 거 알아요?

— 지진요?

나는 얼른 코알라의 반응을 살폈다. 그녀는 감동 어린 눈망울로 사팔뜨기를 응시하고 있었다.

— 아주 미약한 지진. 히히. 이번에도 나만 감지했군.

— 이상하다. 모르겠는데.

— 틀림없어요. 어려서부터 나한테는 필이 꽂히는데 다른 사람들은 완전히 먹통이야. 웬걸, 다음날 뉴스에서는 지진이 났었다고 하는 거라. 방금 흔들렸다니까, 이 지구가.

나는 사팔뜨기의 허풍이 도에 지나치다고 생각했다. 그러자 코알라가 어느 틈에 그런 내 불경한(?) 심정을 읽었는지, 이왕 먼 나라까지 온 마당에 굳이 서둘러 귀국하려는 꼴이 우습다며 핀잔을 주었다. 자연 나는 고자누룩해졌고, 그게 흥이 나서였을까. 코알라는 어제 사팔뜨기와 함께 스트립쇼를 구경했다며, 급기야 자랑 아닌 자랑을 마구 늘어놓았다.

— 스트립쇼를 남녀 둘이서 같이요? 그게 가능합니까?

— 호주에서는 흔한 일이에요. 홋, 더한 경우들도 얼마나 많은데. 거봐요. 그러면서 두루두루 살피지 않고 왜 벌써 집에 가려는가 말이야, 세 살 먹은 애처럼.

술병이 바닥나자, 시간은 자정을 훨씬 넘어서 있었다. 나는 자리를 뜨기 위해 사팔뜨기와 악수를 나누었다. 한데 나는, 나를 배웅하려 문을 닫는 코알라의 눈에서, 아리송한 색채의 물비늘을 보아버리고 만다. 거기에는 사팔뜨기에게 존경을 표하거나, 내 나약함을 꾸중하던 때의 그것과는 전혀 다른, 어떤 뼈아픔이 서려 있었다. 나는 그녀가 사팔뜨기와 나를 동시에 속이고 있다고 생각했다. 그게 아니라면, 그녀 스스로를 지독히 속이고 있든가.

지진과 스트립쇼 따위로 엿을 먹었건 어쨌건 간에, 내가 그 밤 그들과의 대화 속에서 기력과 여유를 되찾은 것만큼은 분명한 사실이었다. 나는 킹스 크로스 지하철역 근처를 무작정 걷다 불 켜진 PC방을 발견했다. 그리고 그곳으로 들어가 인터넷 서핑을 하던 도중, 몹시 괴상하고 안타까운 글과 조우하게 되었다.

그는 두 해 전부터 뉴질랜드 오클랜드에서 이런저런 싸구려 그림들을 그려 팔아 생활하고 있는 29세의 한국인 청년이라고 자신을 소개했다. 그는 고아이자 삼류 대학 출신으로서 자신이 저 더러운 땅—고국에 대한 그의 애칭이다—에서 겪었던 온갖 차별과 치욕을 원한에 사무쳐 토로하였다. 그의 글이 자못 충격적이었던 것은, 과거 그에게 씻지 못할 죄를 저질렀다는 자들의 사진과 실명(實名), 당시와 현재의 지위, 구체적인 비리 내용과 이에 관한 증빙 자료, 가족 사항, 여자관계, 주소, 전화번호 등이 상세히 올려진 점이었다. 그는 자기가 흘렸던 피눈물을 반드시 그들도 흘려야 한다고 썼다. 또한 한국이라는 쓰레기통이 핵전쟁으로 말미암아 세계 전도상에서 아예 사라져버리길 바란다는 통 큰 저주 끝에, 'Hey God, Fuck You!'를 잊지 않았다.

오스트레일리아에서 뉴질랜드라면, 어느 쪽에서든 주말에 축구 경기 원정 응원을 하러 오가는 데에 전혀 부담이 없을 거리였다.

나는 그의 분노를 상상해보았다. 내 머리 속에서 그는 하나의 촛불이었다. 세계는 캄캄한데 혼자 타오르고 있어 무참히 고독한 촛불. 곧 바닥에 고름처럼 눌어붙어 꺼져버릴 촛불. 나는 그 촛불의 냄새를 맡고 있는 것만 같아 주위를 둘러보기까지 했다. 그를 알고 있다는, 서늘한 기분이 들었다.

"캥거루 바라, 허, 캥거루, 사막에 캥거루들이 산단 말이지. ……여행을 계속해야겠어요."

"예?"

"여행을 계속해야겠다구요."

"그래요? 좋은 생각이네요."

"며칠 걸릴 겁니다. 어차피 시드니에서 서울로 떠나야 하니까, 그때 다시 만날 수 있을 거예요."

"어디로 가게요?"

"사막요."

"사막?"

"내 여자 친구는 오스트리아가 아니라 거기 있거든요. 지금 뭘 하는지는 모르지만."

어느 날 불현듯 스스로가 연약한 초식 동물로 느껴진다면. 일단 씹으면 모두 제 것이라며 가책 없이 삼켜버리는 육식 동물이 아니라, 금방 목구멍으로 넘어간 한 줌의 기억조차도 믿지 못해 자꾸자꾸 되새김질하는 소심한 초식 동물로 여겨진다면. 또 소라든가 양, 염소 같은 초식 동물들만 번제(燔祭)의 제물로 쓰여지는 것이 억울하다면. 왜 유순한 초식 동물의 각을 뜨고 피를 뿌려, 교활하고 무정한 육식 동물의 죄를 씻어야 하는지 신(神)에게 따져 묻고 싶다면. 뭐 특별한 이유랄 것도 없이 어느 날 문득.

나는 둘이 호텔을 빠져나와 헤어지는 지점에서부터 그 남자의 뒤를 밟았다. 그는 자신의 아파트로 가는 동안 편의점에 들러 엑스포 두 갑과 《시사저널》을 샀으며, 불과 세 시간 전 아내와 함께 저녁식사를 했는데도, 꼬마 김치를 곁들여 사발면을 국물까지 싹 비웠다.

나는 비상계단을 통해 9층으로 뛰어올라갔다. 그의 집은 911호. 3분쯤 지나자, 그가 어두운 복도 저쪽에서 콧노래를 부르며 걸어온다. 나는 그가 아내와 섹스할 적에 콘돔을 사용하는지 궁금했다. 내 외투 안에는 낮에 남대문시장에서 산 시퍼런 칼이 신문지에 싸여 있었다. 나는 다가오는 그를 향해 마주 걸어갔다.

그이는 나랑 할 때 콘돔을 끼지 않아. 부인하고는 콘돔을 쓰지만. 나는 그게 기뻐, 협아.

해수 너 완전히 돌았구나.

나는 속도를 냈다. 그가 내 존재를 알아차리고는 멈칫, 했다.

그와 어깨를 부딪친 나는, 무릎을 꿇는 식으로 넘어졌다. 어리둥절해하던 그가, 신문지에 둘둘 말린 것이 뭔지도 모르고, 내게 주워주며 말한다.

괜찮으십니까?

나는 그의 죽음을 되돌려받고는, 엘리베이터 속으로 도망친다. 나는 목숨에 무관심한 그 사내가 싫었다.

7

사막을 관통하는 장거리 버스인 그레이하운드에 오르려면 아직도 반나절이나 남았기에, 나는 본다이 비치의 야외 카페에 앉아 커피를 마셨다. 웨이트리스가 빈 찻잔으로 몰려드는 갈매기들을 쫓아내면서 바 안으로 들어갔다. 멀리서는 파도타기가 한창이었다.

나는 갭 파크로 발길을 옮겨, 자살 명소라는 백여 미터 높이의 깎아지른 해안 절벽 위에 홀로 섰다.

그리고 새 한 마리를 바라보고 있었다. 그는 죽은 짐승이나 뜯어 먹는 그런 지저분하게 생긴 독수리가 아니라, 직접 먹이를 사냥해 눈동자와 심장만 파먹는 용맹한 매였다. 맞부닥치는 두 바람의 한가운데에 떠 있는지, 날갯짓이 없는데도 마치 그려놓은 듯 허공에 박혀 고요했다. 청회색 가슴에 새겨진 검은 줄무늬를 셀 수 있을 정도로 나와의 거리는 가까웠다.

갑자기, 하늘 가득 걸쭉한 피가 흘러내렸다. 그가 금빛 안광(眼光)을 불사르며, 천둥의 음성으로 내게 물었다.

무엇을 바라는가?

나는 대답한다.

선량해지기를 원합니다. 누구에게도 상처주지 않기를 간구합니다.

정신을 차렸을 때, 그는 본래의 색을 되찾은 하늘로 치솟아 오르더니, 이내 훨씬 더 푸른 바다로 제 영혼을 날카롭게 내리꽂았다.

어스퀘이크Earthquake. 버스 터미널로 향하는 지하철에서 신문을 읽는데, 유독 이 낱말이 눈에 띄었다. 어제 시드니에 강도 1에도 못 미치는 지진이 있었다고 한다. 사팔뜨기의 말이 옳았던 것이다. 그는 그 시각, 지구가 흔들리는 것을 감지했다. 어떤 고통이 그를 그토록 예민하게 만들었을까?

도중에 나는 차이나타운의 한국 식당에 들러 김치찌개를 먹는다. 딕슨 스트리트 24. 그곳이다. 열다섯 살 무렵부터 때늦은 사춘기 전체를 통틀어, 내가 띄운 수백 통의 편지들이 차례차례 고스란히 쌓여갔던 바로 거기다.

해수와 인상이 똑같은 여자가 카운터에 앉아 있다. 비교적 곱게 늙은 여자다. 그 옆에서 책을 읽던 소녀가 내게 다가와 주문을 받는다. 나는 메뉴판을 펼치다 말고, 깜짝 놀라 고개를 쳐든다. 소녀는 해수의 목소리를 내고 있었던 것이다.

식사를 마친 나는 차이나타운을 배회한다. 카운터에 앉아 있던 그 여자에게 돌아가 해수의 소식을 전해야 되는 건 아닐까, 하는 생각으로 힘들어한다.

당신의 딸은 큰 곤경에 처해 있습니다. 그녀는 사막으로 갔습니다. 당신의 딸이 언제 어디에서, 저 헤매는 육신과 아픈 마음을 내려놓을는지는 저도 잘 모르겠습니다. 고작 제가 아는 바라곤, 지금 그녀 외에는 아무도 그녀를 돕지 못한다는 사실밖에 없으니까요. 하지만 저는 이제 곧 당신의 딸을 뒤쫓아 사막으로 떠날 것입니다. 그곳은 별이 또렷할수록 더욱 적막한 땅이라 들었습니다. 저는 추억의 모래 무덤에 갇히지 않기를 기도하며, 그녀를 찾고 또 찾아 메마른 입술에 물을 축여주려고 합니다. 그러니 당신도 그녀를 위해 저와 함께 기도하십시오. 제가 이러는 이유는, 그녀가 자신의 사막으로부터 영원히 벗어나지 못할 것만 같기 때문입니다. 저를 의심하지 마십시오. 저는 비록 당신의 딸을 사랑하지는 못하지만, 감히 사랑할 자격이 없었지만, 한 시절 당신의 딸을 사랑하는 공상에 잠겨 행복해하던 사람입니다.

나는 몽유병에서 깨어난 듯 낯선 장소에 놀란다. 서글픈 기념으로 선물 가게에서 작은 중국 인형을 사가지고 나오는데, 길 건너편 서점 입구에서 배낭을 멘 채 서성이고 있는 해수를 발견한다.

허겁지겁 그리로 달려간다. 그러나 딱히 붐비지도 않는 횡단보도 앞에서 홀연, 그녀를 놓치고 만다. 사람이 공기 중으로 스며든 것 같은, 이해할 수 없는 찰나에 생긴 일이었다.

헛것이었나?

8

나는 해수의 퇴원을 도왔다. 그리고 그로부터 한 주간은 매일 저녁 그녀의 오피스텔에 들렀다. 해수는 이렇다 할 말이 없었다. 하긴 우리는 이미 서로에게 고맙다거나 미안하다는 단어를 쓰지 않은 지 오래였다.

그녀는 서울에서의 생활을 정리하기 시작했다. 가구들은 중고 시장에 내놓지 않으면 주변 사람들에게 공짜로 주어버렸다. 당장 처분하기 어렵거나 굳이 간직하고 싶은 물건들은 이삿짐 센터 창고에 맡겨놓을 계획이었지만, 그런 것들이래야 막상 박스에 따로 챙겨 넣고 보니 별로 많지도 않았기에, 모두 내 반지하방으로 옮겨졌다. 당연히 거기엔 내가 해수에게 보냈던 수백 통의 편지들도 끼여 있었다.

불과 며칠 만에, 그녀의 오피스텔엔 새하얀 침대 하나만 달랑 남게 되었다.

우리는 거기에 등을 기대고, 나란히 벽을 보면서 소주를 마셨다.

해수는 오스트레일리아를 거의 모른다고 했다. 고작 제인으로 지내던 집 근처와 오가던 길 등이 아는 것의 전부라고 했다. 그녀는 엄마를 만나지 않겠다고 쓸쓸하게 되뇌었다. 자신을 강간했던 의붓아버지도 이제는 밉지 않다고 했다. 사는 건 원래 어려운 거니까. 기대하면 기대할수록, 왜 하필 내게 이런 일이 일어났느냐며 화를 내게 되는 거니까. 해수는 그에 대한 용서를 그렇게 표현했다.

그녀는 내게 다가와 입을 맞추었다. 내 거친 볼에 해수의 따뜻한 눈물이 묻어났다. 우리는 침대 위로 올라가, 서로를 천천히 껴안았다. 커튼이 떼어진 넓은 창에는 낙태 같은 노을이 물들고 있었다.

— 나는 니가 그 여자 때문에 괴로워하는 게 속상해. 세상 어느 여자도 널 그런 식으로 대할 순 없어.

내 가슴으로 올라온 그녀는, 제 셔츠의 단추들을 차근차근 풀었다.

사막의 중심에 접어들자 도로는 오직 하나뿐이었다. 그 길을 따라 장거리 버스는 이틀이나 사흘, 혹은 더 길게라도 달리는 것이다.

나는 그레이하운드 안에서의 첫날밤을 맞이한 참이었다. 낮에 욕심을 내어 돌아다닌 탓인지 몹시 피곤했다. 신경이 곤두선 상태로 불면에 시달리던 지난번의 기차 여행과는 달리, 나는 점차 떠도는 육체의 생리를 터득해가고 있었다. 나는 얇은 담요를 덮은 채, 둘둘 만 스웨터를 베개 삼아 깊은 잠에 휩싸였다.

내 바지를 내린 해수는 펠라티오를 하고 있었다. 이마에 오른손을 올린 나는, 차라리 나머지 왼손이 없었으면 했다. 중학교 2학년인 나는 우편함을 연다. 거기에는 제인이 보내온 편지가 있다. 나는 그 자리에서 봉투를 뜯어 읽는다. 제인은 해수였다. 해수는 제인을 부정하고, 제인은 해수를 외면한다. 나는 하버 브리지 근처에 자주 가. 멋진 배들이 참 많아. 갈매기들이 전부 사라졌음 좋겠어. 점이 박힌 것들, 무늬 있는 놈들이 더 끔찍하지. 엄마는 가끔 그에게 심하게 맞아. 나는 글을 아주 잘 쓰는 사람이 되고 싶어. 영어가 아니라 한글로. 너는 여기서 내가 얼마나 따분한지 상상도 못할 거야. 빨리 어른이 돼야지. 한국으로 돌아갈 거야. 그래야 작가가 될 수 있을 테니까. 우리 계속 편지하면 안 될까? 부탁이야. 속인 거 다시 한번 사과해. 백인들은 나를 제인이라고 부르지만, 원래 나는 해수야. 서해수.

— 해수야, 애쓰지 마. 그런다고 내 불능이 고쳐지진 않아. 제발. 내가 더 비참해져.

나는 없었으면 했던 왼손으로, 흔들리는 해수의 머리를 쓰다듬으며, 나를 향한 그녀의 슬픈 우정을 진정시켰다.

쿵! 하는 소리에 놀란 나는, 기울어진 좌석에서 벌떡 일어섰다. 동요하는 승객들을 품고 버스가 멈췄다. 잠시 후, 뭔가를 아그작아그작 짓이기며 그레이하운드는 다시 출발했다. 운전사의 안내 방송이 나왔다. 캥거루가 도로로 뛰어들어 캥거루 바에 부딪친 거라고. 야간에는 가끔 발생하는 일이라고.

해수는 내 메어오는 목을 어루만졌다.

— 협아. 미안해. 너를 사랑해야 했는데. 아무것도 바라지 않는 여자로 널 위로해줬어야 했는데. 그게 내 일인데. 너는 내게 그걸 요구할 자격이 충분히 있는데. 미안하다. 널 사랑할 수가 없어서. 우리는 너무 일찍 이상한 방법으로, 굉장히 어두운 얘기들을 나눴어. 그래서 그만 이렇게 돼버린 거야. 미안해.

나는 그녀에게서 미안하다는 말을 너무 자주 듣고 있었다. 우리 사이엔 존재하지 않는 줄 알았던 그 난해한 단어를.

날이 밝자, 길바닥에 쥐포처럼 말라붙어버린 캥거루들을 여럿 목격할 수 있었다. 그레이하운드가 휴게소에 정차하였다. 나는 주유기 곁에 붙어 있는 샤워머신 안으로 들어갔다. 캄캄했는데 문을 닫으니, 흐린 불빛이 켜졌다. 사방이 파란 타일들에 뒤덮여 있었다.

쏴아—하며 뜨끈한 물줄기가 몸을 적셨다. 나는 진저리를 쳤다. 내 존재 전체가 풀어지는 것만 같았다. 간밤 캥거루가 그레이하운드에 부딪쳐 튕겨져나가던 순간의 육중한 느낌이 생생하게 되살아났다. 그 선량한 초식 동물을 으스러뜨리던 타이어의 무자비함도. 투명한 물줄기에 얼굴을 숨긴 나는, 울고 있었다.

나는 그레이하운드에서 배낭을 내린 뒤 시드니로 되돌아가는 다른 회사의 장거리 버스를 기다렸다. 나는 그녀의 사막이 어떤지에 관해서는 여전히 무지했지만, 그녀와 나의 사막이 각각 다른 세계에 놓여 있다는 것만큼은 분명히 깨달았던 것이다.

1999년의 여름, 연옥의 겨울 속에서 겪은 나의 사막은 그러하였다.

나는 킹스 크로스로 돌아와 사팔뜨기의 숙소를 찾았다. 그런데 사팔뜨기는 없고, 방금 늦은 저녁식사를 마친 코알라가 외로운 뒷모습으로 설거지를 하고 있었다. 썰렁하게 줄어든 살림살이만으로도 대강의 상황을 충분히 파악한 나는, 무작정 코알라를 데리고 밤거리로 나왔다.

우리는 눈 밑이 까만 창녀들을 지나 보틀 숍에서 빅토리아 비터 네 병을 사서는, 가장 가까운 BYO—마실 술을 가지고 들어갈 수 있는 레스토랑—구석에 자리를 잡았다.

"내가 차버렸어요. 재수 없게 굴잖아, 사팔뜨기 주제에."

나는 코알라의 이름을 물어볼까 하다가, 무엇에라도 질린 듯 관뒀다. 이상하게도 우리는 서로 이름을 부르지 않고 있었다. 돌이켜보니, 그건 사팔뜨기와도 마찬가지였다.

"저기요, 내일 떠난다고요?"

"아침 9시 반 비행기로."

"좋겠다."

"그쪽도 돌아가면 되잖아요."

"비행기표 마련하려면 한 달 정도 더 일해야 해요."

그녀는 스트립쇼를 구경하자고 제안했다. 우리는 핑크 캣이라는 클럽으로 들어갔다. 가끔 영화에서나 보던 것을 실지로 대하니 신기했다. 요란한 조명과 고막을 찢는 음악 사이에서, 늘씬한 스트립 걸들이 춤을 추며 번갈아 옷을 벗었다. 그녀들은 원형의 무대 둘레에 앉은 손님이 팁을 주면, 바로 코앞으로 다가가 음부까지 벌리며 온갖 음탕한 포즈를 취했다.

정말 우리말고도, 남녀끼리 온 경우가 더러 있었다. 나는 내가 다른 세상에 와 있음을 새삼 실감했다.

그리고 그때 나는, 어둠을 난사하는 빛줄기 속에서, 해수의 금 간 얼굴을 보았다. 틀림없었다. 해수였다. 해수야. 해수야. 나는 목이 터져라 소리질렀다. 해수는 무심하게 맥주병을 입에 갖다 댈 뿐이었다. 나는 빼곡히 들어찬 사람들을 비집고 해수를 향해 나아갔다. 건장한 흑인 하나가 나를 밀쳤다. 나는 넘어졌다. 종업원이 달려와 나를 부축하고, 성난 흑인을 진정시켰다. 나는 여전히 외치며 해수 쪽을 봤다. 해수는 클럽을 빠져나가고 있었다.

나는 거리까지 뒤쫓았지만, 또다시 해수를 잃어버리고 말았다. 따라온 코알라가 가쁜 숨을 몰아쉬며, 대체 왜 그러느냐고 물었다. 나는 도저히 아무 일도 아니라고는 말할 수 없을 것 같았기에, 침묵했다.

스크린에서는 KBS 9시 뉴스가 나오고 있었다. 토픽은 단연 전날 터키에서 발생한 대지진으로, 현재 4만여 명 부상에 사망 자 수가 무려 7천여 명에 이른다고, 예쁜 여자 앵커는 또박또박 자부심에 넘쳐 발음했다.

사팔뜨기는 감지했었을까?

나는 시드니의 도심을 걸어가던 그가, 땅에 몸으로 말뚝을 박듯 멈춰 서는 장면을 망상(妄想)했다. 사팔뜨기는 양미간을 심하게 찌푸렸다가 이내 특유의 비릿한 웃음을 입가에 머금고 는, 다시금 행인들 사이로 표표히 자취를 감추는 것이다.

'그는 기이하지 않다. 설혹 그가 바다 건너 터키로부터 울려 오는 엄청난 참사의 순간을 느꼈다손 치더라도, 정작 기이한 것은, 그를 지나치게 예민한 자로 만든, 어떤 사소하고 비밀스 런 고통일 뿐이다.'

나는 대충 그런 식으로, 사팔뜨기에 관한 짧은 기억을 정리 했다.

서너 시간쯤 뒤, 아시아나 항공 OZ 602편은 김포공항으로 하강하고 있었다. 비행기가 구름층을 지나는 그 1, 2분 동안, 창밖은 하얗게 바래 아무것도 보이지 않았다. 인생 역시 마찬 가지라고 나는 생각했다. 발이 땅에 닿으려면, 여러 겹의 모호한 시절들을 통과해야 한다고 말이다. 너무 순결하고 밝아 시야를 가리는 것도, 결국에는, 어둠처럼 어둠이다.

11

나는 올이 굵은 타월로 물기를 털고 머리를 말린다. 잠만 자며 오래 굶어서인지 현기증이 인다.

갓 구워낸 식빵이 나올 시간이다. 따뜻한 우유와 부드럽고 고소한 버터, 너무 달지 않은 딸기잼, 석유 냄새가 바스락거리는 조간신문. 그런 것들과 함께 베이커리에서 팔꿈치를 괴고 앉아, 나는 아직도 선량한 사람이라는 착각에 잠기고 싶다.

나는 배낭을 풀어 속에 있는 것들을 바닥에 쏟고는, 세탁기에 집어넣어야 할 옷가지들을 가려낸다.

어. 이거?

스웨터에 뭔가 붙어 있다.

청회색 깃털.

죽은 짐승의 썩은 살을 뜯는 지저분하고 파렴치한 독수리가 아니라, 쓰레기통이나 마구 뒤지는 천박하고 게걸스러운 갈매기가 아니라, 직접 먹이를 사냥해 눈동자와 심장만 파먹은 후

드높은 하늘과 가파른 절벽을 오르내리는, 그 용맹한 매의 가슴팍에서 두근대던 푸르고 잿빛 도는 영혼이다.

어느 바람결을 타고 내 스웨터에 묻어 여기까지 따라왔을까?

그는 왜 내게 이런 선물을 주었나?

나는 그것을 파울 첼란의 시집(詩集) 사이에 끼워 책상 위로 가만히 내려놓는다.

더 이상 마음이 약해지기 전에 어서 차가운 아침 공기를 맡아야 한다. 살고자 하는 내 허기를 서둘러 확인해야겠다.

그런데, 슬리퍼를 신으며 등산화를 신발장에 넣으려고 하는데, 무겁다.

나는 주저앉아 등산화를 거꾸로 세운다.

스으으. 모래들이 떨어진다. 이것은 내가 다녀온, 그녀를 찾으러 가다가 그만 발길을 멈추었던 사막의 모래들이다. 스으으. 나는 방금 목구멍으로 넘긴 것도 믿지 못해 자꾸자꾸 되새김질하는, 소심한 초식 동물의 가련한 음악을 듣는다.

스으으. 무엇도 기릴 뜻 없는 나에게 고통이 지나가며 남긴 노래.

스으으. 모래의 마음이 연주하는, 허무에 깊이 바랜 저 슬프고 아름다운 상처의 악보를 읽는다.

분명히 그녀는 사막을 버리고 내게로 돌아올 것이다. 나는 그녀에게 가장 귀중한 것, 내가 그녀에게 보냈던 편지들을 가지고 있지 않은가. 이제 나는 몸으로 번제(燔祭)를 드린 끝에 하늘로 올라가는 연기처럼, 그녀를 사랑할 수 있을 것 같다.

그 침대

죽음에 배부르자 먼저 노래로 시작하네
나타내어라 세계여
안 나타나면 머리를 구워
삶아 먹으리
　　—함성호, 〈구지가〉에서

　　나는 여관방 침대 위에서 파미르 고원을 생각하고 있다. 유구한 시간 인도 문명과 중국 문명을 격리시켰던, 두통과 구토로 여행자를 쓰러뜨리는 높고 광활한 땅덩어리를 생각한다. 나는 벌거벗은 채로 역시 벌거벗은 운영(雲影)과 나란히 누워 있다. 나는 천장을 바라보고 있고, 그녀는 창을 향해 모로 누워 나를 하얗게 등지고 있다. 나는 천산북로와 천산남로를 따라 타클라마칸 사막을 가로질러 가는 낙타들의 긴 행렬을 생각한다. 뜨거운 모래 바람에 덮여 죽어갔을 수많은 상인들과 승려들, 아무도 기억하려 하지 않는 작은 짐승들의 최후까지도 나는 생각한다. 나는 아무것도 아니지만, 무엇이고 싶어 기도한 적도 없지만, 그 아무것도 아니게 사라진 대개의 생물들과 무생물들에 관해 심한 서글픔을 느낀다. 나는 나를 이해하기가 괴롭다. 나는 존경하는 어느 록 뮤지션의 자서전에서 이런 글을 읽은 일이 있다.

— 나는 너무나 예민해서 가끔 나 자신과 함께 살기 힘들 때도 있다. 영원한 삶이 있다면 이렇게 묻고 싶다. '어떻게 나 자신과 영원히 산단 말인가?'

나는 나의 심정을 이보다 더 절묘하게 표현한 문장을 여태 접하지 못하였다. 아마도 나는 나 자신과 영원히 살고 싶지 않은가보다.

같은 여관의, 같은 호실, 같은 침대 위에서, 여러 명의 여자와 뒹굴었다는 사실을 문득 깨닫는 순간, 한 시시하고 어두운 사내의 웃을 수도 울 수도 없는 인생이 흔들린다. 천국도 지옥도 아닌, 지극히 묘한 구석에 홀로 버려진 것 같은 쓸쓸함이 찾아온다. 나는 몸을 섞었던 여자들의 수를 세어보려고, 촛불을 불어 끄듯 그녀들의 이름을 하나하나 속으로 호명한다. 도저히

다 헤아릴 수가 없다. 흐지부지 허공에서 하시시 연기처럼 흩어지고 만다. 내가 이런 식으로 살아왔다는 게 새삼스럽다. 이번에는 폭을 좁혀, 이 여관의 이 방에서, 이 침대 위에서 데리고 잤던 여자들만을 검색한다. ……운영과 문영(文影). ……이름이 기억나지 않는 X가 떠오른다. 틀림없을 것이다. 틀려도 할 수 없는 노릇이지만. X는 전체적으로는 날씬한 몸매였으되, 유독 허벅지가 굵고 엉덩이가 지나치게 컸다. 그녀와 나는 눈 내리는 새벽 이 방을 빠져나가 지하철 매표구 앞에서 헤어졌다. 처음 만난 우리는 열락의 밤을 지새우고는, 그뿐으로 작별한 것이다. 나머지의 장면들은 내 복잡한 뇌수에서 지워져 있거나 희미하다. 그녀의 존재는, 내게 있어 단어 그대로 X인 셈이다. 그런 여자들은 미궁이고 무한대이다. 전부 X여서 결국엔 하나이고 전혀 모르겠는 여자들. 축복이다. 사랑의 오류는 운명을 꺼려함에서 비롯되는 거니까.

나는 10분 전쯤에 운영과 섹스를 끝냈다. 내 페니스에는 그녀의 미끈하고 보드라운 체액과 내 정액이 뒤엉켜 말라붙어 있고, 운영의 푸시 안에는 내 수억의 정자들이 슬프고 투명한 꼬리를 뽐내며 춤추고 있을 것이다. 나는 그녀를 화장대로 이끌고 가 뒤에서 거칠게 삽입하였다. 내 페니스는 운영의 분홍빛 푸시를 해묵은 집착처럼 사로잡았다. 나는 그녀의 각진 턱을 들어올려 거울에 비친, 쾌락의 불꽃으로 고통스러워하는 관세음보살상을 똑똑히 관찰하였다. 그것은 내게 대단히 큰 즐거움을 주었다. 나는 왕에게도 열등감을 느끼지 않으며, 더는 구차하게 나를 편애하지 않고도 살아갈 수 있을 것만 같았다. 언제부터인가 나는 사정만큼은 반드시 침대 위에서 해왔다. 부엌이나 화장실 바닥, 욕조, 식탁 곁에서 사정한다면 곧바로 잠들 수 없고, 풀죽은 페니스를 너덜거리며 침대로 돌아오는 그 짧은 시간이 너무 흉하고 어색하기 때문이다. 나는 운영의 검은 눈동자를 집어삼킬 기세로 들여다보며, 길고 뜨겁게 내 존재를 그녀에게로 뭉텅뭉텅 쏟아내었다. 운영은 나의 충격을 건네받고는 깊은 한숨을 내뿜었다. 그때 슬며시, 그녀는 깔깔거리는 문영으로 변해 있었다. 나는 반사적으로 고개를 든 페니스를 문영의 푸시 속으로 깊숙이 밀어 넣었다. 짧게 터지는 신음과 동시에 그녀가 운영으로 되돌아오자, 비로소 나는 지친 내 육신을 문영이었던 운영에게서 떼어냈다. 눈뜬 자여, 널리 보시는 분, 고타마여. 수타니파타, 나는 엉뚱하게도 불경을 외고 싶었다. ……이미 강을 건너 물살에 휩쓸리지 않는 사람…… 달이 월식에서 벗어나듯이 붙들리지 않는 사람…… 이것이 마지막 생이고 더 이상 태어남이 없는 사람…… 나는 어느 누구에게도 속해 있지 않다. 스스로 얻은 것으로 온 세상을 거니노라. 신이여, 비를 뿌리려거든 비를 뿌리소서.

그해 여름 제주도의 어느 외딴 호텔 방 침대 위에서, 지금 내 곁의 운영이 그러한 것처럼, 창문을 향해 모로 누워 나를 하얗게 등지고 있던 문영은, 갑자기 자세를 바꿔, 나와 나란히 천장의 잔잔한 무늬를 응시하며 말했다.

— 아, 외로워. 왜 외롭지? 참기 힘들어. 이상해. 지금 내가 뭣 땜에 외로운 거지?

여자들은 귀신이다. 여자들에게는 사내들로서는 꿈도 꾸지 못하는, 초능력에 가까운 감정의 후각이 있다. 남자들은 사랑을 모른다. 그들에게는 목숨까지 먹어드는 열정과 충동, 와해와 폭력, 방탕과 실의의 광기 따위가 있을 뿐, 사랑 그 자체는 없다. 사내들 각자는 우주에 함부로 버려져 떠다니는 칼날들이다. 과연 어디로 날아가 누구의 가슴에 꽂힐지 두려운 바 있다. 남자들은 사랑을 탐할 순 있어도 사랑을 완성하지는 못한다. 그들은 사랑의 당사자이자 그 사랑 최고의 적이다. 사내들은 신을 알고 싶어 하는 것도 모자라, 재수만 좋으면 직접 신이 되려고 한다. 그들은 영웅이 앓는 전염병의 속도로 사랑을 다루고 끝내는 폐기한다. 죽음의 대가로 얻은 허무의 광채를 삶이란 욕창에 처바르고, 거기에 자신의 미친 얼음 묘비명을 세운다. 그때 나는 문영을 끌어안고도 다른 여자들 생각에 잠겨 있었다. 그녀에게서 빠져나갈 궁리로 머리가 복잡했다. 문영은 그런 내 마음의 냄새를 맡고는 홀연, 외로웠던 것이다. 나는 섬뜩했다. 여자들은 누구로부터 어떻게라는 것 등등의 구체적인 내용을 모르고도, 일단 진행되고 있는 제 사랑의 소외라면 쓴물을 뱉어내듯 쉽게 깨닫는다. 여자들을 속일 수는 있지만, 그녀들이 묘연히 감지해내는 절망을 막지는 못하는 것이다. 아, 외로워. 왜 외롭지? 참 이상해. 지금 내가 왜 외로운 거지? 여자들은 귀신이다. 귀신.

그저께는 늘 가던 식당 근처에서, 새로 문을 연 가죽 소파 전문 도매점을 보았다. 나는 그리로 들어가 넓고 긴 3인용 가죽 소파에 앉았다. 푹신하지 않으면서도 정말 안락했다. 졸고 있던 주인이 나를 알아차리고는 눈을 비비며 다가왔다. 대머리에 배가 많이 나온 중년의 남자였다.

편하죠?

편한데요. 얼맙니까?

73만 원입니다. 좀 아래로는 여기 60만 원짜리도 있구요. 진짜 쇠가죽이니까. 이런 물건들 백화점에서는 두 배 가까이 줘야 합니다.

가죽이라 여름에는 덥지 않나요?

아이구, 무슨 그런 말씀을. 자고로 소파로는 가죽 소파 이상이 없다는 겁니다.

나는 카탈로그를 얻어가지고는 다시 거리로 나왔다. 나중에 꼭 사러 오라는 대머리의 목소리가 파리처럼 귓가를 간질였다. 나는 솔직히 가죽 소파가 맘에 들었다. 나는 가죽 소파에서 음악을 듣고, 책을 읽고, 밥을 먹고, 전화를 받고, 엽서를 쓰고, 텔레비전을 보다가, 나도 모르는 사이에 잠들고 싶었다. 햇살이 머무르는 창가에 가죽 소파를 놔두고, 그 위에서 식물보다 게으르게 늙어가고 싶었다. 가죽 소파에서 잠드는 일상은, 낯선 침대에서 탕진하는 정열과 자기 학대보다는 훨씬 평화로울 거라고 나는 믿었다. 나는 세상을 떠돌며 병들고 싶지 않았다. 모든 것을 외면하고 떠나는 여행조차도 자유를 얻고자 하는 욕망의 소치가 아니던가. 가죽 소파에서 잠드는 자는 최소한 한곳에 정착한 인간일 터. 내게는 천산북로와 천산남로가 없었다. 파미르 고원과 타클라마칸 사막도, 둔황과 누란도 존재하지 않았다. 나는 그저 가죽 소파 위에서, 그간 내게 일어났던 온갖 일들이 어째서 그러하였을까를 궁금해하며, 닥쳐올 인류의 여러 재앙들을 뭉게뭉게 상상하고 싶었다. 그랬다. 그저께 나는, 내게도 가죽 소파가 있었으면 했다. 가죽 소파를 나의 사원(寺院)으로 삼고 싶었다. 거기서 해탈하거나 악마가 되고 싶었다. 앞서 지나간 연인들의 체취가 여전히 배어나오는, 저 깨끗한 척하는 침대들이 싫었다. 오늘도 나는, 내게도 가죽 소파가 있었으면 한다.

문영과 나는 제주도에 와서도 관광을 하지 않았다. 호텔 방에 틀어박혀 오로지 섹스에만 몰입하였다. 첫째 날 밤에는 우리나라와 멕시코의 월드컵 경기가 있었다. 룸서비스로 식사를 마치고 양주 한 병을 바닥낸 우리는 곧바로 엉겨붙었다. 나는 문영을 눕혀 내 페니스를 입에 물렸다. 페니스의 절반가량이 그녀의 얼굴 안으로 사라졌다. 문영은 눈을 아주 크게 떴다. 그때 갑자기 호텔 전체가 지진이 난 듯 흔들렸다. 나중에 알았지만 그것은 우리나라가 선취 골을 빼앗자, 그 호텔에 묵고 있는 모든 사람들이 동시에 함성을 지르고 발을 구른 탓이었다. 그 요동은 이상한 흥분을 불러일으켰다. 나는 내 가랑이 사이에 문영의 아름다운 목을 끼고는, 그녀의 입 속에서 천천히 페니스를 움직였다. 뒤로 젖혀진 두 손으로는 문영의 탐스러운 유방을 거머쥐었다. 나는 절정에 이르러 참지 못하고 그녀의 입 안에 사정하고 말았다. 나는 이를 닦고 온 문영과 키스하며, 아직도 그녀의 입 속에 남아 있는 내 고독의 시큼한 맛을 느꼈다. 나는 내가 가증스러워 몸서리를 쳤다. 그런 식으로 계속되었던 3일간의 정사. 그것은 너무 길고 지루한 나머지 징역살이 같았다. 우리는 괴로우면서도 멈추지 않았고, 거의 침묵했다. 서로의 육체를 갉아먹는 것만이 우리의 검은 희망이었다. 급기야 우리는 마지막 날 끙끙 앓는 소리를 동시에 내뱉고서야 그 짓을 멈추었다. 우리는 우리의 사랑이 사랑이 아니라는 것을 익히 알고 있었다. 그것은 공격이었다. 상대방의 살덩어리를 통해 자신에게 가하는 혹독한 자해였다. 우리는 점점 더 외로워져갔고, 그것을 애써 모른 체함으로써 관계를 유지했다.

짐을 꾸린 우리는 바닷가로 나아갔다. 거기서 싱싱한 생선회에 소주를 두 병 나누어 마시며 황폐해진 체력을 보충하였다. 나는 미열이 오르고 으슬으슬 추웠다. 문영이 내게 괜찮냐고 물었다. 나는 컨디션이 좋지 않으니 도리어 술맛이 더 난다고 대답했다. 문영은 누구도 해석할 수 없을 법한 표정을 지었다. 날은 흐리고 바다는 파도가 높았다. 비행기가 뜨려면 아직 시간이 있었다. 우리는 택시를 불러 타고 중문 단지로 갔다. 무작정 여기저기를 거닐다가 해양 박물관에 이르렀다. 그곳에서 우리는 돌고래와 물개 들의 쇼를 보았다. 문영은 영리한 그들의 신기한 재주를 몹시 기뻐하였다. 나는 돌고래와 물개 들은 불행하다는 건방진 생각을 하고 있었다. 한 시간쯤 후에, 우리는 공항으로 가는 셔틀버스를 타기 위해 광장을 가로지르고 있었다. 그때였다. 문영이 무언가를 발견하고는 탄성을 지르며 앞으로 달려갔다.

나는 운영을 문영의 장례식장에서 처음 만났다. 운영은 언니인 문영과는 전혀 다른 외모에 다른 향취를 지닌 여자였다. 문영이 부드러운 바람에도 휘는 대나무라면, 운영은 거친 담을 타고 기어오르는 담쟁이덩굴이었다. 운영은 몸에 붙는 검은색 원피스로 상복을 차려입고 있었다. 나는 그녀를 보자마자 강한 성욕에 사로잡혔다. 조문을 마치고 밖으로 나가는 나를 운영이 따라왔다. 운영은 나를 안다고 했다. 나는 그러냐고 했다. 이상하게도, 우리는 서로에게 위로의 말을 건네지 않았다. 나는 눈물 한 방울도 흘릴 수 없었다. 운영의 얼굴에도 슬픈 기색이 맺히지 않았다. 오히려 나를 향해 가끔씩 생글생글 웃는 게 발랄해 보일 지경이었다. 그녀는 주차장으로 가는 나와 함께 걸었다. 우리 주변에 예사롭지 않은 기운이 맴돌고 있었다. 아카시아 꽃향기가 코를 찔렀다. 그때 우리가 도중에 무슨 말을 나누었는지는 기억나지 않는다. 운영은 나를 계속 따라왔다. 나는 그것이 자연스러웠다. 내가 차문을 열고 운전석에 오르자, 그녀는 당연하다는 듯이 옆자리에 앉았다. 나는 기분이 상쾌했다.

그 밤 우리는 내 아파트에서 섹스를 하였다. 운영은 불타올랐다. 운영은 은유가 아니었다. 진짜 불이었다. 점점 그녀에게로 사그라지는 동안, 소름이 돋았다. 나는 운영이 이미 나의 섹스를 완전히 체득하고 있다는 확신에 사로잡혔던 것이다. 운영은 문영과 똑같은 방식으로 나를 애무하며 쾌락을 진행해나갔다. 내 리드 없이도, 내 성애의 습관에 따른 순서대로 미리미리 자세를 취하였다. 운영은 문영이 알고 있는 것만큼 나를 알고 있었다. 문영은 언제나 운영에게 그날에 있었던 나와의 일들을 빠짐없이, 상세히 묘사해대곤 하였던 것이다. 나중에 운영은 제 다이어리의 한 장을 찢어서 내게 주었다. 거기에는 문영의 설명을 받아듣고는 운영이 그렸다는 내 페니스가, 실제와 정확히 일치하는 우울한 모양으로 자리하고 있었다. 나는 내 위에 올라가 천천히 엉덩이를 움직이는 운영의 허리를 붙잡았다. 그녀는 미소를 머금고 나를 내려다보았다. 나는 술을 좋아하던 내 어머니의 죽음에 대해 이야기해주었다.

— 한밤중 막걸리에 잔뜩 취해 집으로 돌아오다가, 자전거를 탄 채로 저수지에 빠져 죽었지. 그 뒤로 나는 어머니가 자전거 페달을 돌리면서 저수지의 파란 물속을 헤매는 모습을 꿈에서 자주 봐.

운영은 배꼽이 떨어져라 웃어대기 시작했다. 나도 따라서 웃었다. 운영은 자극에 인상을 찌푸렸다. 내 페니스를 자신의 푸시 안에 담그고 있었기 때문이다.

문영이 탄성을 지르며 달려간 곳에는 놀랍게도 낙타가 있었다. 제주도 유원지에 조랑말이 아니라 낙타가 있다니! 한 사내가 낙타 고삐를 잡고 있었다. 그가 사람들을 낙타에 태워주고 사진도 찍어주고 그러는 것 같았다. 문영은 낙타를 타고 싶어

했다. 나는 낙타가 지저분하고 무서웠다. 사내의 낙타는 쌍봉낙타였다. 등에 난 두 개의 혹 사이에 안장이 있고 문영이 사내의 도움을 받아 거기에 올라앉았다. 문영은 깔깔거렸다. 키가 큰 낙타는 나를 물끄러미 내려다보고 있었다. 나는 낙타의 얼굴이 무척 퍼니하다고 생각했다. 나는 사내에게 물었다.

저 낙타 어디서 구하신 겁니까? 사우디에서?

중국에서 온 거요.

중국요? 중국에도 사막이 있나요?

실크 로드도 몰라요? 타클라마칸 사막 몰라요?

타클라마칸!

80년도에 일곱 마리 들여왔지. 그런데 다 죽고 이놈까지 해서 겨우 두 마리 남았어.

다른 한 마리는 어디 있는데요?

농장에 있지. 번갈아 데리고 와.

낙타 위에서의 문영이 천년 만에 핀 연꽃처럼 환해졌다. 흐리던 날씨는 어느새 맑게 개었고 바다도 고요했다. 사내가 폴라로이드 카메라로 사진을 찍는다. 나는 그러는 사내에게 다시 질문한다.

낙타는 얼마나 오랫동안 물 없이도 지낼 수 있죠?

3일 정도.

저 낙타 혹에 물이 들어 있나요?

아냐. 지방이래. 그걸 분해시켜 수분을 공급한다지 아마?

아하.

갑자기 바람이 불어와 검불 같은 것이 시야를 가렸다. 나는 눈을 감고 비볐다. 눈물이 손등에 배어나왔다. 나는 간신히 허리를 곧추세웠다. 낙타 등 위의 문영을 다시 본다. 순간, 나는 그 자리에서 얼어붙어버렸다. 문영을 태운 낙타가, 낙타에 올라탄 문영이, 황량한 사막 한가운데에 서 있는 것이다. 나는 서둘러 내 주위를 살폈다. 사진을 찍어주던 사내도, 광장도, 돌고래와 물개 쇼장도, 심지어는 바다마저도 사라지고 없다. 모래 사막이었다. 오로지 문영을 태운 낙타, 낙타에 올라탄 문영만이 나를 향해 극락왕생한 것처럼 웃고 있었다.

김포공항 커피숍에 앉아서도 나는 반쯤 얼이 나간 상태였다. 눈치 없는 문영이 내게 말했다. 이 낙타 사진 너무 맘에 들어. 당신이랑 같이 타고 찍었으면 더 좋았을 텐데. 어휴, 무슨 남자가 낙타를 겁내고 그래? 나는 그 사진을 대수롭지 않은 척하면서 들여다보았다. 야자수들을 배경으로 광장에서 문영이 낙타 등 위에 올라타고 있었다. 그 뒤로는 돌고래와 물개 쇼장과 해양관이 엄연했다. 어디에도 사막은 없었다. 나는 대체 왜 그런 헛것을 본 것일까? 나는 몸이 안 좋다는 핑계로 문영과 헤어져 내 아파트로 돌아왔다. 나는 컴퓨터를 켜고 사막과 낙타에 관련된 인터넷 자료들을 찾아본다. 북아프리카의 사막에는 단봉낙타가, 중앙아시아의 사막에는 쌍봉낙타가 살고 있다. 발가락은 두 개이며 평평해 접지 면적이 커서 모래땅을 걸어 다니기에 알맞다. 콧구멍을 막을 수 있고 귀 주위의 털도 길어서 모래먼지를 두려워하지 않는다. 사내의 말은 맞았다. 낙타 등의 혹은 물을 저장하는 주머니가 아니라 지방을 저장하고 있다. 그것을 통해 며칠 동안 물과 먹이를 섭취하지 않아도 살 수 있지만, 이때는 혹이 점점 작아져 종국에는 거의 소실된다고 한다. 나는 모래 바다 위 낙타들의 어려운 항해를 떠올렸다. 사막에 살면서도 제 힘으로 사막을 자유롭게 벗어날 수 있는 자는 낙타뿐이 아닐까. 낙타. 생김새와는 달리 굉장히 매력적인 생물이라는 생각이 들었다. 한 번에 한 마리의 새끼만을 낳는 낙타. 동물의 선인장, 낙타. 나는 타클라마칸으로 시선을 옮긴다. 사구(砂丘)가 바람을 따라 어마어마하게 이동하기 때문에 예로부터 오가기가 지극히 어려웠으며, 겨울에는 혹한, 여름에는 혹서로 유명하다고 씌어 있다. 내가 진정 경악한 것은 사막이 지구 면적의 10분의 1 이상이나 된다는 점이었다. 나는 책상 위에 엎드려 잠들었다. 나는 제주도 유원지 광장에서 마주쳤던 그 낙타를 타고 모래의 능선을 넘어가고 있는 문영을 꿈에 보았다. 이른 아침, 나는 책상 위에서 엎드린 채로 깨어났다. 나는 간밤 문영이 이 세계에서 완전히 사라졌다는 사실을 모르고 있었다.

타클라마칸이란 위구르어로, 한번 들어가면 영원히 빠져나올
수 없는 곳이라는 뜻이다.

어째서였을까? 글쎄, 우선…… 땀에 전 와이셔츠가 끈적이
며 달라붙는 불쾌한 무더위가 있었다. 너트와 볼트가 풀릴 대
로 풀어진 내 허술한 실존의 기계가 있었다. 차곡차곡 시간의
두개골 위로 켜켜이 쌓이며 뇌리를 쏠아 먹는 피 묻은 잡념들이
있었다. 억겁(億劫)의 무게로 하루를 짓뭉개는 끔찍한 심심함이
있었다. 하관(下官)이 끝나자마자 뿌려대던 장마, 곧이어 불어
닥친 습한 바람 몇 줌의 기억. 남은 날들이 모조리 어영부영 흘
러가버릴 것만 같은 공포. 내 속에서 누군가 죽어가고 있다는
확실한 느낌. ……예컨대 그런 것들이, 내 파산하는 영혼 근처
에 실의의 피고름으로 뒤엉켜 있었다.

문영의 장례식 이후로, 나는 2, 3일이 멀다 하고 운영과 섹스
에 몰입하였다. 우리는 그 와중에 차 한 잔 제대로 나누지 않았
다. 그건 만남이 아니라, 사나운 두 욕망의 충돌이었다. 이 여
관방 이 침대. 지금 운영과 누워 있는 여기에, 그날 나는 문영과
누워 있었다. 문영은 내게 안긴 채로 팔을 늘어뜨려, 내 딱딱해
진 페니스를 꼼지락거렸다. 그녀가 내게 물었다.

개 키워본 적 있어?

아니.

고양이는?

없어. 나는 동물을 싫어해. 인간을 포함해서.

개들, 죽을 때가 되면 어디론가 슬그머니 몸을 숨겨. 왜 흔히 들 개나 고양이가 집 나갔다 그러잖아. 그게 실은 제 죽을 자리 를 찾기 위해 사라지는 거래.

설마. ……하긴, 코끼리 무덤도 있으니.

아냐. 그건 밀렵꾼들이 상아를 많이 포획했을 적에 코끼리 무덤을 발견했다고 둘러대던 게 와전되고 확장된 거야. 코끼리 무덤은 없어.

문영이 죽고 처음으로 맞이하는 크리스마스이브였다. 운영 과 보내는 첫 크리스마스이브였다. 우리는 거대한 댐이 있는 도시로 내려가 포장마차에서 오랫동안 소주를 마셨다. 깊은 밤 우리는, 밟으면 무너질 정도로 낡은 시멘트 다리를 건너고 있 었다. 멀리서 찬송가가 희미하게 들려왔다. 어느새 크리스마스 이브는 크리스마스가 되어 있었다. 우리는 하루 종일 돌아다녔 지만 도무지 방을 구할 수 없었다. 정말이었다. 세상은 우리보 다 부지런한 섹스 중독자들로 가득 차 있었다. 나는 운영의 손 을 잡고 경사진 풀밭을 잰 걸음으로 건넜다. 나는 그 위태위태 한 시멘트 교각에 그녀를 기대게 했다. 나는 운영의 스커트를 올리고, 스타킹을 내리고, 팬티를 벗겼다. 나는 내 페니스를 꺼내 운영의 푸시로 밀어 넣었다. 따뜻했다. 우리는 동시에 부르르 떨었다. 한참 그대로 서로를 느꼈다. 나는 운영의 가슴을 벌려 얼굴을 묻었다. 그녀가 중얼거렸다.

—술을 더 마셔야 해. 아, 독한 술을 더 마셔야 해.

나는 서서히 엉덩이를 움직였다. 운영의 신음이, 화장터 같은 시멘트 다리 밑 사방으로 낮게 깔렸다.

확실해?

확실해. 코끼리는 동료가 죽으면 나뭇가지나 흙, 낙엽 등을 덮어주거나 상아와 뼈를 덤불 속에 감춰. 어느 정도는 죽음을 인식하고 있는 거야. 또 나이가 들어 마지막 어금니가 닳아 없어진 코끼리는, 물과 부드러운 식물을 얻을 수 있는 장소를 찾아 은거 생활을 해. 그러니 옛사람들이 코끼리의 공동묘지를 믿었던 것도 무리는 아니지.

코끼리 무덤이 거짓말이라…….

……당신 말이야, 개나 고양이 키우지 않은 거 틀림없어?

응.

전혀?

그래, 전혀.

어떻게 그럴 수 있지? 부모나 형제들이 기르는 경우도 많잖아. 안 그래? 당신 또래는 어려서부터 아파트에서 자라지도 않았을 거고.

우리 가족들도 모두 나 같았어.

사이코들이네.

물론이지.

나는 괴성에 소름이 돋았다. 독한 술을 더 마셔야 한다는 운영의 되뇜에 이어 들린 것. 그건 사람이 내뱉을 수 있는 어떤 종류의 소리도 아니었다. 지옥에서 앓는 짐승의, 후회로 가득 찬 파동이었다. 나는 페니스를 반쯤 빼낸 뒤 운영의 얼굴을 보려고 고개를 쳐들었다.

하학!

나는 폐가 터져나갈 것 같았다. 나는 낙타를 끌어안고 있었다. 운영은 낙타로 변해 있었다. 나는 낙타와 그 짓을 하는 중이었다. 낙타는 갈색의 긴 눈썹을 열어 새까만 눈동자로, 마름모꼴의 주둥이에서 튀어나오는 미지의 방언으로 탄식하고 있었다. 눈물을 흘리며 나를 원망하고 있었다. 그 뜨끈한 슬픔이 내 와이셔츠를 활활 적시고 있었다. 나는 너무도 괴로워 허리를 크게 젖혔다. 아. 녹슬고 구멍이 숭숭 뚫린 갓을 쓴 가로등 아래, 눈발이 겨울바람에 동그라미를 그리며 지상을 향해 떨어지고 있었다. 어둠의 자궁에서부터 이 병든 세계로 죽음의 정액이 쏟아지고 있었다. 우리의 고통처럼 차가운 바늘에 뒤덮인,

철퇴 같은 눈송이들이었다.

……사이코. 당신도 사이코. 당신 엄마도 사이코. 당신 아빠도 사이코. 여동생도 사이코. 모두 다 사이코.

문영이 갑자기 내 페니스를 아프도록 꽉 쥐었다. 나는 문영을 눕히고는 두 유방 사이에 페니스를 끼워 문질렀다. 그녀는 나를 올려다보며 말을 이어갔다.

당신은 내가 죽으면 덜 외로울 거야. 자기를 포장할 그럴싸한 비극이 또 하나 생기니깐. 당신을 처음 봤을 때, 호감이 간다기보다는 무작정 마음이 아팠어. 큰 슬픔을 겪은 사람 같았어. 그게 좋았어. 당신 그늘에 호감이 갔어. 날 망칠 수 있을 거라는 생각이 들었어.

문영은 내가 사정을 시작하자, 그것을 더러는 핥고 더러는 이마로 쓸어올렸다.

누가 내 시체를 내려다본다는 건 상상만 해도 끔찍해. 정육점의 고깃덩어리처럼 영혼이 없는 내게서, 코를 틀어막고 눈살을 찌푸린다는 건.

그녀는 내 페니스를 입에 넣고 오물거렸다. 나는 눈을 감았다. 내 어머니는 여전히 저수지의 파란 물속에서 자전거 페달을 돌리며 죽음을 희극 배우로 만들고 있었다. 아주 신성한 우주가 붉은 혀를 헐떡거리며 임하였다.

나는 벌거벗은 채로 역시 벌거벗은 운영과 함께 나란히 누워 있다. 나는 지금 이 여관방 이 침대가 안락하지도, 불편하지도 않다. 다만 가죽 소파가 있었으면 한다. 나는 그 위에서, 무방비의 과거가 나를 살려둔 까닭을 와선(臥禪)하고 싶다. 마지막 대재앙의 시기와 광경을 과자 먹듯 점쳐보고 싶다. 내게는 천산 북로라든가 천산남로가 없다. 파미르 고원과 타클라마칸 사막이 없다. 내게는 둔황도 누란도 없다. 낙타의 긴 행렬이 없다. 뜨거운 모래 바람에 덮여 죽어갔을 수많은 상인들과 승려들이 없다. 아무도 기억하려 하지 않는 작은 짐승들의 최후가 없다. 나는 아무것도 아니었다. 무엇이 되려고 기도하지도 않았다. 대개의 생물들과 무생물들의 운명에 무정한 나는, 나를 이해하기 위해 필요한 최소한의 금기마저 포기했다. 나는 누구도 존경하지 않으며 어떤 깨달음의 언어도 웃어넘긴다. 나는 사랑의 본질인 육체를 안다. 유령보다 가볍고 일확천금보다 기쁜 여자들을 그리워하였다. 나는 등대 쪽으로는 외롭다고 말하지 않으며 살아갈 것이다. 밤바다의 고기잡이배가 물거품을 부수어 길을 만드는 그 방법으로 나아갈 것이다. 삶이 애써 무덤을 찾아 걷는 그 속도에서, 화들짝, 생각을 멈출 것이다. 그녀가 어느 여자건 간에, 그녀가 없어도 나는 그녀의 마음을 속속들이 안다. 그녀가 있을 적에 그 마음 전혀 모르던 것과 같이. 나는 여전히 외롭다. 반짝이는 쇠붙이 따위들을 물어다가 제 둥지로 옮기는 까마귀들의 습성처럼, 잘 기억나지 않는 슬픈 시절의 물건들을 되찾아, 그녀의 낮잠 든 머리맡에 가만히 내려놓고 싶을 뿐이다. 나는 천둥과 벼락의 나날을 기다린다. 기왕이면 깨끗하고 조용한 침대에서 죽음을 기다리고픈지 않은 사람이 어디 있겠느냐마는, 결국 나와 내가 사랑했던 모든 여자들은, 저 햇살처럼 상하기 쉬운 시간의 부스러기가 우리에게 남은 전쟁의 전부임을 깨달으며 불안하다 추억, 불길하다 또 그 얼굴 그렇게 속삭이고 말 텐데. 나는 너무 오래 목마를 수 있어 그늘진 심장을 가진 선인장으로 지내왔고, 매우 아름다워 일찍 시드는 장미조차도 경멸해왔지만, 기왕이면 장미보다는 선인장이 되길 원했다는 쓸쓸한 자랑으로, 사막에서도 우물 따위엔 기대고 싶지 않았다는 괴로운 혼잣말로 나를 유기(遺棄)한다.

나는 이 여관방, 이 침대 위에서 파미르 고원을 생각하고 있다. 유구한 시간 인도 문명과 중국 문명을 격리시켰던, 두통과 구토로 여행자를 쓰러뜨리는 높고 광활한 땅덩어리를 생각한다. 아직도 나는 벌거벗은 채로 역시 벌거벗은 운영과 나란히 누워 있다. 나는 천장을 바라보고 있고, 그녀는 창을 향해 모로 누워 나를 하얗게 등지고 있다. 나는 왼편으로 몸을 돌린다. 나는 사구와 사구 사이처럼 움푹 파인 운영의 옆구리를 매만진다. 그녀의 어두운 존재 뒤편이 환하게 열린다. 고래의 큰 가시를 조각칼로 파낸 듯 오톨도톨 튀어나온 운영의 척추뼈들. 우리는 부끄러움을 자각하면서부터 재수 없는 인간으로 전락했다고 새겨져 있는 저 척추뼈들. 해탈의 위기를 극복하려다 탈진한 욕망의 척추뼈들. 나는 무심코, 손가락을 대면서 세어본다. 하나. 둘. 셋. 네에엣…… 그때 불현듯. 죽음의 직전처럼 피곤한 목소리가, 그 척추뼈들 건너편에서 들려온다.

"아, 외로워. 왜 외롭지? 참기 힘들어. 이상해. 지금 내가 뭣 땜에 외로운 거지?"

해시계를 상속받다

1

그 한낮의 수도원에서 나는, 금식하는 아버지의 야윈 뺨을 바라보며 흰 밀빵을 뜯어 먹고 있었다. 천국에서 남아돌아 내려온 햇살이, 우리가 마주 앉아 있는 응접실의 낡고 검소한 가구들을 탈색시켰다. 나는 혹시 저러다 아버지마저 지워지는 게 아닌가 하여 양미간을 찌푸렸다.

— 당신은 '아름다운 세상'이라고 소리 내었을 때 졸음처럼 밀려오곤 하던 슬픔입니다.

나는 아주 먼 훗날에도, 그와 이런 식의 나약한 작별 인사를 나누고 싶지는 않았다. 그것은 감히 제 삶을 사랑하는 자들에게나 어울릴 법한 실수이니까.

삭발한 아버지는 눈을 감고 있는 것으로써 나를 외면하고 있었다. 이유는 간명했다. 부질없으니, 어서 돌아가라는 뜻이었다.

아까 동틀 녘에 나는, 합판으로 만들어진 조촐하기 짝이 없는 수도원행 이정표 앞에다가 운전하던 차를 세워둔 채, 좁은 비탈길을 한참 낑낑대며 걸어 올랐다. 뭘 심었던 자린지 모르겠는 겨울 밭을 가로질러 그 작은 수도원을 찾아낸 것은, 전날 밤 혼자 대구에서 출발한 이후 장장 다섯 시간 만이었다. 나는 고속도로와 국도 위에서 담배 세 갑을 피워 구겨버린 터였다.

그토록 힘들게 상봉한 아버지였건만, 나는 그의 목소리를 듣지 못하는 황당한 상황에 처해 있었다. 아버지는 백 일 작정으로 대침묵에 들어간 지 이제 스물아흐레째라고, 키 큰 네덜란드인 신부가 완벽한 억양의 한국말로 내게 일러주었던 것이다. 그는 아버지만큼 오래 산 탓에 검버섯이 돋은 시든 살갗의 늙은이였으나, 나보다 훨씬 젊은 기운을 발하는 파란 눈동자를 가지고 있었다. 나는 그것이 무섭기도 하고 징그럽기도 하였다.

무엇보다, 아버지 자신이, 마흔 살이 넘어서야 겨우 얻은 이 귀한 외아들을 만나고 싶어 하지 않았다. 만일 네덜란드인 신부의 간곡한 설득이 없었던들, 아마도 그는 나를 끝끝내 대면하지 않았을 것이다. 어리석고 매정한 나는, 유별난 효와 마찬가지로 유별난 불효 또한 몰랐다. 다만 그날이 내 기괴한 아버지의 일흔여섯 번째 생일이라는 것밖에는.

10개월쯤 전이던가. 갑자기 아버지는 말기 암환자들을 돌보는 한 산중 수도원에 많지도 적지도 않은 전 재산을 헌납하더니, 며칠 뒤에는 아예 몸소 그리로 들어가 속세와의 인연을 일체 끊어버렸다. 원래 이해하기 어려운 양반이되 이건 좀 심하지 않나 싶었다. 아버지는 어떤 불치의 병도 앓고 있지 않았고, 종교라면 일생 어느 성전(聖典)의 갈피도 뒤적거린 적이 없었으며, 다정다감한 자선 사업가는 더욱 아니었다. 한데, 그러한 일을 마치 유구한 세월 동안 별러온 것처럼 순식간에 해치웠던 것이다. 나는 아버지의 소슬한 말상을 물려받지 않은 것이 다행스러웠다. 나는 긴 인중과 국궁(國弓) 같은 입술을 제외하고는 외탁이다.

수도원 구석구석에서는 죽음의 냄새가 났지만, 그곳에 거(居)하는 모든 이들은 각자가 스스로 평화로워, 알량하고 참담한 현세의 미련이라면 생기는 그 즉시즉시 휘발시켜버리고 있었다. 누구도 눈물로 얼굴을 적시며 슬퍼하지 않기에, 아무도 크게 기뻐할 필요가 없었다. 거기에서의 인간은, 최소한 자기의 숙명과는 비기며 소멸해가는 것처럼 보였다. 묘한 광경이었다. 그들은 오로지 잠잠하기만을 바랐다. 교파의 초월을 표방하는 그 수도원에서 내가 맡은 죽음의 냄새, 그것은 결코 향기일 수 없었으나, 분명 악취 역시 아니었다. 나는 신비한 것들이 낯설었다.

새벽 5시, 정오, 저녁 7시. 이렇게 아버지는 매일 세 차례, 역삼각형의 창문 아래 놓인 제단 앞에 무릎을 꿇고 엎드려 기도하였다. 그는 통곡하며 회개하는 자세였으되 무덤처럼 고요했다. 대침묵 중인 아버지만 그런 것이 아니었다. 수도원에서는 소리 내는 기도가 금지되어 있었다. 신은 떠버리들을 싫어했다.

또 정오의 기도는 반드시 타인을 위한 것이어야 한다고 하는데, 나는 내 아버지가 과연 누구를 위해 기도하는지 궁금하기도 했지만, 그것보다는 먼저, 그가 타인을 위하여 기도한다는 그 사실 자체가 믿어지지 않았다.

이튿날 아침 일찍 산을 내려가는 내게, 아버지는 네덜란드인 신부를 통해서 해시계를 건넸다. 나는 화나지 않았다. 나는…… 하나의 신과 신부 셋, 열두 명의 말기 암환자들과 다섯 명의 자원 봉사자들, 그리고 그들 가운데 어디에도 속하지 못하는 내 아버지의 수도원을 떠났다.

2

나는 진본 《화사집(花蛇集)》을 안다. 여기서 '안다'는 표현은, 내가 직접 보고 만졌다는 것을 의미한다. 나는 부활한 예수를 의심했던 사도 도마처럼 지극히 상식적인 사람이니까. 미당 서정주의 처녀 시집《화사집》은 1941년에 남만서고(南蠻書庫)에서 1백 부 한정판으로 출간되었다. 발행인은 오장환이었고, 발문은 시인 김상원이 썼다.

《화사집》에는 저 유명한 시 〈문둥이〉가 있다. 저주받은 문둥이는 해와 하늘빛이 서럽다. 훔쳐온 애기를 달이 뜬 보리밭에 숨어 몰래 잡아먹는다. ……꽃처럼 붉은 울음을 밤새워 운다. ……끔찍한 소문 ……옛날에는 정말로 종종 그런 사건이 벌어졌던 것일까?

《화사집》초판본이 나왔을 때 내 아버지는 15세 소년이었다. 그는 식민지 조선에서 좌우 합작 신간회가 출범한 해에 태어났다. 경성방송국이 개국하여 첫 라디오 전파를 허공에 뿌려대기 시작했고, 아편 중독이 부호와 지식인들 사이에 확산되어 물의를 일으켰던 것도 그 무렵이다. 덤으로 해외 토픽 두 가지. 찰스 린드버그는 33시간 30분 동안의 대서양 횡단 무착륙 단독 비행을 인류 최초로 성공시켰다. 그는 미국인답게, "동승한 파리 한 마리 덕에 졸음을 물리칠 수 있었죠"라며 탁월한 개그를 구사하기도 했다. 중국에서는 장제스의 쿠데타에 의해 국공 합작이 파탄났다.

현재 진본《화사집》은 서너 권밖에 남아 있지 않다는데, 고서점에서의 시가가 물경 1천만 원을 호가한다고 한다. 언젠가 내가 구경한 국립 도서관 소장본은 그 훼손 정도가 심해 보존 가치가 별반 없어 보였지만.

나는 다락 속에서 목이 없는 놋촛대와 곰팡이가 번진 병풍 따위의 추레한 살림살이들을 끄집어내어 정리하다가, 왠지 예사롭지 않은 분위기를 자아내는 나무 상자를 발견했다. 홀연 집을 나가면 6개월이고 1년이고 목수 일을 하며 전국을 떠돌아다니던 아버지는 당시 이미 막막한 부재중이었다. 나는 내일 군에 입대하게 되었다는 둥의 몇 줄이 적힌 종이를 텅 빈 밥상 위에 올려놓은 다음, 행여 중요한 물건이면 챙겨둬야 한다는 의무감에서 그것을 열었다.

……나는 만감을 수습하느라고 한동안 멍하였다.

거기에는 수의(壽衣) 한 벌이 가지런히 개켜져 있었던 것이다. 그리고 내가 까끌까끌한 베를 손가락 끝에 느끼며 무심히 수의의 양 소매를 걷어내자, 후─ 불면 당장이라도 사라져버릴 것만 같은 책 한 권이 드러났다. 그것은 시체에 달라붙은, 살아 있는 타인의 심장처럼 보였다.

"크레오파투라의 피먹은양 붉게 타오르는/ 고흔 입설이다…… 슴여라! 베암"을 아직도 나는 똑똑히 암기하고 있다. 그것이 꽤 해묵은 《화사집》이라는 것은 쉽게 알 수 있었으나, 초판본 1백 부 한정판 중 하나임을 확신하는 데에는 적잖은 세월이 필요했다. 그 과정에는 내 약간의 부질없는 노력과 상당량의 우연이 작용하였다.

대관절 어떤 경로로 시와는 전혀 관계가 없어 보이는 내 아버지에게 그 희귀한 진본《화사집》이 굴러들어온 것인가. 그는 왜 자기의 우울한 수의 안에 그것을 포개어놓았던 것일까. 어째서 나는 지금껏 아버지에게 그의 수의와《화사집》에 관해 내색하지 못했을까? 무엇에 질려 있었던 것일까? 이런 등등의 의문점들은 불분명한 그의 여타 과거들과 더불어, 내게 '아버지'라는 육중한 화두로서 존재한다.

내가 일병 정기 휴가를 나왔을 때, 무허가 판잣집들이 몰려 있던 우리 달동네는 완전히 헐려 있었다. 내가 아버지와 재회한 것도 제대하고 나서였다. 이후로도 이와 유사한 일화들은 잊을 만하면 반복되었다. 나는 아버지에 대해 궁금해하는 나를 들켜버린다는 것이 어색했다. 그것은 왜곡된 부끄러움이었다. 나는 그가 나에게 그러는 만큼, 나도 그에게 무정하려고 했다. 사진첩을 무료하게 뒤적이다 보면, 나는 내가 외롭게 살아왔음을 문득, 깨닫는다. 태반이 독사진인 것이다. 모진 습관은 대개의 운명을 이긴다.

요즘 나는 액셀러레이터를 밟으며 그 시절의 산동네 터를 스쳐 지나곤 한다. 상전벽해(桑田碧海)라더니, 평지가 된 그곳에는 공룡 같은 아파트 단지가 들어서 있다. 괜히 쓸쓸해진 나는 되왼다.

　—저기 아래 어딘가에, 아버지의 수의와 미당 서정주의 진본
《화사집》이 묻혀 있다.

　아무도 믿을 수 없는 비밀을 가지고 있다는 것은, 입 안에 독
을 품고 있는 일과 동일한 고독을 안겨준다.

3

　아버지와 어머니는 자그마치 20년의 나이 차이가 난다. 재밌
다. 나는 할아버지뻘의 아버지를 두었고, 어머니는 아버지뻘의
남편을 두었다. 나의 부모는 양쪽 공히 초혼이었다. 미모의 어
머니는 서른도 못 채우고 유명을 달리하였다.

　수도원에서의 아버지는 메마른 노구에도 불구하고 여전히
강골의 흔적이 역력하다. 하물며 젊은 날의 그는 무쇠 같은 사
내였다. 인간에게서 나약할 소지가 있는 영혼을 몽땅 뽑아내버
리면 저렇게 되지 않을까 여겨질 정도였다.

　간호학교를 졸업한 콧대 높은 어머니는 기분 나쁜 인상의 늙
다리가 따라다녀 몹시 괴로웠다. 그녀에게는 특히, 그의 키가
대단히 작다는 점이 제일 거슬렸다. 피해 다니는 것에 지친 어
머니는 바로 그것을 트집 삼아 아버지에게 모욕을 퍼부었다.

효과가 있었는지, 그는 이내 모습을 감췄다. 꺽다리 아가씨는 즐거워했지만, 가까운 미래를 알지는 못하였다.

병원 근무를 마치고 귀가하던 어느 날 밤, 어머니는 인적 없는 골목의 모퉁이를 돌다가 기겁을 하고 만다. 아버지가 3미터가 넘는 죽마(竹馬) 위에 올라서서 자기를 내려다보고 있는 것이 아닌가! 보름달이 그의 정수리 주변에서 산산이 깨어졌다. 어머니는 덜덜 이를 부딪치며 떨어댔다. 아버지는 그녀에게 신처럼 말했다.

―3월에 눈이 오면 당신과 결혼하겠소.

그런데 며칠 뒤, 3월의 마지막 날에, 진짜 눈이 왔다. 어릴 적, 귀를 파주는 어머니의 무릎을 베고 누워 들었던 얘기다. 그때 그녀는 여태 뭔가에 홀려 있는 듯 아득한 표정이었다.

4

"더 기운이 빠지기 전에, 조 새끼를 쫘 죽여버리고 나도 자폭해야 하는데."

깡소주를 물잔에 부어 마시는 아버지는, 텔레비전 뉴스 속 대통령의 근황을 향해 으르렁대는 게 취미였다. 요컨대, '조 새끼'는 박정희였다가, 전두환이었다가, 노태우였다가, 김영삼이었다가, 김대중이 되었다. 그가 암살하고 싶은 것은 개인이 아니라 한국의 현대사였던 셈이다.

아버지는 그래도 정 분이 안 풀리면 남의 집 지붕들을 마구 밟고 뛰어다녔다. 그는 폭력 전과만 4범이다. 전부 노상에서 경찰이라든가 군인들과 싸우다 달게 된 별들인데, 그 가운데 강남 고속버스 터미널에서 휴가 나온 일곱 명의 공수 부대원들과 단신으로 맞붙어 완패시킨 기록은 청사에 길이 남을 것이다. 반면 평소 맨정신의 아버지는 과묵이 고질병인 착한 사람이다.

이따금 술에 취했을 때만 내뱉는 그의 요상한 말들에다가 잡지식으로 살을 붙이고 육감으로 추리의 기둥을 세워보면 여러 가지 사건의 경우들을 얻어낼 수 있는데, 그것들은 한결같이 처절하되 정확하지 않다는 공통점을 지니고 있다. 어쩌겠는가. 알 수 없는 그가 나의 아버지인 것을. 나는 그의 육체 군데군데 각인되어 있는 무시무시한 칼자국과 총상 들을 모른다. 그는 야만스런 역사의 지옥도(地獄圖)를 정통으로 지나 현재 저 산중 수도원에까지 이르러 있다. 나는 부러졌다가 다시 붙은 그의 기형적인 뼈마디들과 선지처럼 응어리진 노여움을 모른다. 해괴한 말상에 두 개의 부엉이 눈알이 박힌 박제(剝製) 같은 그 사내를 모른다. 그러고 보니 그는 서정주의 부흥이를 닮았다. "피빛 저승의 무거운물결이 그의쭉지를 다 적시어도/ 감지못하는 눈은 하눌로, 부흥…… 부흥…… 부흥아 너는/ 오래전부터 내 머릿속暗夜에 둥그란집을 짓고 사렸다."

내가 수도원에서 흰 밀빵을 뜯어 먹으면서 바라보았던 아버지의 야윈 뺨. 그것은 임멸하려고 안간힘을 쓰는, 깨달음 많은 짐승의 대가리였다. 1945년 10월 14일, 김일성이 북한 주민들 앞에 처음 모습을 드러냈을 때 내 아버지는 그 자리에 있었다. 1946년 3월 1일, 김일성 암살이 시도되었던 평양역 광장에도 그는 있었다. 나의 뇌리에는 현준혁, 김책, 신의주 경찰서 습격, 송진우, 비전향 장기수, 여운형, 김두환, 미 군정, 염동진, 신익희, 유진산, CIC, 백의사(白衣社), 김창룡, 45구경 권총 등속의 낱말들이 낯설지 않다. 김구 선생의 암살범인 안두희가 버스 운전사 박기서 씨에게 피살된 1996년 10월 23일, 나는 내 아버지가 기뻐서 우는 건지 슬퍼서 우는 건지 갈피를 잡을 수 없었다.

이마를 맞대고 쪽마루턱에 걸터앉아 떠들어대던 그들의 실루엣이 아직까지 생생하다. 사방에 막걸리 냄새가 진동했다. 나는 아홉 살이었고, 어머니는 한강에 백골 가루로 뿌려진 지 1년이 되어가고 있었다.

아버지는 아주 오래전의 친구를 기적적으로 만난 것 같았다. 나는 그가 내 아버지와 마찬가지로 짐승의 등골을 가지고 있다는 것을 단박에 알아보았다. 그의 허름한 감색 양복 소매 겉으로 섬뜩하게 튀어나와 있던 갈고리 하나가 오른팔 대신이었는지 왼팔 대신이었는지는 잘 기억나지 않는다.

나는 창호지 문을 닫고 불 꺼진 방 안에 들어가, 짐승 두 마리가 토하는 걸진 굉음들을 듣고 있었다. 만일 그때 그러지 않았더라면 오늘의 내 삶은 꽤 달랐을 것이다. 짐승들은, 어느 혼란한 시기의 어떤 토굴 비슷한 장소에서, 함께 인육을 나누어 먹었던 것에 관해 한참 이야기하고 있었다. 나는 그날의 일을 운명으로 대접해주고 싶지 않다. 그것은 완전한 저주였으니까.

— 나는 지금도 뱀이랑 쥐 같은 건 그냥 날로 삼켜. 뱀 껍질 싸악 벗겨내문, 속이, 내장이 다 들여다보여. 너도 알잖아, 쥐털이 보인다고. 나는 사람 또 잡아먹을 수 있어.

— 조국은 우릴 버렸지만, 우린 아직 조국을 버리지 않았어.

— 조오국? 니미 씨부랑탕 개좆같은 조국? 집어쳐라!

어느새 나는, 새끼손가락 끝에 침을 발라 창호지에 구멍을 내어 밖을 내다보고 있었다. 그들은 서로를 와락, 끌어안았다. 어둠 속에서 두 짐승은 구별하기가 힘들었다.

누군가, 이렇게 말했다.

— 다신 만나지 말자. 저승에서나 보자.

그들은 목소리마저 똑같아 있었다.

5

당연히 나는 이 세계를 오문투성이의 음서(淫書)로 파악한다. 내가 비관주의자라는 뜻은 아니다. 낙천과 멍청함이 가끔 일치하듯, 어떤 지성은 그 어떤 폭력보다 무자비하다. 꽃들은 시들게 마련이지만, 나는 내 곁에 피어 있는 한 송이 꽃의 미소를 즐긴다. 살고 싶지 않다고 고백하는 것과 삶의 한계를 자각하는 것은 엄연히 다르지 않은가. 나는 어려서부터 줄곧 만사를 홀로 판단하고 결정해야만 했던 까닭에, 매우 공격적으로 지혜로울 수밖에 없었다. 그러니까 나는, 그러한 사람으로서 이러한 미망(迷妄)을 늘어놓고 있는 것이다. 신령스러운 수도원에서 마지막 날을 조용히 기다리는 일이 내 아버지에게는 도통 어울리지 않는다고, 그는 차라리 전쟁터에서 적을 죽이다가 죽었어야 할 위인이라고 말이다.

"미국에서 오래 살았군요. 동경대학 유전자연구소에도 3년간 있었고……."

"……."

"유전 공학이라면, 구체적으로 어떤 건가요?"

"……."

"내 질문이 유치하다?"

"……."

나는 아버지의 해시계를 왼손 안에 단단히 틀어쥐고 있다. 해시계. 그가 만주인가 러시아인가를 떠돌 적에 얻은 것이라고 한다. 그때 아버지는 독립군이었을까, 일본군이었을까? 아니면 마적 떼의 일원이었을까? 탁구공 두 배만 한 크기의 청동 덩어리. 로마자와 흡사한 표시들이 일정한 간격으로 호를 따라 새겨진 원반의 반지름에, 직삼각형의 막이 제 가장 긴 변을 맞대고 붙어 있다. 기막힌 사실은, 나는 물론이요 아버지 역시, 이 해시계로 어떻게 시간을 읽어내는지 모른다는 것이다. 이것은 악기만 남고 주법은 상실된 공후와도 같다. 해시계. 내 아버지의 유일한 유산.

"왜 그랬죠?"

"……."

되풀이다. 자포자기한 죄인은, 흠 없는 적보다 더 피곤하다.

"특별한 동기도 없어 보이는데."

"……."

"공병두 씨, 당신 벙어리야?"

"검사님."

"그래요, 말해요."

"내가 그랬소."

"뭐요?"

"내가 그랬습니다."

"걱정 마. 그걸 의심하는 사람은 여기 없으니깐. 목격자가 넷이야. 증거도 충분하고."

"나는 키메라를 실험했습니다."

"뭐?"

"그리스 신화에 나오는 괴물이죠. 머리는 사자, 가슴은 양, 꼬리는 뱀인. 하지만 요즘은 복수 유전적으로 다른 세포들을 갖는 동물을 가리킵니다. 나는 흰쥐와 메추리로 키메라를 만들었습니다. 나중엔 늑대의 몸뚱이에 원숭이 꼬리를 달려고 했죠. 검사님은 상상조차 못 할 거요. 극단의 잡종이 얼마나 아름다운지를. 피는 섞이면 섞일수록 화려해지거든."

"그게 이 사건과 무슨 상관이야?"

"방금 검사님이 내게 묻지 않았습니까? 유전 공학에 대해서."

"좋습니다. 그건 그렇고."

"그럼 된 거 아니오? 내가 그랬다는 게 중요한 거 아닙니까?"

"알아, 알아. 댁이 키메란가 캐러멜인가를 만들었다는 건."

"내가 왜 가족들에게 그런 짓을 저질렀느냐에 관한 대답이었소."

"……지금, 나랑 장난치자는 거야?"

"검사 맞습니까? 혹시 목사 아닙니까? 나를 구원할 수 있어요?"

"이봐, 공병두 씨, 자꾸 이러면 당신만 손해야."

"젊은 검사님, 검사님은 어느 때 가장 슬픕니까?"

"⋯⋯."

지존파라는 연쇄 엽기 살인 조직이 있었다. 행동 강령까지 정한 그들은, 러브호텔이 밀집해 있는 강 건너편으로 헤엄쳐 가 폭탄을 장치하는 식의 군사 훈련 같은 것도 했다. 지존파는 그랜저급 이상의 승용차들만 범죄 대상으로 삼았는데, 납치한 사람들의 몸값을 받든 못 받든 증거 인멸을 위해 모두 죽여버렸다. 젊은 여자들은 윤간한 뒤 목 졸라 살해하고 암매장하였다. 변심한 조직원은 야산에서 곡괭이로 찍어 죽였다. 부부 중 남편은 술을 억지로 먹인 뒤 공기총으로, 부인은 칼과 도끼를 써서 살해했다. 그리고 대부분의 시체들을 토막 내었다⋯⋯ 지존파의 치밀한 사악함은, 일반 가정 주택을 아지트로 삼고 그 지하에 철창 감옥과 대형 화덕을 설치해놓았다는 데에서 극에 달한다. 동네 사람들은 그들이 냄새가 심한 삼겹살 파티를 자주 벌였다고 증언했는데, 그때마다 굴뚝에서는 때 아닌 연기가 피어올라 하늘을 뒤덮었다. 결국 경찰에 의해 전원 체포된 지존파는 재판을 받았고, 담당 검사는 두목 김기환을 포함한 여섯 명에게 악마의 대리자라는 호칭을 써가며 사형을 구형하였다.

"나도 사람이오. 낸들 내 손으로 아내와 새끼들을 죽이고 싶었겠소? 사는 게 힘든 줄 안다면 제발 더 이상 묻지 마시오. 나는 사형당하기를 원합니다. 진심이오."

"그럼, 도끼는 왜 썼는데?"

"……."

"변호사는 당신이 돌았다고 주장할 속셈이야."

"나는 변호사를 선임하지 않았소."

"당신 어머니가 선임했어."

"나는 미치지 않았습니다. 맑은 정신으로 그랬던 거요."

검사인 나는, 어떡해서든 심판을 피해가려는 범인들이 도리어 편하다. 아마 신도 우리에게 그러하리라.

"이러다 법정에서는 헛소리 늘어놓는 거 아뇨?"

"나는 키메라 동물을 조작했소."

이곳 대구 지검으로 내려와 처음 만난 박 검사는 사법연수원 4년 선배이다. 누구에게나 가리지 않고 독종으로 소문이 자자한 그는, 오직 나에게만큼은 무슨 연극이 아닌가 싶게 친절하다. 그가 고아라는 사실을 나중에야 알았을 때, 나는 나를 좋아하는 그를 용서하기가 어려웠다. 그는 본능적으로, 내 안에서, 자기와 같은 고아를 보았던 것이다. 잊혀져가던 지존파의 전설은 바로 그에게서 들은 것이다.

— 정말입니까?

— 그렇다니까. 토막 살해하고 나서는 그 고기도 먹었다니

까. 담력 키운다고.

포승줄에 묶여 있는 이 공병두라는 남자. 이제부터 나는 그를 반인반수(伴人半獸)라 칭하기로 한다.

"어차피 당신은 그냥 놔둬도 사형이야."

"우리는 천사의 친척인 성자(聖者)가 아니오."

"……."

"……."

"이건 딴 얘긴데,"

"……."

"사람과 짐승을 접붙이는 것도 가능한가? 이를테면, 스핑크스처럼."

"물론이오."

"키메라 실험하면서 죄책감 같은 건 없었나?"

"검사님."

"……."

"신이 있다고 칩시다."

"그럽시다."

"죄책감이 있다면, 신이 우리를 창조했겠소?"

6

소영은, 서 있는 내 가랑이에 말총머리를 파묻고 있다. 그녀는 목젖까지 닿도록 페니스를 구강 깊숙이 집어넣는다. 소영은 펠라티오를 해야 비로소 내 존재를 송두리째 탈취한 느낌이란다. 그녀는 혀를 길게 빼내어 귀두를 살살이 훑는다. 반응한 페니스는 소량의 정액을 유출한다. 쩝쩝거리던 소영은, 불알 한쪽을 입술로 부드럽게 감싸며 미소 짓는다. 아름다운 여자다.

"헤, 시큼해."

그녀의 빨간 혀만 컬러이고, 이 지구의 나머지는 흑백으로 변해버린다. 나는 소영의 도톰한 젖꼭지 하나를 쥐어짜듯 비튼다. 그녀는 팬티와 브래지어 없이, 아이보리색 슬립만을 입고 있다. 나는 소영의 음순을 검지와 엄지로 희롱한다.

"자기야, 욕해."

"닥치고 빨아, 쌍년아."

"아, 씹새끼."

그녀는 나를 침대 위에 눕히고 나서도 펠라티오를 지속한다. 정오의 햇살이 얇고 연한 커튼의 천 조직을 뚫고 우리를 비춘다. 멀리서, 도무지 이승의 것 같지 않은 잡음들이 몰려온다. 나는 아이보리색 슬립을 벗긴다.

소영은 내 허벅지에서 무릎으로, 그리고 발가락까지 내려가 있다. 저런 여자를 보면, 마치 저러기 위해 태어난 여자 같다. 가령, 흔하디흔한 포르노에서, 남자도 여자에게 갖은 애무를 해주지만, 그가 단지 그녀만을 위해 그러고 있다는 생각은 잘 들지 않는다. 이와는 달리, 그 여자가 애무해주고 있는 남자는, 그녀가 기다려왔던 그이다.

나는 소영의 두 다리를 각기 양 어깨에 걸치고, 푸시에 페니스를 문질러 충분히 미끈거리게 한 다음 삽입한다. 용두질을 하는 페니스의 뿌리가 드러났다 숨었다를 반복한다. 나는 반인반수와의 더러운 기분을 청소해버리고 싶다.

"자기야, 내 눈 봐. 눈감지 마."

이 여자는 쾌락이 정점에 치달을수록 눈빛이 형형해진다. 섹스에 있어서 상대의 눈을 확인하려는 쪽이 지배자라는 이론이 맞다면, 나는 소영의 장난감이다.

"어…… 니 눈이…… 아…… 젖었어…… 울어? 응? ……그래, 울어라…… 울어, 씨발 놈아!"

"이."

나는 수도원의 아버지를 무시하련다. 기실 나는 그를, 지금 신음을 내뱉고 있는 애인만큼 사랑하지도, 콤플렉스로 일그러진 박 검사처럼 동정하지도 않는다. 그저 자꾸 신경이 쓰일 뿐이다. 내 아버지가 사람 고기를 먹었으면 대수랴. 나와는 상관없는 일이다. 비참과 부조리는 도처에 널려 있다. 전쟁이 몇 달만 이어져도 인간은 악마보다 못한 존재가 된다. 군인들은 쌀한 줌의 값을 치르고 소녀와 할머니뻘을 윤간한다. 해방 전후와 한국전쟁의 어느 시공간 한구석에서, 인간이 인간을 잡아먹는 일이 벌어지지 않았다면 그것 또한 기적이 아닐 것인가.

"뭐야?"

"뭐?"

"왜 나 먹으면서 딴생각해? 다른 여자 떠올려?"

남편이 있는 여자와의 섹스는 마치 셋이서 하는 섹스 같다. 특히 내가 그 남편이라는 작자를 알고 있을 경우엔 더욱. 나는 소영의 항문으로 페니스를 옮기려다가, 어이없이 사정하고 만다.

나는 소영과 더운물이 목까지 차오른 욕조 속에 누워 있다.

"자기는 왜 이렇게 새가슴이야?"

"……."

"기대고 있으면 등이 아파."

풀이 죽은 페니스는, 그녀의 엉덩이 사이에 끼여 있다.

"……그럼, 나가."

"아냐. 귀여워."

"……."

"새가슴. 그럼, 맘도 약해?"

"……글쎄. 니가 보기엔 어떤데?"

"하긴 검사라는 종자들이 그럴 리가 없지."

"박 검사…… 무서운 양반이지."

"그 작자 얘긴 내 앞에서 꺼내지 마."

틀림없이 이 여자, 그와 성행위하면서는 맘대로 체위를 바꾸거나 실컷 소리지르지 못할 것이다.

"자기야. 그거 나 주면 안 돼?"

아까부터 소영은 식탁 위에 놓아둔 해시계에 괜스레 집착하고 있다.

"안 돼."

"피."

"그게 뭔지도 모르면서."

"뭔데?"

"쓸모없는 거야."

"그게 뭐야?"

"뭐긴 뭐야, 아무것도 아니지."

"근데 왜 안 줘."

"아무것도 아니니까…… 아무것도 아니니까."

　나는 초저녁부터 독주에 잔뜩 취해 있었다. 흔들리고 있는 나 자신이 유치해서 도저히 참을 수가 없었다. 겨우 고만한 자극에 평정심을 잃었다는 것은 검사로서 자격 미달일뿐더러, 당장 누가 눈치라도 챈다면 한참 얕보일 일이었던 것이다. 자궁 속의 태아를 갈고리로 긁어내 부를 축적하는 의사들도, 거짓말로 전쟁을 일으켜 권력을 유지하는 정치가들조차도 버젓이 살아가지 않는가. ……아서라, 그들과 억지로 비교해 자위할 하등의 까닭이 없다. 나는 준엄한 법률에 의거, 정의를 실현한 것이니까.

　나는 오전에 열린 1심 공판 때 반인반수에게 사형을 구형하였다. 그가 미소 지으며 변호를 거부하자 방청객들이 술렁였다. ……그는 동정의 여지가 있을 수 없는 한 마리 괴수(怪獸)에 불과하다. 그는 고귀한 생명의 가치와 원리를 어기고, 이 짐승의 대가리에 저 짐승의 코와 귀를 접붙이는 어두운 사탄이다. 그는 악어의 내장과 독사의 송곳니를 가졌다. 용광로에 처넣어 살라버려도 충분치 않다. ……전부 다 아버지 때문이다. 수도원에서 금식하고 침묵하고 기도하고 있는 아버지. 북파 간첩이었거나 극우 테러리스트였던, 혹은…… 내가 모르는 다른 그 무엇이었든, 대역사의 아수라장을 종단하는 도중에 인육으로 허기진 배를 채웠던 내 아버지.

— 어, 여기가 어디지?

나는 광활한 청색 보리밭 한가운데에 놓여 있었다. 거미줄처럼 금이 간 누런 보름달이, 지평선에서 직각으로 치솟았다. 큰 바람이 휘이익 쓰다듬듯 지나가자, 서늘한 보리들은 그 방향을 따라 오랜 파도를 이루었다.

잠시 후, 보리의 바다가 잔잔해졌다. 별안간 나는 어마어마한 담들 사이로 난 골목을 걷고 있었다. 나는 내 흰 운동화의 양쪽 끈 매듭이 모두 풀어져 있음을 알았다.

— 이상하네. 나는 까만 구두를 신었더랬는데?

하지만 그것은 분명 하얀 운동화였다. 그때, 야릇한 것이 뒤에서 나를 부르고 있었다. 나는 꺾어진 골목의 모서리를 잡고 그 끌림에 접근했다. 갑자기, 두 개의 늘씬한 장대가 나타나 앞을 가로막았다. 화들짝 놀란 나는, 턱을 쳐들었다.

아버지였다. 그 옛날의 진본 《화사집》을 감쌌던 수의를 단정하게 차려입은 아버지가, 3미터가 넘는 죽마에 올라서서 나를 쾡하니 쏘아 내려다보고 있었다. 보름달이 그의 배후를 투박한 빛으로 칠했다.

— 강(剛)아.

— 아버지.

— 바람이 참 좋지?

—아뇨. 오한이 나요.

　　—너는 어려서부터 허했다. 언덕에 앉아서 구름이나 보고.

　　—제가 그랬어요?

　　—세상의 밤이 곱구나.

　　—그런 말 들으면 막 졸리고, 막 울고 싶어지고…….

　　—강아.

　　—자꾸 부르지 마세요. 저는 제 이름이 부끄러워요. 도대체
뭐가 굳세다는 거죠?

　　—강아.

　　—아버지!

　　—3월에 눈이 오면 내가 다시는 몸을 받지 않는 것으로 알아라.

　　—아버지! 아버지!

8

　　요란한 전화벨 소리에 가까스로 눈을 뜬다. 타원의 형광등이
매달린 천장과 벽지의 꽃불 무늬가 낯익다. 내 오피스텔의 침
대 위다. 제 발로 찾아와 누워 있다는 것 자체가 용하다. 뇌가
녹슨 철사 덩어리로 변해버린 것만 같다.

　　악몽…… 죽마를 타고 나를 응시하던 아버지가 기억난다.

……이 동네에는 그토록 높은 담장들이 늘어선 긴 골목길이 없다. ……보리의 끝없는 지평선과, 잘게 갈라진 화장 거울 같은 보름달은 또 뭐란 말인가. ……지난밤의 어느 시점에서부터 의식의 필름이 엉키고 끊겨버린 것일까? 어디를 헤매고 다녔던 것일까? 아무튼, 황당하고 심란한 헛것들이었다. 맞아, 모조리 환상이었다.

전화벨이 멈췄다.

두통과 조갈이 힘겹다. 마디마디가 삐걱대는 몸을 일으킨다. 입은 채 잤던 양복 여기저기에는 흙과 모래가 묻어 있다. 손등과 볼의 찰과상은 대단치 않다.

이런. 냉장고에 생수가 없다. ……소영이 사다 놓은 캔맥주가 달랑 한 개 남아 있다. 미친 짓인 줄은 알지만, 그걸 얼음 넣은 유리컵에 부은 다음 벌컥벌컥 들이켠다. 일단 감각적으로나마 속이 시원하게 풀리는 듯하다.

……설마. ……현관으로 걸어간다. ……슬리퍼 옆에 엉망으로 더럽혀진 검은 구두가 뒤집어져 있다. 만져보니, 아직도 내 땀과 온기가 전해진다. 나는 신발장마저 살핀다. ……몇 켤레의 구두들을 제외하고는 골프화와 축구화뿐이다. 이 동네에 높은 담들이 늘어선 긴 골목이 없는 것처럼, 나는 흰 운동화 따윈 애초에 가지고 있지 않은 것이다. ……그럼 그렇지. 나는 푸—, 웃는다. 정말이지, 프로이트라도 읽고 스스로를 정신분석 해봐

야지 안 되겠다.

전화벨이 다시 울린다. 순간, 나는 엉뚱하게도, 감옥 안에서 가부좌를 틀고 앉아 있는 반인반수를 떠올린다.

— 검사님은 상상조차 못 할 거요. 극단의 잡종이 얼마나 아름다운지를. 피는 섞이면 섞일수록 화려해지거든. 우리는 천사의 친척인 성자(聖者)가 아니오. 나를 구원할 수 있어요? 죄책감이 있다면, 신이 우리를 창조했겠소?

나는 그가 맨정신으로 아내와 두 딸을 도끼로 살해했다고 결정한다. 심경이 한결 편안해진다. 우리는 각자를 용서하지 않는 것처럼, 서로를 미워하면 그뿐이다. 반인반수는 그의 그리운 고향, 지옥으로 회귀하려는 것이다.

나는 수화기를 든다. 네덜란드인 신부의 목소리다. 나는 그의 검버섯이 돋은 시든 살갗과 기운이 센 파란 눈동자를 상기한다. 여전히 그것은 무섭기도 하고 징그럽기도 하다.

반이 조금 더 열린 여닫이 창문에 부딪쳐 멕시코소철 화분이 모로 쓰러져 있다. 아, 실내가 이렇게 추운 건…… 어젯밤의 만취한 내가 한 짓일까? 왜 그랬을까? 나는 도판화집에서 뜯어내 목제 액자에 끼워 넣은 피카소의 〈늙은 기타리스트〉를 향해 얼굴을 돌린다.

나는, 저 산중 수도원에서 네덜란드인 신부가 완벽한 억양의 한국어로 속삭이는 이야기를 계속해서 듣는다. 슬픔이 구차하고 아둔한 변명 같아서인가, 눈물은 흐르지 않는다. 만약 세계에서 가장 고독한 인간이 있다면, 제발 그가 내가 아니기를 나는 바라고 있는 것이다.

나는 경청하고 있음을 알리려, 숨을 작게 내뱉는다. 네덜란드인 신부는, 역삼각형의 창문 아래 제단 앞에서 무릎을 꿇고 엎드려 기도하던 아버지가 그 자세 그대로 영면하였노라 말한다. 사람의 고기를 씹어 삼켰던 짐승 하나가 하늘로 올라간 것이다. 아버지의 복음은 무엇이었을까?

나는 해시계를 손안에 꼬옥 쥐어본다. 읽을 줄 모르는 해시계 속의 시간으로 나의 남은 날들을 채워가야 한다는 사실이 공포스럽다. 그리고 아버지가 어째서 이것을 평생 소중히 간직해왔는지를 깨닫는다. 그에게 있어 이 해시계는, 미리 마련해둔 자신의 수의 속에 심장처럼 박혀 있던, 문둥이가 숨어 있는 미당 서정주의 진본 《화사집》과 동의어였을 터이다.

주변에는 어처구니없는 죽음의 소식들 일색이지만, 나는 한사코 살아야겠다. 이제야 나는, 내 아버지가 수도원에서의 정오 기도 시간에 그의 아들을 생각했다고 믿을 수 있는 것이다. 나는 쓰러져 있는 멕시코소철 화분을 제대로 세우기 위해 창가로 다가간다. 졸음이 밀려온다. 나는 모래를 한 줌 삼킨 듯 목이 멘다. 3월의 첫날인데, 소금 같은 눈이 내리고 있다.

그녀는 죽지 않았어

1

그녀가 죽었다. 이제 내 마음은 달의 그림자에 해가 가린 듯하다. 그녀가 항상 지니고 다니던 관제 엽서만 한 비망록의 맨 앞장에는, 이런 벼락 맞을 문구가 붉은 볼펜으로 또박또박 씌어져 있었다.

— 내가 짐승이라는 것을 잊을 바엔, 차라리 나를 창조했다는 신을 잊겠다.

그러나 막상 그녀는, 성모 마리아에 대한 콤플렉스 말고는 어떤 중대한 불경스러움과도 거리가 멀었다. 그녀가 한때 열심히 드나들었다는 성당의 세례명을 호적상의 이름 대신 사용하고 있었으며, 그것이 바로 마리아였다는 사실이 이를 씁쓸하게 뒷받침해준다. 나의 어설픈 마리아는 아기 예수를 품에 안은 저 석고상의 마리아를 질투하고 있었던 것이다. 하긴 어느 속 좋은 여자인들, 구세주를 아들로 둔 다른 여자를 아무런 사심 없이 경배할 수 있겠는가. 나는 그녀가 나를 사랑했다고는 믿을 수 없는 것과 같이, 내가 과연 그녀를 사랑했는지를 감히 말하지 못하겠다. 그저 얼음 상자에 갇혀 괴로운 수화(手話)를 나눴다는 느낌뿐. 옥상 서편 모서리부터 건물 전체의 6분의 1가량이 쾡하게 사라져버린 아파트 한 동 앞에서, 나는 온종일 넋이 나간 채로 흙먼지 안에 붙박여 서 있었다. 마리아를 포함한 32명이 사망하고 50여 명이 중경상을 입은 이 희대의 참사는, 본드에 절어 밤새 광란의 술판을 벌이던 불량 청소년들이 손도끼로 도시가스 호스를 자르고 거기에 담뱃불을 지져댄 것으로 경찰에 의해 잠정 결론 내려졌다. 잔해 더미 속에서 마리아의 시체가, 함몰된 머리 따로 발목의 나비 문신이 선명한 하반신 따로 발견된 것은 그로부터 닷새가 지나서였다.

　나는 그녀가 벌을 받았다고는 생각하지 않는다. 죄는 누구나 짓고 벌은 아무에게나 찾아오니까. 게다가 그녀는 가끔 신의 눈치를 보는 것 같기는 했지만, 그렇다고 해서 신을 겁내지는 않았다. 엉뚱하게도 그녀가 정말로 무서워했던 것은, 신이 아니라, 빨간 풍선이었다.

황하반점(黃河飯店)에서 옛날 손자장면을 먹은 나는, 근린공원(近隣公園)으로 걸었다. 황하반점의 옛날 손자장면과 근린공원의 적막. 이 두 가지는 그 무렵 내가 누리는 위안거리의 전부였다. 나는 늘 배불렀으면 싶었고, 또 늘 쉬고 싶었다. 그래서 매일매일 황하반점에서 옛날 손자장면 곱빼기를 그릇 밑바닥까지 말끔히 비운 뒤, 근린공원 낡은 벤치 위에 별자리처럼 앉아 있었던 것이다.

나는 악몽조차도 개꿈으로 꾸는 내가 맘에 들지 않았다. 역한 갈증을 느낀 나는, 얼어붙은 생수병을 장미 넝쿨이 우거진 초등학교 담벼락에 툭툭 쳐댔다. 단두대 모양의 구름 보자기가 미쳐가는 초여름 하늘 한 귀퉁이에 구겨져 있었다. 보나마나 근린공원에는, 쭈글쭈글한 노인네들이 해진 돗자리를 그늘에 깔고 누워 초조하게 최후를 기다리고 있을 거였다. 그들 가운데 어느 할아버지는 그깟 가래침 좀 바닥에 뱉었다고 하여 끈질기게 나를 따라다니며 호통치고 야단이었는데, 요사이 눈에 띄질 않으니 참 잘 죽었지 싶어서 나는 짧게 환호했다.

바로 그때. 자동차들의 연이은 급정거 굉음에 화들짝 놀란 나는, 금방 지나친 사거리로 몸을 휘돌렸다. 조그만 개 한 마리가 보도와 차도 사이를 어지럽게 오가고 있었다. 저 혼자 잔뜩 질겁하여 도망치는 꼴이, 그대로 놔두면 곧 차바퀴에 깔려 쥐 포처럼 되어버릴 게 분명했다. 나는 일단 구하고 보자는 마음에서 녀석을 향해 뛰기 시작했다. 꼬리를 잡을 듯 잡을 듯 놓치며 백 미터 가까이 뒤쫓는 동안 나는, 개라는 동물이 왼쪽 뒷발 없이도 그렇게 빨리 달릴 수 있다는 것을 처음 알게 되었다.

나는 마을버스 정류장 근처에서, 나만큼이나 할 일이 없는 어떤 행인의 도움을 받고 나서야 간신히 놈을 사로잡을 수 있었다. 몹시 지저분한 것이, 한눈에도 집을 나온 지 오래된—그러나 아무렇게나 풀어놓고 기르는 똥개가 아니라—모종의 애완견이었다.

사력을 다해 경주를 마친 우리는 함께 헥헥거리고 있었다. 나는 마치 잃어버린 유년(幼年)의 심장을 되찾은 것처럼 놈을 꼬옥 끌어안으며, 그만 그 자리에 대자로 드러눕고 말았다. 아아, 신은 그런 식으로 내게, 자기가 데리고 있기 싫은 절름발이 천사를 내려보냈던 것이다. 나는 단두대 모양의 구름 보자기가 감추고 있는 우주의 궁륭을 응시하였다.

3

조금 전까지만 해도 화재 예방과 소화기 다루는 법에 관해 건성으로 들으며 꾸벅꾸벅 졸고 있었는데, 앞좌석 등받이에 이마를 세게 부딪치는 바람에 깨어나보니 강당에는 나밖에 없었다. 나는 순간, 내가 성인이 된 후로 줄곧 민방위 대원이었다는 사실을 새삼 자각하였다. 스포츠 신문을 돌돌 손에 말아 쥔 꼰대들과 더불어 매년 두 차례씩 구명줄 매듭짓기라든가 뱀에 물렸을 때의 응급처치 따위를 연습하며, 방독면을 쓴 내 실업의 청춘은 가상 적기의 날개 그림자 안에 갇혀 있었던 것이다. 심한 짜증과 요의를 동시에 느낀 나는, 뻑뻑한 뒷목을 주무르며 로비로 나아갔다.

그런데, 쉬는 시간이면 응당 담배나 꼬나물고 휴대전화로 수다나 떨고 있어야 할 아저씨들이, 무슨 이유에서인지 빠짐없이 구민회관 출입구로 우르르 몰려가 있었다. 민방위 교육은 아직 안보 영화 상영이 남아 있는데 말이다.

서둘러 그들 틈에 끼어든 나는, 그들 모두의 동일한 시선을 따라, 갑자기 어둑어둑해진 한낮의 하늘로 턱을 젖혀올렸다. 누군가 내 곁에서 제 친구와 이렇게 떠들었다.

"아이고 아까와라. 망원경만 있음 홍염이랑 코로나도 볼 수 있을 낀데. 시뻘건 불덩이들이 사방에서 뚝뚝 떨어지고 팍팍 튀고 그럴 낀데."

"홍염? 고, 고로나? 그게 다 몬데?"

"그 뭐냐, 용암같이, 그러니까, 왜 제철소에 가무는, 에이,

됐다 마, 무식한 노무 자슥. 그걸 우찌 말로 설명하노. 그런 게 있다."

"잘났다, 새끼야. 아무튼, 와, 억수로 신기하네. 해가 구공탄 맨치롱 까맣네."

개기 일식이었다. 가까이에서는 인간들의 탄성이 요란하고, 먼 곳에서는 개들 짖어대는 소리가 저승에서 들려오는 것마냥 아득하였다. 나는 대리석 층계의 난간 위에 올라서서 양팔과 입을 크게 벌렸다. 그리고 허기진 새 새끼처럼 혀를 길게 빼 내밀었다. 검은 태양을 향해 전진하는 나의 존재는, 골수부터 녹아들며 무의미해졌다. 오, 촛불 꺼지듯 확, 사라져버릴 수만 있다면.

······전날 밤 드디어 나는, 도망치는 야구 모자를 은초록 어린이집 놀이터 한복판에서 붙잡아 쇠망치로 여러 대 두들겨 패 고꾸라뜨렸다. 공포에 질려버린 애송이는 신음조차 내지 못하고, 그 재수 없게 째진 눈깔을 파르르- 파르르- 떨었다.

— 너 생선회 먹었지? 소[牛] 육회 먹었지? 머리에 기생충 들어갔지? 내가 휴전선 철조망 넘나들며 멱 따버린 인민군 종간나 새끼들이 열다섯이야.

뻗어 있는 야구 모자의 머리맡 모래밭에는, 아까 녀석이 내게 대항하려고 꺼내들었던 손도끼가 박혀 있었다. 나는 그것을 뽑아서 내 청바지 뒷주머니에 끼워 넣었다.

― 압수야. 무기는 전사(戰士)가 가지고 있어야 하니깐.

"철아. 봐라, 이 뭐꼬? 이 사람, 와 이러노?"

"와? 어라?"

"저기요, 왜 그래요? 어디 아프세요? 아, 아저씨, 무섭게 왜
그러시는 건데요?"

어느새 검은 태양은 내 배를 황홀하게 가르고 들어와 끈끈한
피를 핥아 먹고 있었다. 몇몇 민방위 대원들에게는, 그 모습이
의외로 난해하였던가보다.

4

"……빨간 풍선!"

"?"

"빨간 풍선이 있어. 겉으론 보통 풍선들과 전혀 다르지 않은.
너는 그런 적 없니? 길거리라든가 광장 같은 데서, 주인 없이
홀로 둥둥 떠다니는 풍선과 맞닥뜨리는 경우 말이야."

"유원지에선 흔히 있는 일 아닌가요? 아이들은 풍선에 매달
린 끈을 잘 놓치니까요."

"에이, 그게 아니라, 그럴 만한 확률이 매우 희박한 때와 장

소에서. ……가령, 평일 오후…… 요절한 친구의 뼛가루를 담은 나무 상자를 가슴에 안고 막 벽제 화장터를 걸어 나오는데, 뜬금없이, 빨간 풍선 하나가 불쑥 시야에 끼어들어오더니, 바람 불지 않는 허공을 서늘한 혼백처럼 돌아다니는 거야. 그런 경험 없어?"

"글쎄요, 막상 그렇게 대놓고 물어보니까, 있었던 것 같기도 하고, 없었던 것 같기도 하고."

"그 빨간 풍선은 오직 하나이고, 당장 그것을 보고 있는 사람도 역시 하나야. 그리고 둘 사이에는 무거운 긴장이 팽팽하지. 그건 어쩌면 옅은 졸음 비슷한 것일 수도 있어. 때로 그 빨간 풍선은 꼬마들의 손에 닿을 듯이 낮게 가고, 때로는 빌딩의 피뢰침에 찔릴 정도로 높이 솟기도 하지. 음, 대단히 인상적이지."

"빨간 풍선…….''

"그 빨간 풍선은 평범한 빨간 풍선이 아니야. 잘못해서 터지기라도 하는 찰나엔 지구가 폭발하게 되어 있는, 그런 빨간 풍선이라구."

"……."

"만약에, 진짜로 그런 풍선이 있어서, 지금 이 시각에도 행려병자처럼 이 도시를 헤맨다고 상상해봐. 누구는 뾰족한 우산 끝을 쳐들고 그 빨간 풍선을 쫓다가 그것이 갑자기 떠올라 아슬아슬하게 놓치고, 누구는 애인과 캠퍼스 잔디밭에서 키스를 하는데 교문 쪽으로 날아가고 있는 그 빨간 풍선을 보고, 누구는 해장국집에서 점심식사를 마치고 나오다가 그 빨간 풍선이 모범택시의 뒤를 따라가고 있는 걸 목격하는 거야. 그러면서, 뭐라고는 딱 꼬집어 표현할 수 없는 야릇한 감정과 침묵에 휩싸이게 되는 것이지. 물론, 그 빨간 풍선이 세계의 뇌관이라는 사실은 모르는 채."

"그런 풍선이 있을 리 없죠."

"무슨 수로 확신해?"

"말이 안 되잖아요. 그깟 빨간 풍선 하나 터졌다고 해서 어떻게 지구가 망합니까?"

"어머, 단정할 문제는 아니라고 봐. ……이 세계에도 치명적인 급소가 있을 수 있단 거지. 이를테면, 티베트의 어느 마을에 맑고 깊은 샘이 하나 있는데, 그게 썩거나 말라붙게 되면 지구도 따라서 생명을 잃는 거 아닐까? ……나는 그런 생각 만날 해. 저 도자기가 저기 탁자에서 떨어지면 지구도 함께 박살나는 건 아닐까? 저 수족관의 열대어가 수면 위로 떠오르면 이 세상도 그렇게 되는 건 아닐까, 하는 식의."

"빨간 풍선을 본 적이 있나요?"

"나는 자주 봐, 얘. ……한 달 전쯤에는 과천에서, 내 차 백미러 속을 스치고 지나갔어."

"그거야말로 놀이 동산이나 동물원에서 흘러왔을 수 있겠네요."

"그저께는 인사동에서도 마주쳤는걸? 학고재 앞에 서 있었는데, 해정병원 쪽으로 날아가는 걸 따라가다가 놓쳤지."

마리아가 언제나 내게 빨간 풍선과 같은, 남들이 들으면 이상하게 여길 소리들만 늘어놓았던 것은 아니다. 기실 사람들은, 예수가 십자가에 못 박혀 죽었다가 부활했고, 부처가 보리수 밑에서 해탈하였으며, 마호메트가 천사 가브리엘로부터 알라의 말씀을 전해 들었다는 등의, 무조건 믿기로 작정하지 않는 한 결코 믿기 어려운 이야기들조차 마구 믿는다. 그러니 그에 비한다면, 그녀의 빨간 풍선이 반드시 황당무계한 것만도 아닐 터이다. 더구나 마리아는 나더러 자기의 빨간 풍선을 믿으라고, 저 속세의 피곤한 종교들처럼 강요한 바가 없다. 다만 홀로 지니고 있기에는 견디기 힘든 비밀 한 가지를 수줍게 고백하였을 뿐이다. 나는 그런 그녀가 너무 귀여워서, 이빨로 찢어발기고 싶었다.

마리아는 나보다 여섯 살이나 많은 서른두 살이었고, 하얀 두 유방 사이에는 커피를 엎질러 생긴 얼룩 같은 점이 있었는데, 거기에 얼굴을 묻은 채 아무 생각도 하고 있지 않으면 왜 그렇게 슬펐는지 모르겠다.

그녀는 원래가 심판 따위를 받기에는 지나치게 외롭고 개념이 모호한 생물이었다. 마리아는 나를 사적으로 만나기 시작한

지 불과 세 시간 반 만에 반말을 해댔고, 나는 우리의 마지막 순간까지 그녀에게 존댓말로 일관했다. 도무지 감추는 것이 없던 마리아는, 만인을 그렇게 대하며 사느라 영육(靈肉)이 온통 시퍼런 멍투성이었다. 그녀는 비록 미녀는 아니었으되 색이 탁하고 표면이 거친 어떤 아름다움을 가지고 있었는데, 이제 와 곰곰이 돌이켜보니 우습게도 그것은 다름 아닌 청승이었다.

마리아는 이혼 경력이 세 번이나 되었다. 아직 젊은 나이에 어떻게 그럴 수가 있었느냐고 내가 물었더니, 그녀는 첫 결혼이 스무 살 때였다고 심드렁히 대답하면서 덤으로 마태복음 5장 32절을 읊었다.

"나는 너희에게 이르노니 누구든지 음행한 연고 없이 아내를 버리면 이는 저로 간음하게 함이요 또 누구든지 버린 여자에게 장가드는 자도 간음함이니라. ……나는 음행한 연고 없이 세 명의 남편들로부터 버림받았어. 따라서 내 간음은 내 탓이 아니야, 알겠어? 알아들었냐고? 빌어먹을."

나는 마리아와 총 열두 차례 간음하였다. 그것들은 모두 그녀를 사귄 지 30일 이내에 이루어졌으며, 서른한 번째 날에 마리아는 이미 이승을 쏘다니는 헛것이 아니었다. 내가 그녀의 연옥에 페니스를 집어넣고 허리를 움직이면, 마리아는 꼭 처녀인 양 "어우, 야아. 어우, 야아. 아프단 말야" 그랬다. 또한 나는 그녀의 이런 목소리도 기억한다.

"괜찮아, 싸. 나, 자궁 드러냈어."

이럴 때면 나는, 진짜로 성모(聖母)라든가 예수를 졸졸 따라 다니던 막달라 마리아와 섹스하는 착각에 빠져, 굉장히 흥분되곤 하였다. 더 이상은 참을 수 없었던 나는 결국, 그녀의 팬티와 브래지어를 훔치고 말았다(내게는 마리아의 것 외에도 다른 여러 여자들의 속옷들이 참 많다. 고등학교를 중퇴한 즈음부터 꾸준히 모아왔던 보물들로서, 개중 나는, 독서실의 화장실 문을 안에서 걸어 잠그고 따먹었던 여중생의 팬티와 섬으로 팔려갈 늙다리 다방 레지에게 화대를 곱으로 주고 얻었던 슬립을 특별히 아낀다. 나는 지독하게 우울해지면 으레 눈을 감고 그것들에다 일일이 코를 파묻는다. 아하, 피와 살 냄새, 이 지구의 어디에서 무엇을 하고 있건 간에, 혹은 이미 천국이나 지옥에서 노숙을 하고 있다 하더라도, 그 여자들은 신과 악마의 것이 아니라 영원한 나만의 것이다).

다녀간 사람이라곤 나밖에 없는데 생긴 일이니, 영리한 마리아가 눈치 못 챌 리 없었다.

"얘. 너……어, ……저번에 여기 왔다가, 내 팬티 가져갔니? 그러니? 그랬니?"

"……."

"맞아? ……어머머, 얘 말 못하는 거 봐. 맞구나? 그럼 브래지어 없어진 것도 너가 가져간 거니? 응?"

"……."

"엄마야, 애 좀 봐. 웬일이니. 너 변태야? 호호, 진짜 그래?"

5

　나는 하늘나라에서 추방당한 나의 절름발이 천사를 바둑이라고 부르기로 결정하였다. 평소 개들과 별반 친하게 지내지 않았던 관계로, 요즘 유행하는 개 이름들에는 뭐가 있는지 어두웠기 때문이다.

　그런데, 정작 문제는 그 다음이었다. 바둑이는 내가 알지 못하는 제 원래의 이름을 고수하였던 것이다. 바둑아, 바둑아, 애타게 호명했지만 내 쪽은 아예 거들떠보지도 않았다.

　궁리 끝에 하는 수 없이 나는, 바둑이의 과거에 들어맞을 가능성이 있을 법한 개 이름들(토토, 짱가, 레옹, 람보, 슈슈, 요롱이, 통키, 대한이, 까미, 처키, 뭉치, 칸, 왕별이, 두리, 다롱이, 도꾸)의 목록을 동물 병원에 문의하여 작성한 뒤 그것들을 차례차례 써먹어보았으나 결과는 마찬가지였다.

　수의사의 감정(鑑定)에 따르면 바둑이는, 애초의 내 짐작과는 달리 순종이 아니었다. 티베트산 쉬즈와 어떤 개 사이의 튀기인 것 같다는 거였다. 하긴 갈색 털들 틈새로 잿빛 점박이가 종종 박혀 있는 게, 언젠가 텔레비전 속에서 어미젖을 빨아대던 새끼 하이에나와 닮은 구석이 있어 석연치 않기는 했더랬다.

바둑이는 종일 잠만 잤다. 드물게 깨어 있다 해도 일절 짖거
나 까불대지 않았다. 무더운 여름 내내, 나는 그런 바둑이와 아
무런 교감도 이룰 수 없었다.

6

한가로이 털스웨터를 뜨개질하던 나는 불현듯, 모가지가 단
두대에 올려진 것같이 외로웠다. 나는 내가 자살하려는 것을
깨닫고는 겁이 났다.

바둑아, 바둑아.
바두가아.
바둑아.
바둑아―.

그러자, 일생 기도한 적 없는 내게 기적이 일어났다. 바둑이
가 그 크고 검은 눈망울을 반짝이며 요술처럼 달려와 내게 안
겼던 것이다. 나는 바둑이의 잘려나간 왼쪽 뒷발의 뭉툭한 뿌
리를 매만지며, 창밖으로 불어가는 칼바람의 음정 없는 노래를

들었다. 나는 기쁨에 떨며 되뇌었다. 짐승의 영혼은 인간의 그것보다 얼마나 순결하고 아름다운가!

하지만 다음날 아침, 나는 세탁기가 놓인 베란다 배수구 옆에서 바둑이를 찾아내었다. 엎드린 바둑이는, 마치 곤충이 말라 굳어 있는 느낌으로 숨쉬지 않았다. 나는 어떡하든 살려볼 도리가 없을까 싶어, 급히 바둑이를 모포에 싸서 동물 병원으로 뛰었다.

수의사는 바둑이가 무슨 특별한 병 때문에 그렇게 된 것이 아니라, 내가 지난여름 길거리에서 잡아왔을 때부터 이미, 시력보다는 후각과 청각으로 사물을 식별할 만큼 늙은 개였다는 소견을 내놓았다. 이른바 노환에 의한 자연사인 셈이었다. 또 수의사는 매주 수요일마다 애완견 장의업자가 들러 냉장고에 안치한 개들의 시체를 수거해간다는 말도 덧붙였다.

화장료(火葬料) 3만 원을 지불하고 핏기 없는 유령이 되어 집에 돌아온 나는, 꼬박 이틀을 벽과 함께 굶으며 슬퍼하였다. 바둑아, 바둑아, 부르면 당장이라도 바둑이가 뒤뚱뒤뚱 세 발로 다가와 반겨줄 것만 같았다. 그리고 아직 화요일 밤이라는 데에까지 생각이 미치게 되었다.

이제 막 두꺼운 유리문에 육중한 자물쇠를 채우려던 수의사는, 내 피폐해진 몰골에서 딱한 사정을 읽고, 차마 싫은 소릴 못하겠다는 표정을 지었다.

나는 죽음보다 어둡게 식어버린 털뭉치를 양볼에 번갈아 비비며 구슬피 울었다. 그것은 이내 보통의 울음을 넘어 통곡으로 치달았다. 이해심 많은 수의사는 소파에 앉아 담배를 피우며 내가 제풀에 꺾여 잠잠해지기를 기다려주었다.

이윽고 횡단보도 신호등에 기댄 내 침울한 등 뒤로 동물 병원의 셔터가 내려졌을 때, 습기 없는 가을밤의 공기는 사뭇 괴괴하였다. 나는 북극성을 찾아보려 했지만 달빛이 너무 환했다. 수의사는 잠시 내 어깨를 다독이더니, 얇은 발소리만으로 총총히 멀어져갔다. 나는 머리가 깨어질 듯 아팠다. 바둑이가, 내게 겨우 남아 있던 한 조각의 고귀한 것을 입에 물고 이 은하계의 건너편으로 날아가버린 것 같았다.

그때, 누가 내 어깨를 다시 건드렸다. 나는 고개를 돌렸다. 수의사가 서 있었다. 마리아였다.

7

돼지들은 자기들의 불행이 믿어지지 않는 것 같았다. 트럭이 커브를 돌거나 경사를 오를 때면, 돼지들은 문드러진 코와 입에서 진물을 질질 흘리면서 화물칸 쇠창살로 미끄러져 눌어붙었다. 돼지의 눈. 그것은 원망의 눈초차도 아니었다. 목숨을 지굿지굿해하는 눈이었다. 오로지 공포밖에는 없는 눈이었다. 그런 나약한 것들의 비참을 억지로 지켜보아야 한다는 것은 상상 외로 괴로웠다. 마리아가 운전하는 엘란트라는, 수십 마리의 돼지 떼를 실은 트럭과 나란히 대관령을 넘어가고 있었다.

"야. 저 봐라. 죽으러 가나보다. 쟤들. ……옛날 소백정들은, 잘 벼린 칼로 단번에 급소를 찔러서 소를 최대한 고통 없이 잡았어. 그뿐인가. 소들의 억울한 넋을 달래주기 위해 제사도 지내주고 굿도 벌이고 그랬지. ……요즘 인간들은 짐승들을 차마 입에 담을 수 없이 사악하게 다루고 끔찍한 방법으로 도살해. 아마 광우병이란 것도 그래서 생긴 걸 거야. 인간들을 향한 소들의 저주이자 복수라고. 영혼을 독점했다고 자부하는 사람들의 건방은 대체 근거가 뭐야? 왜, 중학교 생물 시간에 개구리 해부하잖아. 그거 미친 짓이야. 아이들 모두가 개구리 배를 면도칼로 갈라볼 필요가 어딨는데? 또 동물 실험은 얼마나 골 때리구. 죄 없는 생명에게 몹쓸 병원균을 일부러 집어넣어서 앓게 하고 말이야. 아우슈비츠가 어쩌고저쩌고 하면서 엄살 떨 자격 없어, 우린. 내가 아는 큰스님은 이러시더라. 엽기적 살인이 많이 일어나고 있는 건, 그렇게 삭막하게 죽임을 당한 동물들이 사이코로 환생하기 때문이라는 거야."

"……."

"……."

우리 사이에 묘한 정적이 감돌았다. 누군가 이 세계의 뇌관인 빨간 풍선과 마주쳤을 때처럼.

"근데 왜 날 쳐다봐요?"

"뭐라구?"

"아네요."

마리아와 나의 목적지 없는 여행은 다도해 해상 국립 공원까지 이르렀다. 그곳은 안개의 군령(軍令)에 지배받고 있었다. 안개는 먼저 바다를 없앴고, 거기에 여러 심지들을 박고 있는 거대한 다리를 없앴고, 그 위에 서 있는 마리아와 나의 가슴 아래를 없앴다.

"바다가 보이질 않으니 차라리 잘됐어. 웬 아줌마가 감기에 걸린 악어를 데리고 온 거야, 글쎄. 진짜 큰 악어를. 제아무리 수의사라지만 악어가 흔한 동물도 아니고, 나로선 처음인 거야. 무서워서 진료 못하겠다고 했지. 그다음부터는 밀물이건 짠물이건 일단 물만 고여 있으면 무조건 거기에 악어가 숨어 있는 것 같애."

나는 검지 두 개로 입을 찢어, 하품하는 악어의 시늉을 내었다. 그녀는 양미간을 찡그리며 나를 외면하였다.

우리는 돌산대교를, 망망한 안개의 공중을 걸어서 건넜다. 마리아와 나는, 관광 유람선 선착장을 지나 돌산회타운에서 신선한 광어회에 소주를 마셨다.

"거문도와 백도(白島)를 구경하려면 서둘러야 돼."

"생선회를 너무 먹으면요, 미쳐요. 육회도 마찬가지구."

"뭐?"

"미친다고요. 생선회나 육회에는 기생충이 있을 수 있는데, 그게 몸속을 막 돌아다니다가 뇌에 달라붙으면 사람이 미쳐요."

"농담이지?"

"사촌 형 하나가 그래서 미쳤죠."

"그럼 넌 이거 먹지 마."

"싫어요."

그녀가 화장실에 갔을 때, 나는 버릇대로 그녀의 핸드백을 뒤졌다. 나는 거기서 관제 엽서만한 수첩을 꺼내어, 그녀가 가장 최근에 적어놓은 부분을 읽었다.

— 정말이지, 살고 싶다.

8

그녀는 개와 고양이가 인간에게 얼마나 과분한 벗인가에 대하여 길게 열변을 토했다. 그녀는 대학 진학 시 충분히 명문 의대에 합격할 수 있었으나 가족을 비롯한 주변의 강력한 반대를 무릅

쓰고 굳이 수의학과에 진학했노라고 술회하였다. 그때는 무작정 동물들이 좋아서 그랬지만, 지금은 자신의 선택이 더할 나위 없이 탁월했다고 확신하며, 그것은 인간들보다는 그 밖의 동물들을 돌보는 것이 훨씬 보람 있는 일이기 때문이라고 말했다.

그녀는 내가 계속해서 찔끔거리자, 마사이족의 이야기를 들려주었다. 그들은 죽은 자를 반드시 그가 죽은 날 단 하루만 애도한다. 장례는 주로 시신을 야생 동물의 먹이로 던져주는 방식으로 치러지는데, 그러면 그의 얼굴, 그의 말투, 그의 사람됨, 아무튼 이후론 그에 관해 아는 모든 것들은 절대로 기억해서는 안 된다는 것이다.

"원장선생님, 제가 바둑이를 잊을 수 있을까요?"

"어서 새로운 개를 입양해 키우세요. 사람은 사람으로 잊고, 개는 개로 잊는 거예요."

그녀는 말을 많이 하며 나를 위로해주었고, 나는 술을 마시며 기력을 회복했다.

"어렸을 때 삼중당에서 나왔던 《김찬삼의 세계 여행》을 읽고 다짐했죠. 여행가가 되기로요. 원래 해외여행은 매우 특별한 사람들, 용기 있는 사람들이 하는 거였는데, 요즘에는 아무나 맘만 먹으면 어마어마하게 먼 여행을 할 수 있게 되었어요. 여행에서 모험이 제거되자 지구는 오지(奧地)를 잃어버렸구요. 김찬삼 선생처럼, 이 나라에서 돌덩이를 주워다가 저 나라에서

황금으로 팔아먹는 행운 따윈 존재하지 않죠."

그녀는 내가 특급 군사 기밀을 다루는 부대 출신이어서 외국에 못 나간다는, 그래서 여행가로서의 꿈을 포기할 수밖에 없었다는 것을, 내가 184센티미터에 59킬로그램밖에는 몸무게가 나가지 않는다는 사실보다 더 신기해하였다.

"청와대가요, 전쟁이 일어나면 밑으로 가라앉아요. 20미터 정도요."

"설마."

"정말입니다."

"……."

"뭘 적어요?"

"잊을까봐. 메모광이에요."

"큰일나요. 이리 줘요."

내 손끝에 걸려 그녀의 수첩이 테이블 바닥으로 떨어졌다. 재빨리 그것을 주워 훑어보니 페이지 페이지마다 낙서로 가득했다.

"내가 짐승이라는 것을 잊을 바엔, 차라리 나를 창조했다는 신을 잊겠다? 신 같은 거 믿습니까?"

"뭘 읽어요? 어서 돌려줘요."

"신을 믿습니까?"

"아까 얘기했잖아. 세례명을 쓴다고."

"아. 마리아."

"한때 성당엔 꽤 열심히 다녔지. 지금은 관뒀지만. 신이 있어서 내가 하는 모든 짓을 몰래카메라 보듯 지켜보고 있다고 생각하니까 영 맘이 불편해서. 돌려줘요, 그만."

"발목에 문신 새겨진 게 나비 맞습니까? 이거 주우면서 봤어요."

나는 수첩을 돌려줬다.

"유리창떠들썩팔랑나비."

"예?"

"두번째 남편이 나비 연구가였어요. 그 사람이 새긴 거죠. 유리창이 들썩거릴 정도로 날갯짓이 강하대요."

"결혼을 두 번이나 했어요?"

"아니. 세 번. 다 실패. 지금은 독신."

"어떻게 그럴 수가 있죠? 아직 젊은 나이인데. 어느 틈에."

"첫 번째 결혼을 한 게 스무 살 때였어. 게다가 결혼은 하루에 열 번이라도 할 수가 있지. 이봐요."

"예."

"저는요, 칠공 개띠걸랑요. 보아하니 제가 훨씬 누난 거 같은데, 이젠 반말해도 괜찮지?"

9

"사는 데가 아파트 아닙니까?"

"맞아, 아파트. 바로 옆집에 껄렁껄렁한 애들이 출입해서 그래…… 어잉, 바래다주기 싫어서 그래?"

"아니요."

"희한한 군대를 나왔다니 싸움도 곧잘 하겠네."

자존심이 상한 나는, 마리아의 왼편 귓불을 살며시 잡아끌어 속삭였다.

"실은, 나, 사람도 여럿 죽여봤어요. 모두 깡마르고 사나운 인민군들이었죠. 북한만 특수 부대나 간첩을 적지에 침투시키는 게 아닙니다."

왜 그랬는지, 마리아가 깔깔댔다. 기뻐서 그러는 건지, 못 믿어서 그러는 건지, 판단할 수가 없었다. 나는 상당히 찝찝했다.

아닌 게 아니라, 우리가 올라탄 엘리베이터의 문이 막 닫히려는 순간, 한 떼의 힙합 바지족들이 남녀 짝을 지어 몰려들었다. 그중 유일하게 야구 모자를 눌러쓴 녀석이 손도끼를 휘저으며, 밖에서부터 피우고 있던 담배를 여전히 꼬나물고 있는 까까머리와 장난질을 쳐댔다. 까까머리가 야구 모자에게 제 까까머리를 들이대며 말했다.

— 까봐. 까봐. 그래, 어쭈. 까봐, 씹새야.

그때 야구 모자가, 그녀와 나의 어이없어하는 표정을 번갈아 흘겨보았다. 나는 야구 모자의 째진 눈깔을 똑똑히 새겨두었다.

5층에서는 우리만 내렸다.

"옆집에 드나든다는 불량배들이 쟤들 아니었어요?"

"가끔 옥상에 올라가더라구. 거기서 뭘 하는지는 모르지만. 술은 집에서 음악 크게 틀어놓고 마시는 것 같던데."

"신고 안 들어갑니까?"

"소용없어. 며칠 얌전하다가는 또 그래. 철거 직전의 임대 아파트라서 그런지 저런 분위기에 주민들이 무감각해. 아까 야구 모자 쓴 애 있지? 손도끼 가지고 놀던 애. 그놈이 날 노리고 있어. 강간하려는 것 같아. 이사갈 곳을 알아보고 있어. 더는 못 견디겠어, 이런 데는. 나는 그런 남자들이 좋더라, 게이들."

"게이요?"

"왠지 순수하고 섬세해 보여. 아까 걔들은 무슨 짐승 같애."

"짐승 같다고요?"

"왜?"

"……"

"어머, 너 왜 그렇게 무섭게 쳐다보니?"

"아뇨. ……아뇨."

"……같이 있어줄래?"

"…….'"

"응?"

"…….'"

나는 말없이 고개를 저었다.

"아, 내가 미쳤지."

나는 혼자서 오래오래 걸었다. 그리고 술이 더 마시고 싶어, 당장 눈에 띄는 포장마차로 들어갔다. 데친 오징어에 맥주를 주문했다. 불과 반나절 남짓 동안 지나치게 많은 일들이 벌어져서 그런지, 매우 피곤하고 혼란스러웠다. 나는 그녀가 마음에 들었다. 지붕 위로 올라가 기러기가 달을 스칠 때 트럼펫을 불고 싶은 심정이었다. 아늑한 사과 벌레가 되고 싶었다.

"아줌마, 웬 가을에 파리가 이렇게 있어요?"

"아직 낮에는 덥잖아요."

"이게 다 뭐요?"

여기저기, 탱탱하게 맹물이 채워진 투명한 비닐장갑들이 매달려 있었다.

"그렇게 해놓으면 파리들이 내려앉지 않아요."

"사람 손인 줄 알고요?"

"그도 그렇고. 저 물손들이 빛을 반사해서 파리 눈에는 무지 크게 보인대요."

"어, 그러고 보니 진짜 빙빙 공중을 돌기만 하고 앉지는 않네."

"그렇다니까요."

"엄청 신기하네. 파리 허수아비네."

"예?"

"파리 허수아비라고요. 새가 아니라 파리를 쫓는 허수아비니까, 그냥 허수아비가 아니라 파리 허수아비지."

취할수록 이상스레, 야구 모자 그 새끼가 점점 더 미워졌다. 아무래도 억겁 전에 내게, 되게 큰 잘못을 저지른 경력이 있는 놈 같았다. 포장마차와 연결된, 슬레이트로 벽을 삼은 빈터는 거의 쓰레기장과 다름없었다. 파리가 창궐하는 이유는 따로 있었던 것이다. 나는 거기 복판에 서 있는 간이 변소로 들어가기가 싫어서, 그냥 고철과 목재들이 흩어진 수풀에 오줌을 갈겼다.

한데, 누군가의 안광(眼光)이 어둠 속에서 서럽게 번들거렸다. 그가 애통해하고 있음을 나는 분명히 알 수 있었다.

아아, 그것은 인간이 아니라 개였다. 큰 개 한 마리가 녹슨 쇠말뚝에 묶여 이슬도 피할 수 없는 그곳에 쭈그려 있었다. 나는 라이터 불을 켰다.

개는 병들어 있었고, 컹컹 짖는 게 아니라 뼈아픈 후회로 가득 찬 해소 기침 소리, 완전히 헛산 노인의 추한 탄식을 내

뻗었다. 병든 개 대가리에는 더러운 부스럼이 잔뜩 돋아나 있었다. 오물통과 다름없는 개 밥그릇에는 썩은 빗물이 고여 징그러운 이끼가 잔뜩 끼어 있었다. 보나마나 포장마차 주인이 길 잃은 개를 잡아두었다가 때가 이르면 팔아먹으려고 하는 거였다.

나는 그 비루먹은 개를 끌어안았다. 유성(流星) 같은 눈물 몇 방울을 떨어뜨리며 나는, 주체할 수 없는 증오의 뜨거운 중심을 삼켰다. 나는 편의점으로 달려가 스니커즈 초콜릿 열 개를 사왔다. 녀석은 그것들을 순식간에, 비난할 수 없는 비굴함으로 먹어치웠다.

자리에 돌아온 나는, 안주와 술을 그대로 남겨둔 채 계산을 치렀다. 나는 포장마차 여주인을 죽여버리고 싶었다. 충분히 그렇게 할 수 있었지만, 나는 그 여자를, 간이 변소 옆에 매어두고 싶었기에, 관뒀다.

나는 이 어이없는 우주의 체계에 모욕을 느꼈다. 내 눈이 이상해서인지, 여기저기 걸린 물손들이 태산처럼 크게 보였다.

10

나는 온갖 도매상들이 다닥다닥 붙어 있는 을지로의 뒷골목을 활보한다. 마리아가 죽었다. 우리는 마사이족의 전통에 따라 죽은 자를 그가 죽은 단 하루만 애도해야 한다. 시체 따윈 뭇 짐승들의 먹이로 초원에 내던져버리고, 지나간 사랑을 영원히 무시해야 한다. 그런데 못난 나는 어쩌다가 그녀를 벌써 사흘째 추모하고 있다. 아이러니다. 간절히 살고 싶어 하던 마리아는 괴롭게 죽어갔고, 매일 죽고 싶어 안달하는 나는 이렇게 살아서 살기(殺氣)가 등등하다.

곧 겨울로 접어들리라. 시린 목을 외투 깃으로 여미는 나는, 대여섯 발짝 앞에 놓인 둥근 그림자를 발견하고, 멈춰 선다. 이게 뭐지? 축구공? 검은 태양?

나는 고개를 든다.

빨간 풍선 하나가, 지상 3미터쯤 되는 높이의 허공에 삼엄하게 박혀 있다.

빨간 풍선은 나를 부끄러워하고, 나는 빨간 풍선이 끔찍하다.

……마리아, 저게 터지면…….

시간과 존재들이 일시에 활동을 정지하고, 저 빨간 풍선과 나만이 두근거리며 서로를 견제한다.

— 내가 짐승이라는 것을 잊을 바엔, 차라리 나를 창조했다는 신을 잊겠다.

홀연, 빨간 풍선이 적막을 느리게 으깨며 움직이기 시작한다. 차츰 그 속도가 빨라진다. 나는 뒤쫓는다. 행인들과 부딪친다. 보도블록 바닥에 넘어져 무릎을 꿇는다. 빨간 풍선은 앙상한 플라타너스 위에 떠서 그런 나를 노려본다. 이가 갈리고 오한이 치민다.

빨간 풍선이, 쁘렝땅 백화점을 향해 솟아올라 날아간다.

그로부터 약 10분 후, 나는 내장재 가게에 진열되어 있는 누런 타일 더미와 자주색 변기들을 물끄러미 마주하고 있다. 졸리다. 자주색 변기들, 도시 사막의 자주색 변기들. 나는 그 세계의 아가리 속에 휘말려 삼켜져버릴 것 같다. 내 위벽이 온통 누런 타일들에 뒤덮인 듯하다.

오늘 새벽. 갑자기 집 전체가 흔들리는 소란에 놀라 잠에서 깨어났더랬다. 요동의 진원을 찾아 마루로 나아갔다. 파란빛이 물든 거실 방음창이, 뭔가 육중한 힘에 의해 퉁퉁- 가격당하고 있었다. 쩍쩍- 금이 가며 안으로 부풀어드는 중이었다. 수만 마리의 나비 떼였다. 유리창떠들썩팔랑나비. 나는 침대로 되돌아와 이불을 뒤집어쓰고는 매 맞은 개처럼 울었다. 바둑이가 그리웠다.

새삼 주위의 시선들을 면밀히 살핀 나는, 내장재 가게 옆에 있는 철물점으로 불쑥 들어간다. 나는 갈아끼울 새 전기 톱날을 18만 2천 원에 구입한다. 마리아가 죽었다. 그녀는 나보다 여섯 살이나 많은 서른두 살이었고, 하얀 두 유방 사이에는 커피를 엎질러 생긴 얼룩 같은 점이 있었는데, 거기에 얼굴을 묻은 채 아무 생각도 하고 있지 않으면 왜 그렇게 슬펐는지 모르겠다.

무정한 짐승의 연애

1

나는 쓰려던 편지는 단 한 줄도 시작하지 못한 채 무심코 어떤 그림을 그리고 있었다. 애초에 나는 깊은 바다의 캄캄한 밑바닥에서 홀로 제 몸을 환히 불태우고 있는 금빛 물고기를 염두에 두었는데, 나중에 바라본 그것은, 그냥 흰 종이 위에 파란 잉크로 새겨진 거칠고 어설픈 촛불의 형상에 불과했다.

창밖은 우레가 요란하다. 나는 책상 앞에 놓인, 잎이 돋아난 나무토막을 바라보았다. 꽃집 아가씨가 상냥한 보조개를 만들며 일러주기까지, 나는 그 투박한 식물 조각의 정체가 은행나무라고는 상상조차 할 수 없었다.

"은행나무는 너무 크게 자라나 정원에도 심지 않는다던데……."

"우와, 지금 수백 년 뒤에나 생길 일을 미리 걱정하시는 거예요?"

맞는 말이었다. 나는 값을 치렀다. 그 순간, 그해 장마의 첫 물방울이 내 정수리 한가운데로 떨어졌다. 나는 화분을 끌어안느라 미리 준비했던 우산은 펴보지도 못하고, 점점 거세어지는 비를 그대로 맞으며 집까지 뛰어가야 했다.

J는 이런저런 안부 대신, 쇳가루 냄새가 풍기는 내 목소리를 기이하게 여겼다. 한 달 전쯤 나는 밴드 멤버들과 함께 술에 취한 상태로, 이틀 낮밤의 우발적이고 치기 어린 녹음을 감행했더랬다. 그때 상해버린 목소리가 좀처럼 나아질 기미를 보이지 않고 있는 거였다.

"오빠는 어째 사는 게 여전한 것 같아. 조심해, 가수가 목 관리를 그 모양으로 해서야 어디⋯⋯."

J는 걱정이라기엔 왠지 차갑게 말하고는, 수업 종이 울렸다며 대뜸 전화를 끊었다. 나는 J가 일부러 나를 피했다고는 생각지 않기로 한다. 분명 J는 갓 부임한 초등학교 교사이며, 또한 선생이 아이들을 가르치러 교실로 들어감은 당연한 이치인 것이다. 그러나 천둥이 몰아치는 그 밤까지도, 나는 마음 한편이 쏠쏠해 간헐적으로 이마를 찡그렸다. 나는 정작 당사자인 J가 어떻게 받아들이건 간에, 그녀에게 저지른 모종의 악행을 시인할 수밖에 없었던 것이다. 죄라면 죄일 터였고, 바로 그것이 내

심사가 불편해진 이유였다. 나는 그런 사람이었다.

나는 부질없는 촛불이 그려진 편지지를 구기고, 물안개로 희뿌연 창문을 열어젖혔다. 빗물이 창틀에 부딪혀 탄피처럼 방안으로 튀었다. 나는 개의치 않고, 전방의 어둠을 향해 천천히 노래불렀다.

내겐 죽으러 가고픈 장소가 있지.

세월이 가도 별로 나아지지 않았지만,

누구는 떠나고 어떤 이들은 남았지만,

아직도 나는 그곳에서,

내가 사랑했던 여자들을 회상해.

그중 누구는 벌써 죽고 어떤 이는 나처럼 살아 있지만,

약간 변하거나 전혀 나아지지 못했어도,

나는 그 모두가 그리워.

하지만 이걸 꼭 말해주고 싶어.

내가 사랑한 그 많은 여자들 가운데에서,

너와 비교될 만한 행운은 없지.

나는 그 누구도 너보다 더 좋아하지는 않았어.

단 두 장의 앨범만 남기고 1986년도에 해체된, 런던 출신의 모 괴짜 펑크 밴드가 취입한—그들의 작품이라는 게 믿어지지

않을 만큼 서정적인 나머지, 사뭇 뼈아픈 감흥마저 불러일으키는—이 곡은, 내가 록 싱어로서 스스로의 상태를 점검해보는 가장 정확하고 은밀한 잣대였다. 아무리 음역을 버티는 힘이 떨어졌더라도, 만일 이 노래를 남몰래 불러보았을 때 만족할 만한 느낌을 얻는다면, 나는 어떠한 악조건 속에서도 별 무리 없이 공연을 마칠 수 있었던 것이다. 하지만 나는 저 고독한 이방(異邦)의 주기도문을, 그저 입 모양으로만 끔벅거려야 했다. 음정을 받쳐줄 만한 목소리가 나오지 않아서였다.

나는 당장의 갑갑함을 넘어서, 심각한 근심에 휩싸였다. 아니겠지, 설마. 괜찮아, 금방 나아질 거야. 이런 자위의 독백 속에서도 나는 벌써, 의사의 진단이 두려워 병원에 가볼 엄두를 못 내는 소심한 상태에 접어든 지 오래였다.

나는 창문을 닫고, 가구라고는 식탁밖에 없는 거실로 나왔다. 베이지색 냉장고 문을 열자 침침한 불빛이, 신학교(神學校)를 중퇴한 경력이 있는 한 사내의 깡마른 체구를 감쌌다. 참고로 나는, 물론 괴팍함에 불과한 것인지도 모르지만, 한강의 오염을 걱정하여 언제나 라면 국물을 완전히 비우는 놀라운 일면도 지니고 있었다.

나는 빗물이 묻은 손가락으로 캔맥주를 거머쥐고 다시금 책상머리에 돌아가 앉았다. 수백 년 뒤에는 이웃집 담벼락을 허물어뜨릴 은행나무의 토막을 바라봤다. 그리고 그제야, 부칠

곳 없는 편지를 쓰려 했다는 사실을 깨닫고는 피식, 웃었다.

이게 얼추 3년 전의 여름밤, 지옥일 수는 있으나 낙원일 수는 절대 없는 세상에서 내가, 썩은 널빤지 같은 인생 위에 파내려 가던 청춘이다.

2

나는 고통의 모임이며, 고통은 나의 흩어짐이다.

내가 괴로운 것은 J를 더 이상 사랑할 수 없어서가 아니다. 그녀가 잃어버린 줄도 모르는 대수롭지 않은 물건처럼 나를 잊었기 때문이다. 그럴 수밖에 없는, 그래야만 하는 J의 입장은 충분히 이해가 가지만, 나는 이기적이고 뻔뻔한 만큼이나 허물어지기도 쉬운 나 같은 족속의 특성상, 무척 섭섭하다.

비슷하기에 사랑하는 경우가 있다. 또한 마찬가지의 원리로 인해 서로를 미치도록 증오하기도 한다. 나와 J는 어느 쪽이었나? 나는 이렇게 무정한 짐승으로 남긴 싫었다. 내겐 과거를 판단할 자격이 없다. 무정한 짐승으로서의 기량과 소질 말이다. 나는 세계를 버리지 않았다. 세계가 나를 무시하고 있는 거다.

3

나는 여름이 좋다. 땀으로 젖어들어가는 셔츠의 감촉이 맘에 들고, 낮이 밤보다 훨씬 긴 것과, 반바지에 샌들 차림으로 마시는 차가운 맥주와, 많은 사람들이 휴가를 떠나 한적해진 아파트 단지와, 열대야(熱帶夜)의 밤거리를 물들이는 온갖 소란함과 야한 이미지 등등을 사랑한다. 해변의 낭만 따위는 안중에도 없다. 나는 오로지 도시인으로서의 여름을 신뢰한다. 하지만 내게 불행은 유독 여름에만 찾아오곤 했다. 그래서 나는, 좋아하는 여름을 가장 두려워한다.

나는 여름에 태어난 게자리이고, 어디서건 뜨거운 여름에 죽게 될 것이다. 죽음을 떠올릴 적마다 나는, 차라리 날카로운 이빨과 뜨끈한 정액밖에는 소유하고 있지 않은, 파란 눈의 무정한 짐승이었으면 했다. 태어났기에 죽어가고 있으며, 반드시 죽으리라는 운명 모두가 나는 달갑지 않다. 나는 간혹 스스로가 주정뱅이 폭력 남편 앞에서 정당방위로 칼을 든 초로(初老)의 여인처럼 가여웠다. 그런 관점에서 살핀다면, 나는 무정한 짐승 자체보다는, 무정한 짐승의 어떤 면모가 절실했는지도 모른다. 아마도 그럴 것이다.

"대단한 광경이었어. 아파트 7층에서 지가 무슨 배트맨이라고 뛰어내리는 또라이 말이야. ……헤헤, 아주 납작해졌지. 주로 말 빨리 배우려고 환장한 놈들이 나중에는 꼭 그렇게 되더라구. 왜 있잖아, 독일 교회에 다니고, 친구도 독일 놈들만 사귀고, 그래서 한국 사람들 보면 똥 보듯 피하는 새끼들."

Y는 내 신학대학교 선배이지만, 자퇴 동기(同期)이기도 하다. 어디까지나 명목상으로, 그는 브레멘 대학에서 해방 신학을 공부하는 중이다. Y는 얼마 전에 독일 공산당에도 가입했다며 낄낄댔다. 그러나 Y가 그곳에서 기실 어떤 식으로 5년 가까운 세월을 허송하고 있는지는, 아무리 거대한 정보기관이라도 파악하기 힘들 것이다. 왜냐하면 Y조차도 자신이 뭘 하고 사는지 모르는 까닭이다.

나와 Y는 불구의 학연(學緣) 외에도, 각자의 부친이 개신교 목사라는 흔치 않은 공통점을 지니고 있다. 내 아버지는 고등학교부터 서울에서 유학하던 나와 큰형이 방학을 맞이하여 시골로 내려가면, 신발끈 풀기가 무섭게 우리를 안방에 꿇어앉히고는, 객지에서 십계명을 어긴 일이 있느냐를 조목조목 따져 물었다. 그때마다 큰형은 순순히 참회의 눈물로 고해(告解)하였지만, 나는 이런저런 변명을 내세우며 고개를 빳빳이 들기 일쑤였다. 그런 나를 묘한 눈빛으로 들여다보던 아버지는, 곧 당신의 당돌한 막내아들이 악마의 음악에 심취해 있다는 사실을 알게 된다.

아버지는 내가 신학대학교를 맘대로 때려친 뒤 첫 음반을 준비하고 있을 즈음에, 홀연, 하늘나라로 올라갔다. 그리고 장례

이틀째이던 무더운 여름날 밤, 교회 마당 천막 아래서 나는, 불과 며칠 전 아버지가 내 콘서트에 가봐야겠다며 집을 나서더라는 비밀스런 후일담을 어머니로부터 들었다. 나는 궁금했다. 어두컴컴한 객석 젊은이들의 틈바구니에서, 괴성으로 가득찬 무대 위의 나를 보며 아버지는 과연 무슨 생각에 잠겼을까? 사악한 그림이 그려진 LP들과 서너 개의 기타들을 꾸준히 때려부수던 아버지와, 그때 그 자리의 아버지 사이에는 어떤 간격이 도사리고 있는 것일까?

이것 역시 시시껄렁한 후일담일 뿐이지만, 제 죄를 익히 인정하던 큰형은 현재, 아버지처럼 가난하고 웃음이 맑은 개신교 목사가 되어 있다. 목사. 나는 이 단어만 떠올리면 언제나, 방금 여색을 탐하여 파계한 승려의 기분으로 입술을 깨문다. 또한 도시에 늘어선 붉은 십자가들을 무심코 헤아리다가는, 생전에 아버지가 무릎 꿇은 우리에게 묻던 것이 고작 우리의 하찮은 죄 따위가 아니었음을 깨닫는다. 아버지는, 결국엔 죄인일 수밖에 없는 우리의 한계를 원했던 게 아닐까?

이에 비해, Y의 부자지간은 훨씬 골치 아픈 경우에 해당한다. 그의 아버지는 젊어서 폐병인지 뭔지에 걸려 죽을 지경까지 이르렀는데, 만일 자기에게 신의 거룩한 사명과 그에 합당한 육체를 허락한다면 첫아들을 목사로 만들겠노라고, 지리산 어느 축축한 동굴에서 서원(誓願)했다. 기도를 마치자마자 자줏

빛이 도는 걸쭉한 핏덩어리를 토해낸 그는 이내 건강을 되찾았음은 물론, 병든 사람들을 고치는 능력까지 덤으로 받았다. 평생 교인이래봤자 농부들만 상대하다가 뇌출혈로 쓰러진 내 아버지와는 달리, Y의 아버지는 아직도 철인(鐵人)에 가까운 체력을 자랑하며 유력 정치인들이 장로를 맡고 있는 으리으리한 교회를 운영(?)하고 있다.

문제는 Y였다. Y는 부신(父神) 간의 거래로 인해 태어나기도 전에 결정된 자기의 인생을 도저히 받아들일 수 없었다. 이윽고 Y는 세상에서 가장 한심한 위인이기를 자처했으며, 그러느라 이십대를 모조리 탕진했다. 그것은 불합리한 운명에 저항하려는 Y만의 처절하고도 영리한 전략이었다. 실지로 내가 그를 처음 상면했던 당시, Y는 신학교 강의실 칠판 밑에다가 오줌을 누는 참이었다. 도대체 왜 그러느냐고 묻는 내게, Y는 반쯤 풀어진 눈빛을 애써 모아 이렇게 쏘아붙였더랬다. 목사 되기 싫어서, 존만아. 꼬와?

불행히도, 타락 천사(墮落天使) Y의 고행은 여전히 진행 중이다. 왜냐하면 그의 아버지가 하나님의 오묘한 능력과 훗날의 보다 거대한 계획을 여태 믿어 의심치 않고 있기 때문이다. 3년 전쯤이던가. 지금처럼 여름방학을 틈타 잠시 귀국했을 때에 Y는, 급기야 자신의 아버지를 향해 다음과 같은 논리로 사형 선고를 내렸다.

"미친 짓이지. 신에게 인격을 부여하는 거 말이야. 신이 오늘 오전 6시 정각에 내게 나타나 계시를 주고 있다면, 똑같은 시각에 너에게는 나타날 수 없지 않겠어? 신을 마치 사람처럼 행동하고 생각하는 걸로 오해하면, 그 순간부터 신은 우주 전체에 대한 포용력을 잃어버린다는 말이지. 시공(時空)을 초월하는 존재 대신, 특정한 때와 장소만을 차지하는 미신이 되어버리니까. ……히, 아버지는 힘센 귀신을 만난 거야. 지리산 동굴에서, 태어나지도 않은 아들의 영혼을 악마에게 헐값으로 팔아치운 거라구. 신은 형체도 마음도 없는 원리(原理)일 거야. 아무에게도 상처나 위로를 주지 않는 그냥 그런 원리. 신을 봤다고, 그의 목소리를 직접 들었다고 떠드는 놈들은 모조리 불태워야해, 이단(異端)이니까! 헤헤."

그때 그 자리에는 J도 있었다. Y는 J를 두고 무진장 유쾌하고 멋진 여자라며, 평소의 놈답지 않게 칭찬이 자자했다. 사실이 그랬다. 무엇보다 J는, 분명 내게 여러모로 과분한 상대였다. 하지만 나는 당시 J말고도 만나는 여자들이 많았고, 그녀들이 내게 무엇을 요구하는지, 나아가 그녀들에게 나는 어떤 의미인가에 대해서는 전혀 관심이 없었다. 여자란 내게 있어, 단지 남자보다 훨씬 부드럽고 포근한 일종의 물질에 불과했다. 요컨대 나는, 잘나가는 한국의 로버트 플랜트였던 것이다.

오늘 다시 만난 Y는 내게, 오직 두 가지 질문만을 던졌다. 어째서 음악을 하지 않는가? 목소리가 망가졌어. J는 어디 있나? 헤어졌어. Y는 불성실한 내 답변에, 이상의 부연을 요구하진 않았다. 그는 그런 사람이었다. 목소리가 망가졌으면 망가진 거고, 사귀던 여자와 헤어졌다면 헤어진 것이다. 과거에도 지금도 Y에겐 제 시들한 삶 이상의 고통이 없었다.

나는 어쩔 수 없이 의사를 찾아갔다. 녹이 묻어나던 음성은 어느덧 정상으로 돌아와 있었다. 따라서 말하기에는 하등의 불편이 없었다. 그러나 나는 여전히 노래를 부르지 못했다. 소리가 높은 키에 가서는 갈라지면서 더 이상 뻗어오르지 않았던 것이다. 그것은 노래의 정교한 맛을 낼 수 없으며, 음역과 음정 전체가 좁아지고 일그러졌음을 의미했다.

의사는 도리질을 쳐대며, 내 성대가 의학상으로는 아무런 이상이 없다고 했다. 나는 그의 면상에 불을 지르고 싶었다. 의사는 예전의 힘차고 아름다운 내 노래를 몰랐다. 또한 그렇다고 해서 내가 진찰실 의자에서 벌떡 일어나 짜부라지는 노래를 불러젖혀, 먹통이 된 록 싱어의 절망을 증명할 수도 없는 노릇이었다. 나는 그쯤에서 의사를 용서하고 놓아주기로 하였다.

결국 나는 며칠 뒤 후배의 데뷔 공연에 게스트로 만용을 부려 나갔다가 개망신을 당한 이후로, 다시는 노래를 입에 대지 않았다. 내가 만일 악기 연주자였더라면, 데프 레파드의 드러머처럼 외팔로라도 음악을 포기하지 않았을 것이다. 그러나 나는 몸 전체가 그대로 악기인 보컬리스트였다. 노래를 상실하는 통에 경험한 모욕과 아픔에 대해서는 일일이 열거하기조차 싫다. 다만 작금의 나는, 술자리 여기저기 알 만한 부류들 쪽에서 동정 어리고 비아냥 섞인 수군거림이 들려와도 전혀 개의치 않는 지경으로까지 몰락했다. 그것은 내가 어느새 Y와 같은 벌레에 근접하여, 그를 더욱 이해하게 되었다는 것을 의미한다. 나는 살아도 살아 있는 게 아니다. 악기만 남고 주법(奏法)이 상실된 공후(控篌)인 것이다.

나는 병실 문틈으로 J와, J의 남편과, 흰 침대 위에 사탕 봉지처럼 놓인 그들의 어린 아들을 훔쳐보았더랬다. 나는 젊은 부부의 등과 옆얼굴에 드리운 그늘의 실체가 궁금하였으나, 곧 그것이 완벽한 슬픔이라는 것을 알았다. 그리고 잠시 후에는, 주차장에서 남편을 배웅하는 J를 먼발치에서 바라보고 있었다.

나는 대학병원 후문에서 버스를 타고 가다가 신촌 현대백화점에서 내려 Y와 상봉하였다. Y는 오랜만에 한국에 왔으니 굳이 막걸리를 마셔야겠다고 우겼다. 나는 될 수 있는 한 가장 외진 곳에 자리한 민속 주점으로 그를 안내했다. 왠지 Y와 마주한 모습을 누구에게도 들키고 싶지 않아서였다.

Y는 영화 포스터같이 생겨먹은 것을 내게 건넸다.

"가져."

그건 청동의 주조물(鑄造物)을 찍은 사진이었다. 머리를 풀어

헤친 팔이 넷 달린 인물이, 동그라미 안에서 현란한 춤을 추고 있는 게 보였다.

"시바야. 힌두교의 신들 가운데에서도 최고로 무섭고 강해. 당연하지, 파괴를 담당하니까. 인도에서 파괴는 절대적인 단절이 아니라 새로운 시작이야. 시바의 파괴가 있음으로 해서, 브라흐마의 창조가 가능하기 때문이지. 대파괴!"

"대파괴?"

"그래. 거대한 멸망. 대파괴가 오면, 모든 게 원점으로 돌아가는 거지. 언젠가 브레멘 대학 도서관에서 내가 슬쩍한 건데, 감개무량하게도 너한테 그 원본을 양보하는 거다. 기숙사 내 방 책상머리에는 복사본이 붙어 있다구. ……별 뜻 없어. 가지고 싶으면 갖고, 맘에 안 들면 버려."

나는 그걸 원래대로 돌돌 말아, 빈 의자 위에 던져놓았다. 이런 기분 나쁜 사진을, 더군다나 도둑질한 걸 선물이라고 주다니, Y는 역시 Y라는 생각이 들 뿐이었다. Y는 약간 얼떨떨해진 내 표정에서 무슨 보람을 얻었는지, 연신 흐흐거렸다. 그리고는 주인아주머니에게로 걸어가 이렇게 말하는 거였다. 사장님. 운동권 노래 좀 틀어줘요.

밤이 오자, 우리는 실내 포장마차를 나와 두 군데의 룸살롱을 거쳤다. Y는 자기처럼 종교 재벌을 아버지로 둔 출가사문이야말로, 아수라 속의 음녀들에게 아낌없이 보시해야 한다고 주장했다. 사후(死後)에 신과 함께 살기 원함은, 이름과 얼굴을 모르는 여인을 사랑하고 그리워하는 것과 같다며.

나는 침을 질질 흘리며 호스티스의 엉덩이를 더듬는 Y가, 내 쌍둥이인 듯 여겨져 무서웠다.

4

예리하고 끈질긴 두통이 버거워 눈을 뜨니, 흡사 방금 염(殮)을 마친 시체처럼 내 방 침대 위에 단정히 누워 있었다. Y가 지배인을 불러다 놓고 뭐라 질책하던 장면만 흐릿할 뿐, 두번째로 들렀던 룸살롱에서부터의 일들은 대부분 머릿속에서 표백된 상태였다.

그러나 내가 놀랐던 바는, 고작 나의 뛰어난 취중 귀소 본능(歸巢本能)이 아니었다. 목이 말라 냉장고 문을 열려고 하는데, 바로 거기에 시바의 사진이 떡하니 붙어 있었던 것이다. 그것도 스카치테이프로 네 군데의 모서리가 깔끔하게 고정된 채로 말이다.

혹시, Y가? 아무래도 그건 억측에 가까웠다. Y는 결코 헤어지며 뒤돌아보는 놈이 아니었다. 요컨대 Y는, 눈앞에서 여동생이 강간을 당하고 있어도 외면할 타입인 것이다. 그런 Y가, 하물며 술에 취한 내 뒤치다꺼리를 맡았을 리 만무했다. 게다가, 어차피 시바의 사진 따위야 맘에 안 들면 버리라던 녀석이 아니었던가.

그렇다면 내가, 필름이 끊긴 지경에도 시바의 사진을 고이고이 챙겨 집으로 돌아와서는, 그걸 책상 서랍에서 꺼낸 스카치 테이프로 냉장고 문에 바르게 붙여놓은 뒤, 주변의 물건 하나 흐트러뜨리지 않고 침대로 걸어가 곯아떨어졌다는 얘긴데, 이거 참 대단한 묘기다, 싶었다. 물론 Y에게 전화를 걸어보면 간단히 풀릴 수수께끼였지만, 나는 그의 독일 연락처밖에는 가지고 있지 않았다.

나는 냉커피를 마시며 시바를 바라보았다. 세상을 파괴하고 태초부터 다시 시작하려는, 어둠으로 가득 찬 타협 없는 눈동자를. 나는 그것을 떼어내 찢어버리려고 손을 뻗었다가는, 한낱 사진 속 고대의 청동 주조물에 신경이 곤두선 스스로가 유치하게 여겨져, 그냥 두었다.

식탁에 앉아 담배에 불을 붙였다. 피어오르는 하얀 연기, 거기에는 J의 얼굴이 서려 있었다. 너무 톡톡 튀는 나머지 쓸쓸하게 공명(共鳴)되는 그녀의 목소리와, 어느 여름밤 처음 뒤엉켰던 우리의 육체도.

……알아요? 달은 땅에서 완전함을 얻지 못한 이들이 죽은 뒤에 머무는 곳이에요. 화장(火葬)을 하면 그 연기에 영혼을 싣고 허공을 날아 달로 가는 거죠. 그래서 달이 차면 망자(亡者)들

이 불어났음을 뜻하고, 달이 기우는 건 그들이 다시 지상으로 돌아오고 있기 때문이래요.

어떤 자식이 그런 허황한 얘길 너한테 떠들어대든?

옛사람들이요. 아주 먼 땅에서 고행하던 이들이요. 하지만 그건 중요하지 않아요. 나를 사랑해요?

말로 하고 싶지 않아.

아뇨. 지금 말해주세요. 신성한 것은 문자로 기록될 수 없어요. 진리는 입술에서 입술로 이어지는 거라니까. 지혜로운 수행자들은 경전(經典)을 그렇게 대했어요. 일부러 글로 새기지 않고, 모두 외워서 후세에 전했어요. 누구도 종이로 접은 사랑을 두려워하진 않는 법이죠. 나를 사랑해요? ……사랑해요?

나는 J의 진지함이 싫었다. 나는 한 번도 J에게 사랑한다고 말해주지 않았다. 거듭, 그 시절 나는 J 외에도 사랑하는 여자들이 너무 많았고, 따라서 결국엔 아무도 사랑하고 있지 않았다. J는 총명했음에도 불구하고, 냉정한 관계의 경고선을 자주 밟아 나를 짜증나게 했다. 그럴수록 나는 더욱더 무정한 짐승이 되어 그녀를 다뤘다. 누구든 나와 시간을 보내고 싶으면, 무조건 내가 정한 규칙들을 지켜야 했던 것이다. 딴 여자라면 벌써 정리해버렸을 것을 그처럼 오래 끌었던 이유는, 오로지 내가 J의 몸을 너무너무 즐긴 까닭이었다. 살다 보면 그런 타인의 몸이 있다. 신이 나만을 위해 주문 생산한 것 같은 몸. 나는 그 점을 J에게 분명히 지적해주었다. 왜냐고? 나는 붉은 죄에 검은 욕망을 밥 말아 먹는 무정한 짐승이니까. 주여, 저들을 용서하소서. 저들은 저들이 하는 짓을 당신보다 잘 아나이다.

나와 헤어지고 얼마 지나지 않아, J는 뜻밖에 결혼하였다. J는 결혼식장에서 제 신랑에게 나를 친구라고 소개까지 했다. 그는 정상적인 직장을 다니는, 무척 선량해 보이는 사내였다. 그와 악수를 하며 못돼먹게도 나는, J와의 섹스 장면이 떠올라 곤혹스러웠다. 하지만 그에게 미안하지는 않았다. 고작, 그와 나의 이상한 인연이 맘에 들지 않는 정도였다.

그렇다면 몰락한 나는, 그 많은 과거의 여자들 가운데 왜 유독 J를 그리워하고 있는가? 대체 무슨 권리로? 나는 노래로부터 추방당한, 파산한 청춘으로서 스스로에게 답하고자 한다. 아이러니컬하게도 그건, J가 나를 진지하게 대해주었기 때문이다.

만국의 슬픔이여, 기뻐하라! 이제 나는 비둘기와 싸워도 부서지는 약자가 되었다.

5

"환자가 사망해서 퇴실했습니다."

간호사는 마치 날씨라도 알려주는 것처럼 친절하고 담백하게 말했다. 아주 잠깐 J의 음성—예컨대, 여보세요?—만 듣고는 바로 수화기를 내려놓을 작정이었는데…….

　도대체 몇 개의 침대와, 몇 개의 식탁과, 몇 개의 골목과, 몇 개의 구름을 거쳐야 이 지겨운 인생에서 벗어나는 것일까? 왜 나는 사람으로 태어났나? 어째서 가벼운 풀벌레의 영혼이 아닐까?

　나는 토스트와 우유로 늦은 점심식사를 간단히 해결하고는, 지갑 속에 넣어두었던 즉석 복권들을 꺼내어 긁어냈다. 그러면서, 산중 기도원으로 아버지를 만나러 가던 스물네 살의 나를 회상하고 있었다.

　당시 나는 말년 휴가를 명받은 육군 병장이었다. 나는 숲 한가운데 드러난 맑은 물줄기에 감동한 나머지, 군화를 벗어 거기에 맨발을 담그고 두 손을 모아 떠 마시기까지 했다. 하지만 한참 더 낑낑거리며 산을 올라가 겨우 기도원에 도착했을 때, 나는 온갖 음식 찌꺼기와 너덜거리는 빨래로 오물에 가까워진 개울을 목도했다. 그것은 아까 내가 이렇듯 깨끗하고 시원할 수가 있느냐며 감탄했던, 바로 그 물줄기의 속살이자 내장(內臟)이었다.

　나는 기도원의 회벽을 붙들고 심하게 구토했다. 고참인데도 군 생활이 힘든 거냐? 사정도 모르는 아버지는 누렇게 떠버린 내 안색을 살피며 그렇게 말했다. 그날 저녁 아버지의 설교 요지는 이러하였다. '하나님은 우리가 감당치 못할 시련은 주지

않으신다.'

어째서 그해 여름의 불쾌한 경험이 하필 이 순간에 떠오르는 것일까? 나는 인상을 쓰며, 전부 꽝으로 판명난 석 장의 즉석 복권들을 찢어버렸다. 심사가 꼬인 나는 야구 모자를 눌러쓰고 산책을 나섰다. 서점에 들렀더니, 웬 꼬마가 바지 주머니에 양손을 찔러 넣은 채 내게 말한다. 아저씨, 저 위에서 《드래곤 볼》 41번 좀 뽑아줘요. ……어, 이건 비닐로 덮여 있는데? 알아요, 상관 말고, 어서 꺼내주기나 해요.

서점을 나와 우체국 옆을 지나는데, 이번에는 아버지와 아들이 편의점 파라솔에 앉아서 노란 아이스캔디를 경쟁하듯 빨아댔다. 근처 정형외과의 이니셜이 박힌 환자복을 나란히 차려입은 그 둘은 각자 한쪽 다리씩에 깁스를 하고 있었다. 함께 사고를 당한 모양이었다. 아부지, 정말 맛있지? 응. 근데, 우리 하마터면 죽을 뻔했어, 그치? 응.

나는 포장마차에서 꼼장어 한 접시에 소주 두 병을 혼자 비우고 나서야, 계약 기간이 7개월 정도 남은 전세 5천만 원짜리 24평 주공아파트 301동 102호로 돌아왔다. 욕조에 뜨거운 물을 받아 그 안에서 30분가량 쪼그려 있다가 나와 수건으로 대충 몸을 닦아낸 다음, 왠지 관처럼 보이는 침대가 싫어 거실 바닥에 알몸으로 드러누웠다. 밤이 아주 두껍고 깜깜한 혀로 창문을 핥아대고 있었다.

나는 뭔가 문밖에서 툭, 하고 떨어지는 소리에 눈을 떴다. 조
간신문일 거라고 생각한 나는, 여전히 벌거벗은 채로 문을 열
어본다. 아무것도 없다. 무슨 소리였을까? 다시 불빛 없는 거실
바닥에 늘어졌다. 등에 닿은 리놀륨 장판의 감촉이 서늘했다.

그런데, 아아, 그때 나는, 우…… 우주가 움직이는 소리를 들
었다. 세계는 끈적끈적한 굉음을 내며, 천천히 아픈 육신을 뒤
틀었다. 그는 울고 있었다. 나는 그것이 혼돈이고 신이라는 걸,
본능으로 체감했다.

그의 음성은, 망가지기 시작하던 3년 전 그 무렵의 내 목소리
처럼, 눅진한 슬픔에 잔뜩 잠겨 있었다. 핏줄에 더러운 먼지가
퍼져 외치는 비명. 나는 모골이 송연했다.

나는 신이 전하는 메시지를 듣기 위해, 온몸을 경직시킨 채
청각을 곤두세웠다. 하지만 그것은 여전히 해독할 수 없는, 고
통의 웅얼거림일 뿐이었다.

나는 더 이상은 안 되겠다 싶어 일어났다. 나는 내 허리까지
자란 은행나무에 귀를 갖다 댔다. 하지만 신의 소리는 거기서
흘러나오고 있는 게 아니었다. 은행나무 역시, 신의 절규를 나
와 함께 듣고 있었던 것이다.

……쉬이, 시바, 시바가 소리를 지르고 있다!

파괴의 신은 은행나무 곁 허공에서 부르르 떨며, 나를 삼켜
버릴 듯이 응시하고 있었다. 아아ㅡ, 우우ㅡ, 그그ㅡ, 악을 쓰

고 있었다. 일순, 시바의 눈동자에서 파란 불꽃이 일었다. 세상을 멸하고 태초부터 되풀이하리라고, 나와 은행나무에게 이를 갈아댔다.

나는 그 자리에 주저앉아 무릎 사이로 얼굴을 묻었다. 나는 운명이, 누군가 아주 먼 나라에서 나를 향해 날려보낸 악필의 편지처럼 느껴졌다. 아버지, 대체 몇 개의 침대와, 몇 개의 식탁과, 몇 개의 골목과, 몇 개의 구름을 거쳐야 이 지겨운 인생에서 벗어날 수 있나요? 왜 나는 사람으로 태어났죠? 어째서 가벼운 풀벌레의 영혼이 아닐까요?

나는 겁이 나서, 오로지 무서워서, 병신같이 울고 있었다.

이윽고 아침 햇살이 미혹(迷惑)으로 가득 찼던 거실을 환하게 비추자, 나는 앙상한 나체를 간신히 일으켜 세웠다.

어느새 시바는 평범한 한 장의 사진으로 돌아와 있었다.

그리고 나는 신의 진정한 실체를 깨달았다. 아아, 우우, 그그, 어둠 속에서 괴로워 소리지르던 그것은, 베이지색 냉장고의 낡은 모터였다.

6

Y는 길 건너편에서 나를 향해 전력 질주해오고 있다. 건장한

사내 서넛이 심한 욕설을 퍼부으며 그의 꽁무니를 쫓는다. Y는 횡단보도 없는 4차선 도로를 가로질러, 내가 대기시킨 모범택시 속으로 몸을 던진다.

야이 씹새끼야, 안 섯!

우악스러운 손가락들이 차 트렁크 표면을 긁으며 미끄러지는 소리가 고막을 쾡하게 자극한다. 주먹을 치켜올리는 사내들을 뒤로 남긴 채, 우리를 실은 모범택시는 과천 쪽으로 쏜살같이 달린다.

사정은 이러했다. Y는 일명 하우스라는 데에서 포커를 치고 있었다. Y가 많이 땄던 모양이다. 도박꾼들이 Y를 붙잡고 놓아주질 않았다. Y는 화장실에서 내게 전화를 걸어, 강남역 외환은행 앞에서 모범택시를 잡은 후에, 진동으로 고정된 제 휴대전화를 꼭 세 번 울리게 한 다음 끊으라고 했다. Y는 내게 자세한 연유를 밝히지 않았다. 그저 목숨이 걸린 일이라며 간청할 뿐이었다. 자기를 구할 사람은 오직 나밖에 없다고, 아주 애절하게 속삭였던 것이다.

우리는 서울랜드 입구에서 내렸다. Y는 운전사에게 만 원권 열 장을 쥐여주었다. 당연히, 그 시간 그곳에 우리 외의 인적이라고는 없었다.

— 이따가 청룡열차나 타러 갈까? 너 오늘 여자 둘이랑 잘래? 원하면 아홉이라도 붙여줄 수 있어.

Y는 특유의 까끌까끌한 웃음 끝에, 수표와 지폐 다발을 꺼내 보이며 그렇게 말했다. 나는 위험하고 황당한 일에 나를 이용한 Y보다는, 그에게 순순히 놀아난 내 멍청함을 도저히 용납할 수가 없었다.

— 분명히 해두겠는데, 다시는 나를 찾지 마.

— 어쭈, 쎄게 나오는데? 왜 화를 내고 그러시나? 다 잘됐잖아?

— 반복하고 싶지 않아. 나는, 형, 아니, 니가 싫어. 알았어?

Y는 혀를 쭉 내밀어 목마른 개처럼 헉헉댔다.

— 헤. 너어, 너 말이야, 지금 무지하게 외롭지? 남들이 모두 널 훔쳐보는 것 같지? 조롱한다고 생각하지? 하긴 잘 나가시던 한국의 프레디 머큐리께서 졸지에 앗싸, 호랑나비 김흥국이 되셨으니. 쯔쯧, 니 목이 작살났다는 얘기 들었을 때, 내가 어땠는 줄 아냐?

— 무슨 개소리야?

— 얼마나 기쁜지, 하마터면 여의도 광장에서 빨가벗고 춤이라도 출 뻔했다구. 그래, 인간쓰레기가 된 소감이 어떠냐?

나는 나도 모르는 사이에, Y를 정신없이 두들겨 패고 있었다. 뭐랄까, 내 몸 안의 독성이 한꺼번에 뿜어져나오는, 세상에 존재하는 모든 꽃병들이 동시에 구슬로 변하는 듯한 그런 느낌이었다.

'누구도 종이로 접은 사랑을 두려워하진 않는 법이죠. 나를

사랑해요? ……사랑해요?'

Y에게서 튀어오르는 피가 나를 충분히 더럽혔을 때, 나는 비틀거리며 일어나 어둠 속을 걷기 시작했다. 그랬다. 비로소 나는 범할 것을 다 범하고, 완전한 밤이 된 것이다.

그리고 몇 발짝 못 가서, 이런 소리를 들었다.

— 우, 으윽, 하학, 퉷! 넌, 너는 나랑 하나도 다르지 않아. 이씨발놈아, 아라드러써? 나 이 길로, 공항 간다. 브레멘으로 뜬다. 푸, 카악. 나는 독일 공산당 당원이야. 며엉심해.

7

아버지의 기일(忌日)에, 가족 전체가 묘소를 찾았다. 날씨는 햇빛 깨지는 소리가 들릴 만큼 화창했다.

큰형의 집례(集禮)로 추도식이 진행되었다. 그는 고인의 아름다운 일생에 관해 차분하고 길게 술회했다. 그리고 언젠가는 우리가 천국에서 다시 만날 것임을 믿어 의심치 않는 것으로 기도를 마쳤다. 다만 악에서 구하옵소서. 대개 나라와 권세와 영광이 아버지께 영원히 있사옵니다. 아멘. 검은 양복을 입고 홀로 우뚝 서 있는 큰형의 모습은, 그대로 엑소시스트였다.

우리는 잔디밭에 앉아 김밥 등으로 식사를 하였다. 어느새 다섯으로 늘어난 어린 조카들 중 넷이 무덤과 무덤 사이를 휘젓고 다녔다. 어미의 젖을 빨며 버찌 같은 눈망울에 새털구름을 비추고 있는 갓난쟁이는 누이의 첫아이이자 아들이었다.

노모(老母)는 내 걱정을 많이 했다. Y와의 푸닥거리로 얼굴이 상해서였을까. 물론 그것 때문만은 아니었으리라. 어머니의 근심이란 내 허술한 존재 자체였을 것이다.

나는 그 자리에서 아파트 전세금을 빼내어 실직한 친구와 함께 장사를 시작할 작정이라는 사뭇 중대한 발표를 아무렇지도 않게 했다. 가족들, 특히 어머니는 몹시 불안해하는 눈치였으나, 성인이 된 후 익힌 재주라고는 딴따라짓밖에 없는, 이제는 그나마도 물 건너간 못난 자식이, 어떡해서든 먹고 살 궁리를 시작한 것을 차라리 다행으로 여기는 듯도 했다. 근래 회사에서 정리 해고당한 친구가 있는 건 사실이었지만, 기실 그와 동업을 하자고 의논해본 적은 없었다. 그럼에도 통닭집이 어쩌고 저쩌고 하며 연방 실없는 소리를 늘어놓던 나는, 곧 제 과장과 허풍에 지쳐 입을 다물 수밖에 없었다.

썰렁한 분위기를 수습하기 위함이었을까? 작은형이 작년 겨울 시베리아에 갔을 때 맞닥뜨린 사건을 얘기했다. 배고픔과 추위에 지친 호랑이 하나가 숲으로부터 그가 묵고 있던 마을로 내려왔다. 호랑이는 이틀에 걸쳐 개 여러 마리와 사람 한 명을 먹어치웠다. 작은형은 아주 우연히, 그 호랑이가 담을 뛰어넘는 걸 직접 보았다고 했다.

결국 호랑이는 생포되었고, 마을 사람들은 놈의 처분을 두고 장시간 상의한 끝에, 마취시킨 채로 옮겨 그냥 숲에 풀어주었다. 사람을 해쳤으니 마땅히 죽여야 한다는 주장도 많았으나, 막상 아무도 호랑이에게 제 손으로 방아쇠를 당기려 하지 않았다는 것이다. 그들은 대체 뭐가 마음에 걸렸을까?

호랑이가 담 타는 걸 봤다며, 무섭지 않더냐? 큰형이 물었다. 그러자 작은형은, 마치 첫사랑이라도 회상하는 듯 이렇게 대답했다. 아니, 아름다웠어.

우리는 왔던 대로 자가용 세 대에 나누어 타고 서울로 향했다. 반드시 면장갑을 끼고 운전을 하는 큰형은, 내내 복음 성가 테이프를 틀어댔다. 해도 해도 끝나지 않는 인간들의 속죄가 너무 우스꽝스러웠다. 나는 잠시, 내 콘서트 객석 어딘가에 앉아 있었을 그날의 아버지를 머릿속으로 그려보았다.

그때 대형 덤프트럭이, 깜박이도 켜지 않고 갑자기 끼어들었다. 큰형은 반사적으로 이런 말을 내뱉었다. 오, 주여!

어쨌거나 피곤하고 자존심 상하는 하루였다. 불현듯, 피범벅이가 된 Y의 얼굴이 떠오른다. 컴컴한 아파트 복도를 거의 다지나와서야 고개를 드는데, 누군가의 눈초리가 철문에 조용히 기대어 나를 빤히 본다. 섬뜩하다.

너, ……Y?

아니다. J다.

8

J는 내게 작고 도톰한 단지 하나를 내밀었다. 나는 처음에 그것이 후추병인 줄 알았다.

"아이 유골 가루의 일부야. 오빠가 어떻게 받아들이건 간에, 이만큼은 가져야 한다고, 그러는 게 도리라고 생각했어."

그날은 지상으로 귀환하는 자들이 많은 모양이었다. 나는 머리맡에 떠 있는 초승달을 바라봤다. 나는 병든 영혼이므로, 훗날 틀림없이 저 칼날처럼 야윈 지옥에 갇힐 터였다.

"물론 그렇지 않겠지만, 혹시라도 괴로워하지는 마. 오빠에겐 그럴 자격조차 없으니까. 죄인이긴 나도 마찬가지야. 알고도 모른 척 속아준 남편에게 미안해. 그이는 아이를 너무 사랑했기 때문에 고통받고 있어. ……오빠와 나, 둘 중에 하나가 죽었어야 했어. 그런데 이렇게 뻔뻔하게 살고 있잖아. 아이가 대신 하늘나라로 간 거야."

나는 놀이터를 빠져나가는 J의 뒷모습을 애써 외면했다. 괴로워하지 말라는 J의 저주를 따라, 그네 위에서 오래 흔들렸다.

그러다 무심코,

……내겐 죽으러 가고픈 장소가 있지. 세월이 가도 별로 나아지지 않았지만, 누구는 떠나고 어떤 이들은 남았지만, 아직도 나는 그곳에서, 내가 사랑했던 여자들을 회상해. 그중 누구는, ……!

너무 놀라, 가슴이 얼어붙었다. 다시 한번 불러봤다.

……그중 누구는 벌써 죽고 어떤 이는 나처럼 살아 있지만, 약간 변하거나 전혀 나아지지 못했어도, 나는 그 모두가 그리워.

주위엔 아무도 없었다. 나는 노란 미끄럼틀 위로 뛰어올랐다. 초승달이 귓불에 차갑게 닿았다. 이 시간, 어떤 악령들이 이리로 내려오고 있는 것일까? 오늘 내가 사라지면 저 달이 찰까?

힘껏, 목청을 돋웠다.

……하지만 이걸 꼭 말해주고 싶어. 내가 사랑한 그 많은 여자들 가운데에서, 너와 비교될 만한 행운은 없지. 나는 그 누구도 너보다 더 좋아하지는 않았어.

아, 된다!

내 노래는 밤하늘로 높이 솟아올라, 어둠을 환하게 불태우고 있었다.

나는 나를 파괴하지 않는 신이 가증스러워, 속에서 신물이 넘어올 때까지 깔깔대야 했다.

길과 구름과 바람의 적

1

나는 길과 구름과 바람의 적. 시간에 썩어들지 않는 죽음의
적이다.

아무리 멀리 걸어가도 지치지 않는 길의 적. 안개의 몸으로
공중을 뒤흔드는 구름의 적. 지상의 모든 사랑과 질긴 인연으
로도 저지하지 못하는 바람의 적이다. 나는 길보다 외롭고 구
름보다 가벼우며 바람보다 쓸쓸하다. 나는 여행과 귀향의 처음
이자 끝이고 내 찡그린 얼굴은 폭발하는 태양의 흑점이다. 나
는 시체와 사슬의 적. 나는 자유로운 영(靈)이니 나의 차갑게 불
타는 말씀이 두렵지 않은가.

나는 꽃과 나무를 사랑했고, 고양이와 개도 키워봤으며, 강
가에 홀로 앉아 신에 대한 여인들의 찬가를 듣다가 석양에 가려

졌고, 짝짓는 새들 틈으로 별들의 탄생과 멸망을 목격하였다. 그러나 어쩌랴. 여태 나는 인간의 영혼만큼 예민한 것을 알지 못한다. 나는 비록 속세의 아버지가 아니지만, 한갓 목숨의 향기에 취하고 온갖 고통의 염불을 외는 동안 절망의 깊은 안식을 얻었다.

나의 이름은 길과 구름과 바람의 적. 장차 너희들은 너희의 장례처럼 나를 기념할 것이다. 의심하는 피조물의 습성과는 상관없이 율법이 무너지고 예언은 다 이루어지리니, 봄날 붉은 꽃을 보는 사형수의 괴로운 마음으로 각성하라.

도대체 어떤 얼룩을 더 읽고 나서야 평화를 일으키려는가. 들리지 않는 세계의 분노여. 폭풍 같은 슬픔이여.

2

구식 정장 차림의 두 사나이가 회색빛 거리에서 악수를 나눈다. 오른편에 선 이의 머리통과 어깨, 팔과 허벅지에는 화염이 붙어 있다. 그의 얼굴은 짙은 그늘에 휩싸여 이목구비를 살펴볼 수가 없다. 불타고 있는 자와 불타고 있지 않은 자. 나는 그런 재킷 사진이 덮인 CD를 응시한다.

욕망과 번뇌로 끓어오르는 사바의 강하고 무거운 음악. ……

타워레코드 1층, 빽빽하게 들어찬 젊은이들이 록 비트를 타고 서로의 등을 마찰하며 오가고 있다. 장엄하도록 가여운 중생은 아직도 나의 강림을 모른다. 무심히 저희들의 메시아를 스치고 지나가며 깔깔대다가는 낄낄댄다. 만일 내가 겨자씨의 반만큼이라도 덜 인자했더라면 벌써 이곳은 무간지옥으로 화했을 것이다. 살과 거죽을 익혀 터뜨리고 피를 말리는 악풍(惡風), 필바라침이 부는 그곳. 하긴 이런 차림의 반신반인(半神半人)을 범부들이 무슨 수로 알아보겠는가. LA다저스의 파란색 점퍼와 모자, 낡은 청바지에 더러운 농구화. 나는 이 모든 것들을 새벽녘 우연히 마주친 한 청년으로부터 얻었다. 현재 그는 내 승복을 입은 채 고속버스 터미널 화장실 좌변기 뚜껑 위에 앉아 곤히 잠들어 있다. 청년은 잠시 후면 아주 상쾌하게 깨어날 것이고, 최면이 지속된 동안의 지워진 기억과 낯설고 우스꽝스러워진 자신의 몰골에 놀라긴 해도 그럭저럭 무사히 귀가할 터이다. 자의건 타의건 간에, 성인(聖人)을 위하여 선업을 쌓는 기회는 지극히 희귀하다. 그는 사람의 모습으로 방문한 여호와와 두 천사를 융숭하게 대접했던 아브라함의 경우와 별반 다르지 않다. 혹시라도 청년이 도둑질과 살인을 저지르고 음행과 거짓말을 일삼아 철퇴에 찢긴 입으로 끓어오르는 구리물을 마셔야 하는 규환지옥에 떨어질지라도, 오늘의 일로 말미암아 내가 그를 기꺼이 거기로부터 건져내 흥겨운 극락 잔치 곁에 두리라.

깊게 심호흡을 하며 눈꺼풀을 닫는다. 나는 감각들을 서로서로 바꾸어가면서 자유롭게 쓴다. 귀로는 비추어내고 눈은 들으며 정신만으로도 만사를 추적해낸다. 환하고 캄캄한 것이 내게는 따로 없다. 오장육부로 천지를 관찰한다. 바늘에 찔리고서야 따끔함을 알고 낙엽이 땅에 떨어진 다음에야 그 사실을 마음으로 기록하는 중생들과는 더불어 생사화복을 논할 수 없다. 양변이 양변을 떠나 막바로 통해버리는 무애법계. 장차 내게 원효의 육처 열반은 어린애 장난일 것이다.

……법현(法顯).

정수리를 활짝 펼쳐 그를 본다.

내가 이 상스러운 건물로 들어선 것은 법현이 여기 있기 때문이었다. 나는 얼마 전 참선 중에 이미 그의 모습과 소재를 파악했더랬다. 그때 양미간 너머로 떠오르던 법현은 맥주집으로 여겨지는 데에서 이런저런 사람들과 어울리며 몹시 즐거워하는 표정이었으나, 등 한가운데에는 파란 공포의 화살이 반쯤 부러져 박혀 있었다. 그것이 밤에는 그를 악몽에 가두어 편안히 눕지 못하게 하고, 낮에는 길을 걷다가도 가끔씩 멈춰 주위를 경계하도록 만드는 거였다. 잔인한 노릇이지만 나는 웃고야 말았다. 법현의 존재 후면에 얄궂게 꽂혀 있는 화살의 쓰린 정체가 무엇인지를 단박에 알아차릴 수 있었으니까. 그것은 다름 아닌 바로 나, 위대한 선지자, 법인(法印)이었다.

지금 법현은 타워레코드 2층, 그러니까 내 머리 위에 서 있다.

그는 나를 느끼고 있는가? 아니다. 법현은 이미 오랜 도시 생활로 인해 능력의 태반을 상실하였다. 나는 그것을 병든 개의 메마른 코끝을 직접 만져보듯 확인한다. 만에 하나라도 법현이 나를 감지했더라면, 내게서 뿜어져 나오는 살기를 피해 벌써 달아났을 것이다. 그런데 그는 아까부터 줄곧 이렇다 할 반응 없이 있던 근처를 맴돌 뿐이다.

삼라만상은 영혼을 지니고 있다. 가장 길고 기괴한 나뭇가지에 앉은 밤의 부엉이와 마루 밑이나 천장 속에 숨은 결혼반지만한 바퀴벌레도, 태울 때 연기가 나지 않는 청미래 덩굴은 물론이고 싸늘한 돌조각과 불면 흩어지는 물방울마저 그러하다. 물질만으로는 온 누리가 기껏해야 텅 빈 통조림 깡통이라는 걸 아둔한 말법인(末法人)들은 모른다. 육체와 정신은 외면한 채 이미지만을 과식하고 숭배하는 세계. 이것은 그 자체로 어마어마한 환각이자 독한 귀신들이 모여 벌이는 해괴한 난교 파티다. 과거 인류는 인간답게 살고자 일부러 멀쩡히 있는 영혼을 없다고 하였으나, 이제는 그 영리함을 넘어서 나태해지고 천박해진 나머지 스스로를 비스킷보다 못한 존재로 전락시켰다.

법현. 너는 어째서 내 제자가 되기를 거부하고 이 절망스런 카오스의 일원임을 자처하는 것이냐? 나의 원대한 구원의 계획을 알면서도 외면하는 자. 누구라도 영원히 죽어 마땅하다.

2층으로 이어진 철계단을 올라간다.

법현, 기억하는가?

소금이 하얗게 말라붙어 맑은 보석처럼 반짝이는 명사산 모래 하천. 둔황 막고굴, 모로 누운 석가 적멸의 열반상 발가락 끝 벽면에서 양손으로 가슴에 단도를 꽂고 귀와 코를 베어내며 비탄에 잠겨 있는 이국의 왕자들.

잊었는가? 정령 그러하냐?

그럼, 녹야원의 해질녘은 어떤가? 초전법륜의 성지와 다메크 불탑. 함께 합장하였던 부다가야의 보리수와 금강옥좌는 또 렷하느냐? 룸비니 동산은? 쿠시나가라는? 우리가 드디어 듣고 감탄했던 무생물들의 소리. 떠돎. 참배와 혜택. 자유자재. 고행. 대립. 금기와 파계. 고립무원. 극복. 괴수. 낙토. 중국 저장성 천태산의 거대한 수탑. 청성산. 진각사 지자육신탑과 등신불. 육조대사 혜능의 진신상. 용머리와 물고기 몸뚱이로 밤낮을 가리지 않고 몸서리치며 깨어 있는 목어(木魚). 아누라다푸라. 하늘문을 올라서 바다에 엎드려 만나는 마애불들. 서늘한 초승달이 뜬 흰 메카. 라사의 포탈라 궁. 늪에서 얼굴만을 내밀고 더위를 식히는 인도 호랑이의 풍격(風格)을 갖춘 표정. 밀교(密敎). 히말라야. 요가와 신성 마법. 다람살라. 노을 비치는 언덕을 홀로 걷는 외로운 산양. 호수면을 박차고 튀어오르는 플라밍고 떼. 악마같이 재잘거리는 원숭이들. 스콜이 지나간 다음 숲 뒤의 풍경을 지우며 나타나는 선명한 무지개의 띠……
소매를 적시는 번뇌의 피. 아, 이루 다 헤아릴 수 없어라.

법현의 뒷모습이다.

사바의 고통처럼 머리를 길렀구나.

나는 카운터 왼편을 휘돌아 잰 걸음으로 그에게 접근한다.
틈을 주지 않고 법현의 목과 어깨를 일격에 잡는다. 순간, 고개
를 돌리며 놀라는 그의 두 눈알이 부풀어 터져나갈 듯하다. 그
리고 맥없이 바닥으로 흘러내린다.

……아뿔싸! 법현이 아니다!

법현이 자기의 일부를 엉뚱한 자에게 흩뿌려놓고 도망친 것
이다. 나는 급히 눈을 감고 법현의 움직임을 추적한다.

위다. 훨씬 더 위다. 꼭대기다. 제비같이 날쌔게 이동하고 있다.

나는 웅성거리기 시작하는 사람들 사이를 뚫고 뒤쫓는다. 빠
끔히 열린 좁은 문을 박차고 파란 하늘 아래 나서자 눈이 부시
다. 옥상이다.

이미 법현은 사라지고 없다. 나는 난간에 손을 얹고, 저 멀리
한강 방향으로 멀어져가는 한 대의 택시를 노려본다. 거기에
법현이 타고 있는 것이다.

속다니. 방심하다니.

화가 치민다. 아직까지도 다른 이에게 분신(分身)을 이입시킬
재주가 그에게 남았다면 결론은 한층 분명해진다. 머리가 욱신

거린다. 목성의 묵직한 세력을 느낀다. 태양과 아홉 개의 행성. 거기서 뿜어져 나오는 불기둥과 얼음의 합창. 목성이 조금만 더 컸더라면 제2의 태양이 탄생했으리라.

법현. 너는 나의 귀한 빛을 감히 나누어 가졌다. 으, 뇌신경이 끊어지고 엉켜버리는 통증. 힘을 다오. 사망이 숨어 사는 업의 아궁이여.

나의 만다라 중앙에는 나, 법인만이 앉아야 한다. 하늘 아래 두 개의 해는 재앙일 뿐이다. 인간들에게 목성은 그저 우주의 티끌별에 불과하다. 태양이 뜨면 밤과 별들은 자연히 사라진다.

법현, 어차피 너는 나로 인해 소멸할 것이다. 그저 조금 시기가 늦춰졌을 뿐이다.

애써 기다리지는 말아라. 네가 숨어드는 그곳으로 먼저 가서 너를 맞이할 테니.

나는 그간 네가 저질러놓은, 까닭 없이 외로운 인연을 알고 있지 않은가. 너는 곧 거기에 걸려들어 배가 뒤집힌 거북이마냥 허우적거릴 것이다. 나는 그 찰나를 노려 네 존재의 멱을 따버릴 작정이다.

크고 작은 인기척들이 요란하게 몰려온다. 아까 내가 건드려 쓰러뜨린 남자가 죽어서이다.

나는 건너편 건물의 비상계단으로 몸을 날린다.

3

　북부 독일의 한 작은 도시에서였다. 아내가 죽은 날의 초저녁, 비로소 나는 내가 누구인지 알게 되었다. 그곳의 공기는 무거워 새들도 힘겹게 날고, 날씨는 늘 폐암처럼 어두웠다. 시절은 대전쟁의 절정에 접어들고 있었다. 우리 부부는 이미 무너진 것과 다름없는 3층 건물의 우산만큼 열등한 지붕 바로 밑에서 살았다. 멀고 가까운 포성을 벗삼아 잠들고 깨어나는 악몽의 이승. 나는 유사시를 대비하여 치명적인 독극물을 준비해놓고 있었다. 내게 죽음은 억지로 살아 있는 현실보다 훨씬 당연하게 여겨졌다. 하루에 세 번씩 기도를 올렸다. 아침에는 멸망해가는 세상을 비웃으며. 정오에는 역시 멸망해가는 나와 아내를 기리며. 해가 져서는 그 모두를 창조하고도 멸망하도록 내버려두는 신을 저주하며.

　아내는 벨기에 출신의 화학자였다. 그녀는 처음이자 마지막 임신 넉 달 만에 최악의 하혈을 시작했고, 나는 껍질 벗긴 새앙쥐같이 생겨먹은 물컹한 덩어리를 흙 묻은 벽지로 싸서 하수구에 버렸다. 나는 외경(外經)에 몰두하고 있던, 동양과 서양의 이런저런 민족들의 피가 마구 뒤섞인 튀기 신학도이자, 서로 간에 유사하거나 전혀 상이한 체계를 지닌 아홉 가지 언어를 구사하는 기이한 위인이었다.

아내가 숨을 거두기 반나절쯤 전, 나는 너무도 생생한 꿈을 꿨다. 그것은 내 거룩한 운명을 일깨워주려는 대주재자의 워밍업이기도 했다. 나는 대학 도서관 중앙에 홀로 서 있었다. 곰팡이 번지는 책 냄새가 적요와 함께 사방에 가득했다. 나는 개가(開架) 열람실을 가로질러 원형의 텅 빈 공간에 다다랐다. 아내는 네 개의 나무 의자에 받쳐져 바닥으로부터 1미터가량 떠 있는 금속제 관 안에 누워 있었다. 나는 무한대의 저쪽 끝을 내려다보고 있는 것처럼 어지럽고 울렁거렸다. 아내는 하얀 꽃이 꼭 한 송이만 피어 있는 줄기 다발을 품에 안고 있었다. 나는 편히 쉬고 있는 아내가 부러웠다. 일단 머리를 식히고 싶어 슬플 겨를이 없었다. 비가 올 듯 말 듯 눅눅한 거리를 산책하다가 공원 벤치에 앉고 나서야, 나는 내가 꿈을 꾸고 있다는 걸 알았다. 뚱뚱한 우체부가 자전거를 몰고 와서는 내게 검은 테가 둘러진 편지 한 장을 건네주었다. 그 장면에서 나는 꿈 밖으로 간신히 빠져나왔다. 식은땀에 흠뻑 젖은 몸을 일으키자, 곁의 아내는 여전히 기침과 고열에 뒤척이고 있었다. ……얼마가 지나서, 아내는 더 이상 컹컹거리지 않았다. 대신 시체의 냉기를 뿜어댔다.

식탁에는 딱딱하게 굳어버린 빵 세 조각과 신 우유 한 병이 있었다. 나는 나도 모르는 틈에, 그것들을 아기작아기작 먹어치웠다. 둥둥 울리는 북소리가 들렸다. 나는 창틀에 올라가 십자가에 못 박힌 예수처럼 양팔을 벌리고 거리를 내려다보았다. 히틀러 유겐트의 긴 행진이 있었다. 선봉의 소년은 나치의 당장(黨章) 하이켄크로이츠가 금박으로 새겨진 큰 깃발을 흔들었다. 하늘과 구름 아래 전체가 치유 받을 수 없는 끔찍한 상처였다.

나는 다시 아내 옆으로 갔다. 그때, 등이 빛으로 녹아드는 것을 느껴 뒤를 돌아다보았다. 창문에는 뭐라 형용하기 힘든, 커다란 해파리를 면도칼로 긁고 찢어놓았다고 해야 할 형상의 무엇이 눌어붙어 있었다. 그는 폐부를 도려내는 목소리로, 내가 감당하고 누려야 할 사명과 권리를 일깨우기 위해 나타났다고 밝혔다. 그의 광채를 쐬는 동안 나는 변해가고 있었다. 나는 신비로운 기운으로 가득 차올랐다. 구차한 분석이라든가 설명 따윈 필요 없었다. 그는 벌써 내 심장을 열고 들어와 영원히 불타는 제단을 건설해놓았으니까. 나는 너무 왕성해진 나머지 폭발할 것만 같았다. 영혼의 머리에는 기다랗고 날카로운 두 개의 뿔이 버듬버듬 돋아나고 있었다.

나를 얼빠진 사람 취급하는 선량한 이웃들이 불쌍한 아내를 위해 장례를 치러주었다. 그들은 회색 철판으로 관을 짰다. 뮐러 부인 말에 의하면 일주일 전 아내가 우정 찾아와서는, 목제 관을 쉽게 뚫고 들어올 벌레들이 무섭다고 돈까지 맡기며 그렇게 해달라 부탁했다는 것이다. 그리고 내가 관 뚜껑을 닫으려는 순간, 어떤 여인이 방으로 들어서더니 아내의 가슴에 흔하디흔한 흰 들꽃 뭉치를 내려놓는데, 어디서 구했는지 빨간 장미꽃이 꼭 한 송이만 서늘하게 복판에 끼워져 있었다.

그날은 히틀러의 선동가이자 왼쪽 다리가 8센티미터나 짧은 절름발이 요셉 괴벨스 박사가 연합군을 향해 전면전을 선언한 1943년 2월 18일이었다. 온종일 반복되는 그의 광기 어린 연설에 라디오가 부서질 지경으로 들썩거렸더랬다.

4

나는 다시 옷을 바꿔 입었다. 한 사내가 그의 늘씬한 검정색 스포츠카 트렁크 속에서 졸지에 LA다저스의 팬이 되어 잠들어 있다. 방법과 과정은 오늘 새벽의 경우와 비슷했다. 이제 나는 짙은 남색 세미 정장 차림이다. 구두 사이즈가 맞지 않아 농구화는 그대로 신고 있지만.

홍익대학교 근처를 걷는다. 고개를 꺾어든다. 별들이 없다. 당연하다. 아직 환하니까. 별자리로 운명을 배우려는 자에게 태양은 도리어 암흑이다. 학대받고 자란 이에게 친절과 관심이 억울한 의심을 부르는 것처럼.

나는 심판을 재촉하러 온 것이 아니다. 제 살을 파먹는 구더기의 가련한 미래를 위해서 왔다. 정육점에 걸려 있는 고깃덩어리의 원한을 위해서 왔다. 교만한 장미에게 무시당하는 잡초와 선인장의 목마름을 위해서 왔다. 별의 죽음을 인지하지 못하는 어리석은 중생들을 위해서 왔다. 빛의 상실, 그것이 별의 사망이다. 인간의 죽음을 인간들은 모른다. 신의 상실, 그것이 인간의 죽음이다. 별들에게도 탄생이 있고 성장이 있으며, 유년기에서 장년기와 노년기를 거치는 일생이 있다. 죽은 별 주위에서는 어린 별들이 출생한다. 시든 식물이 흙으로 돌아가고, 거기에서 새로운 생명이 발아하는 이치와 같다. 별들이 재생하는 것이다. 어둠은 별들의 무덤이자 자궁이다. 말세의 인간들은 낮이건 밤이건 황천(荒天)만을 보고 있다. 인간은 어둠의 의미를 와해하고 부활을 포기했다. 너무 캄캄하고 쓸쓸해서 결코 돌아올 일이 없는 나라를, 불모의 금 간 더러운 스모그를 보금자리로 착각하고 있지 않은가. 나는 바람 부는 언덕에 기괴한 단두대를 높이 세우러 온 것이 아니다. 사막과 호수를 구별하지 못하는 눈뜬 맹인들의 손바닥에 빛나는 눈동자 두 개를 쥐여주려고 왔다.

사바에서의 내 독백과 행적은, 훗날 구원받은 자들의 합창으로 옮겨져 온 천지에 장구히 울려 퍼질 것이다. 법현. 너는 석가모니의 제자 다문제일(多聞第一) 아난처럼 나를 수발하고 기억해야 했다. 사도 바울이 예수에게 그러하였듯 나의 진리를 이방의 땅 독사의 자식들에게도 전파해야 했다. 사탄의 길은 악행의 길이 아니다. 나, 법인을 거부하는 길이다. 나는 사탄이 되려는 너, 법현을 이해할 수 없다. 방금 나는 지하철 입구를 지나오면서 붉은 페인트로 '예수 천국! 불신 지옥!'을 온몸에 처바르고 외치는 남녀를 보았다. 지옥을 가장 두려워하는 그들이 가장 먼저 지옥에 떨어질 것이고, 이후엔 내가 그 지옥을 없애리라. 한 손에는 물동이와 한 손에는 횃불을 들고서 나는 이 세상에 왔다. 나는 그것으로써 지옥의 불길은 꺼버리고 천국은 불사르리라. 인간들이 지옥에 대한 두려움이나 천국에 관한 희망에 의지하지 않고 오로지 나를 경배하는 법열(法悅)로 살아가게 하겠다. 과거의 신들과 성인들은 조금씩 맞았고, 조금씩 틀렸으며, 하여 모조리 불완전하다. 그들은 나를 예비하려 먼저 땅 위에 박아놓은 이정표일 따름이다. 나는 창조물이 아니다. 만물을 만들지도 않았다. 그러나 굴욕의 혼세를 말끔히 정리할 것이다. 나는 유일자이다. 부서지거나 흩어지지 않는다. 나는 크게는 삼천 대천세계를, 백억일월을 꿰뚫는다. 작게는 9억 마리의 벌레들이 살고 있는 물방울 하나를 살핀다.

이제 중생은 56억 7천만 년의 기다림 끝에 미륵불의 용화수 보리수 아래서의 설법을 듣지 않아도 좋다. 재앙을 이끌고 도래할 괴팍한 메시아를 고대하지 않아도 된다. 그들은 유령과 다름없어 이 삭막한 죄악의 천지간에서 시시비비의 원인이 되지만, 천체의 빛나는 성좌들과 함께 나의 정신은 지금도 저 극락과 아비지옥 너머에 표표히 떠 있다. 지혜로운 목숨이라면 성모 마리아가 안고 있는 아기에게서도, 광배만이 남은 채 머리가 잘려나간 석불좌상에게서도, 이슬람 사원 첨탑 위에 올라 예배 시각을 알리는 무에진의 운율 섞인 목청에서도 나를 잠잠히 깨달을 것이다. 경주 남산의 마애불들. 화엄사 시왕도의 육도왕환과 남장사 감로도의 확탕지옥에서 나의 권위를 느낄 것이다. 나는 사바의 유전자 지도를 알고 있다. 나는 세계를 퓨전할 것이다. 나는 이 신의 성기를 가져다 저 신의 음부에게로 수정(受精)하여 광활한 나를 출산할 테다. 나는 살아 꿈틀대는 모든 것들의 피를 휘저어 손주박으로 퍼 마신다. 나는 길과 구름과 바람의 적, 아무도 사랑하지 않을 수 있다.

5

사랑. 사랑? ……기분이 묘하다. 그가 왜 어여쁘고 따뜻한, 여인이라는 것을 사랑하였는지 알 듯도 하다. 법현은 지나치게 착하고 눈물이 헤픈 탓에 구도와 수행의 길을 저버리고 속세로 들어가 나약한 미학의 운명을 선택했다. 그는 석가모니보다는 예수 쪽을 많이 닮았다. 조용하고 과격하지만 낭만적이었다. 막달라 마리아를 사랑했던 청년 예수. 법현은 사랑이란 관계

이전에 존재의 차원이라고 믿었다. 진정으로 자기와 다른 생명체가 연결되어 있다는 실감을 정착시켜나가길 원했다. 그러나 그는 결과적으로 힘의 냉정함을 외면했고, 자진하여 허무에게 몸을 팔아 유한한 생명의 언저리로 밀려났다.

서기로 1916년생인 나는 이미 84세에 이르렀으나, 육체는 아내가 죽었던 1943년 당시 스물일곱 살 그대로이다. 지금이야 법현도 푸른 시간을 누리고 있지만, 그는 나와는 달리 조만간 급격히 얼음 녹듯 늙어갈 것이다. 아둔한 법현이 신으로 가는 도중에 초인을 포기한 까닭이다. 분명, 싱싱한 젊음을 지닌 이 여자는 졸지에 물기가 쏙 빠져버린 그를 떠날 것이다. 아니라면 법현이 스스로 부끄러워 자취를 감추든가. 지상의 사랑은 작은 충격과 방해에도 비틀어지고 뭉개지게 마련이다. 하물며 어제의 아름다운 애인이 몇 달 만에 흉한 여든네 살의 노인으로 변해버린다면야.

— 이해하기가 어려웠어요. 희한한 사람도 다 있구나, 싶었죠. 도무지 자기 얘기를 안 하는 거예요. 나중엔 진짜 고아인 줄 알았으니까. 근데 이렇게 쌍둥이 형이 계시다니, 얼마나 놀랍고 기쁜지…… 한동안 괜찮은가 싶었는데, 요즘 들어 많이 불안해하는 게, 생전 없던 짜증도 내고. ……워낙 감정의 벽이 단단하고 높은 사람이어서 뭘 물어봐도, 필요한 말 외에는 철저히 아끼는 편이죠. 형한테도 그런가요? 역시 그렇겠죠?

여자의 이름은 명선(瞑善). 처음에 여자는 약간 당황하는 낯빛이었으나 이내 마음을 수습하고는 해맑게 나를 대했다. 법현은 나의 존재를 경고하지 않은 모양이었다. 오히려 그것이 여자를 보호하는 방도라고 계산한 거겠지. 나는 그의 깜찍한 꾀가 무지 유쾌했다. 하긴 법현에게는 선택의 여지가 없었다. 우리의 기상천외한 사투(死鬪)에 사랑하는 여자가 끼어들까봐 우려했을 테고, 또 행여 솔직하려 했다 한들 무슨 수로 나, 법인을 설명할 수 있었을 것인가 말이다.

— 아이들 옷을 팔아요.

— 아이들 옷. ……아이들의 옷. 아이들…….

— 어른들 옷보다 비싸요, 요즘은.

여자는 술과 고기를 좋아하는 편이고, 취기가 올라 긴장이 풀려갈수록 수다스러워졌다.

— 염색이 아주 멋져요. 모델이세요? 농담이 아니고 정말로요.

나는 얼굴은 젊지만 완전히 백발이다(실은 내 몸에 돋은 모든 털이 새하얗다). 거기에다가 파란 눈, 최신 유행의 고급 양복에 농구화 차림인 내가, 여자에게는 무슨 패션계에 종사하는 사람쯤으로 비쳐진 모양이었다. 나는 그저 약하게 웃었다. 여인아, 편한 대로 생각하렴. 불어닥칠 수난을 너는 괘념치 않아도 되느니라.

— 어, 나 무시하면 안 되는데. 디자이너도 셋씩이나 데리고

있어요. ……쌍둥이인데도, 물론 미성(微聲)씨는 머리가 검지만, 호호. 뭐랄까, 생김새는 동일한데 느낌이 무척 달라요. 훨씬 강해 보이세요.

—쯥.

미성. 법현이 사바에서 사용하고 있는 거짓 이름. 흐, 미성이라니!

아내를 땅에 묻자마자, 나는 내 안에 들어온 그가 지시하는 대로 멀고 긴 여행을 떠났다. 내가 백주에 전쟁터를 버젓이 가로질러 통과해도 군인들은 그 사실 자체를 전혀 알아차리지 못했다. 심지어는 난무하는 총알들마저 저절로 나를 비껴 돌이나 나무를 향해 날아가 박혔다. 아무도 나의 무색무취한 행보를 막을 순 없었다. 나는 신의 가호를 받는 작은 신이었다. 그렇게 두 해 가량을 내면에서 울리는 목소리에 이끌리며 떠돌았다.

만 년 전에는 바다였던 삭막한 강 브라마푸트라. 그 새벽, 나는 여전히 혼자였고 배가 몹시 고팠다. 나는 옷 입은 몸을 그대로 적시며 물에 들어가 맨손으로 메기를 낚고 있었다. 한데 이상한 일이 벌어졌다. 나는 어깨에도 못 미치는 깊이에서 일순 다리에 기운이 쪽 빠져 허우적대기 시작했고, 간신히 죽을 고비를 넘기며 겨우 뭍으로 기어올라왔다. 아랫도리를 찰랑찰랑한 강 끝에 잠기운 채 나는 대자로 기진맥진해 뻗어 있었다. 쓴 흙탕물이 벌컥벌컥 토해졌다. 벌레가 된 것같이 부대껴 뒤척이는데, 갑자기 나 아닌 다른 사람의 손가락이 피부에 와 닿았다. 나는 화들짝 놀라 곁을 살폈고, 거기에는 나와 똑같이 생긴 청년 하나가 처연한 웃음을 지으며 흐린 아침을 올려다보고 있었다. 그는 방금 목숨을 건져 절박하기 이를 데 없는 나와 달리, 아주 서럽고 아름다운 음악을 듣고 있는 표정이었다. 그는 내 안에서 불쑥 빠져나간 자였다. 법현이었다. 나는 브라마푸트라 강으로부터, 그리고 죽음에게서 가까스로 벗어나면서 법현과 법인으로 나눠진 거였다. 대전쟁이 막바지에 이르렀을 무렵 어느새 그와 나는 각자인 우리가 되어, 우주의 중축에 우뚝 솟은 신의 산 카일라스의 울창한 눈보라 앞에 나란히 서 있었다.

우리 안의 그는 항상 우리를 향한 기적의 시선을 옮기지 않았다. 인도네시아의 밀림에서는 음식을 나타내어 아사(餓死)를 물리쳐주었으며, 고비 사막에서 모래 구덩이를 헤치고 죽은 낙타를 소생시킨 것도 그였다. 나는 장차 신으로서의 내 모습을 고행 가운데 미리 감지하고 있었다. 나는 피골이 상접할수록 자신감으로 충만했다. 대자대비할 필요가 없을 것 같았다.

대체 신이 무어란 말인가. 선하고 싶으면 선하고, 악하고 싶으면 악할 수 있는 것이 신이다. 신은 죄로부터 자유롭다. 내 안의 그가 내게 그러하듯. 그러나 법현은 달랐다. 그는 중도를 정등각하여 극을 버리고자 꿈꾸었다. 만사가 융통한 세계를 갈망하고 있었다. 이를테면, 성불(成佛)하려고 했던 것이다. 부질없는 시도였다. 법현은 본질적으로 노래하는 자였던 까닭이다. 그는 당장 환하게 피어 있는 꽃을 바라보며 내일 추하게 질 그것의 운명을 걱정하지 않았다. 그는 점점 사막과 고원 너머에 존재하는 소돔과 고모라의 저잣거리를 그리워하기 시작했다. 그는 세리와 창녀와 어부들을 만나고 싶어 했다. 그의 얼굴은 점차 이목구비가 없는 혼돈처럼 답답해졌다. 그는 내 안에 있는 그가 창조한 실패작이었다. 내가 원하는 자가 아니었다.

— 저희 집에서는 미성 씨가 혼혈인 거 아직 몰라요. 저는 지극히 평범한 가정에서 자란 애예요. 앞으로 얼마나 큰 어려움을 겪어야 할지, 실은 겁이 많이 나요. ……이럴수록 서로에 관해서 잘 알고 있어야 하는 건데. ……막상, 착잡하네요. 제가 그 사람에게 과연 뭐였나 싶구요. 멀쩡히 형제가 있는데, 왜 제게 감췄을까요? 나름대로 사정이야 있었겠죠, ……어차피…….

잠시 뉴욕이라든가 모스크바, 마카오나 리우데자네이루 같은 대도시의 중심에 머물지 않았던 것은 아니지만, 법현과 나는 주로 지구의 험하고 외진 곳들을 골라 부유(浮游)했다. 그것은 우리가 얻고자 하는 힘을 증가시키고 궁극까지 점화하려는, 우리 속에 동시에 깃든 그의 뜻이자, 장래의 고결한 권력자로서 반드시 거쳐야 할 통과 의례였다. 그 와중에 우리는 온갖 행태의 구도자와 성직자, 천지에 가득 널려진 우상(偶像)들과 조우했다. 특히 사페드의 카발리스트, 중국과 티베트의 선승, 인도의 요기 등과의 교류와 수행은 우리 서로가 누구인지를 더욱 확실히 깨닫게 해주었다. 진리는 이성이 감당하기에는 너무 규모가 크다. 사람은 잠정적인 존재이며 끝이 아니다. 오직 영적인 통찰에 따라 스스로를 가르친다. 히든 크레바스 밑 천길 얼음 암흑으로 굴러떨어지면서도 태산귀(太山鬼) 칸첸중가를 원망해서는 안 되는 것이다. 칸첸중가는 제가 하던 일을 변함없이 하고 있을 뿐이기 때문이다. 거기에 멋대로 개입하고 있는 것이 시건방진 인간들이다.

— 혼혈이라. 그게 문제는 문제지.

— 예?

— 피가 더러워지는 거, 엉망이 되는 거 말이다.

— ……제, 제 얘기가…… 불쾌하셨나요? 저, 어, 저는 그저…….

— 여인아. 염마왕(閻魔王)을 알겠지? 지옥을 지배하는 녀석 말이다. 본시는 야마Yama 왕이었느니라. 그가 다스리는 곳은 춤과 노래가 끊이지 않는 낙토였더랬지. 하지만 백성들이 이방의 자식들과 상간(相姦)하여 이상향은 지옥으로, 야마 왕은 염마왕으로 변한 것이니라. 깨닫겠느냐?

— ……아. 왜, 가, 갑자기 왜 이러세요?

— 우리가 여기 살이 타들어가지 않는 불가마에 갇혀 마주 앉

은 업보를 말할까? 악쓰는 구렁이 같은 내 새끼를 낳아주려느냐?

6

법현은 서서히 궤도를 이탈하고 있었다. 그는 주둥이가 좁은 유리병 속에서 방금 알을 깨고 나온 새처럼 암담하고 위태위태했다. 법현은 우리에게 깃들여 만사를 주관하는 이와 소원해져 가고 있었던 것이다. 나는 심장이 반으로 갈라지는 듯 아팠고, 어느덧 나 자신이자 형제인 그를 감시하고 있었다.

나는 속히 한 스승을 찾아가야 했다. 내 안의 그가 그러기를 지시하고 있었다. 죽음을 초극하는 기법을 전수받으라는 의도에서였다. 예부터 숨이 끊어지는 찰나가 오면, 곧바로 생명력이 정지된 상태, 곧 사마디(三昧)로 빠져드는 성자들이 있었다. 그들은 단식과 명상을 통해 저절로 미라가 되거나 자진해 육신을 불살랐다. 그러면 제자들은 가부좌를 틀고 앉은 성자를 커다란 항아리 내부에 안치한다. 사망을 정복하는 입문식을 치르려는 것이다. 성자들의 영혼은 거침이 없다. 인간계와 천상계, 지하계의 세 가지 영역을 맘대로 떠돈다.

나는 완벽한 으뜸 신으로서 반드시 불멸을 위한 수업을 치러내야 했다. 잠시나마 스승이 필요했던 소치는 그래서였다. 하지만 그는 곧 훗날의 가장 곤란한 장애물일 터이기에 효용이 끝나면 제거해야 마땅했다. 절대자에게 스승이 있어서는 안 되는 법이니까.

이미 의욕을 잃어 허깨비에 불과한 법현을 억지로 독려하며, 나는 이 생애에서의 마지막 사막 횡단을 감행하였다. 임재 하는 음성이 일러준 바에 의하면, 만나야 할 스승이 타클라마칸을 종단해 동쪽으로 내려가고 있기 때문이었다.

그러던 어느 날의 깊은 밤. 내 깡마른 육신을 벗어나 그가 다시 내 앞에 나타났다. 서기 1943년 2월 18일, 커다란 해파리를 면도칼로 긁고 찢어놓았다고 해야 할 형상으로 대전쟁의 창문에 눌어붙어 있던 계시 말이다. 실로 54년 만의 재회였다. 그는 모닥불을 쬐며 새우잠을 자는 법현 건너편에서, 두 개의 전혀 다른 모습으로 분리되어 나를 노려보고 있었다.

좌측에 선 자는 강철로 축조한 댐같이 단단하고 차가우며 감정과 타협의 여지가 없는 존재였다. 그는 잔인하고 파괴적인 시선을 지니고 있었다. 모두가 두려워할 막강한 이였다. 짐승이었다. 끓어오르는 화산 위로 올라간 어두운 짐승. 나는 언뜻 그것이 대천사 미카엘의 현현이 아닌가 의심해봤지만, 그럴수록 그건 더욱더 짐승일 뿐이었다. 신도, 천사도, 인간도, 단순한 물체도 아닌 그저 높고 위대한 짐승. 시린 소름이 돋았다.

반면 우측에 선 자는 관용과 사랑을 방사하고 있었다. 기쁜

죄의식이 공기를 장악했다. 나는 그가 너무나 놀랍도록 선하고 아름다워, 주저앉아 울어버릴 지경이었다.

중대한 기로였다. 결정은 온전히 나의 몫이었다. 먼 바다가 복통으로 요동쳤다. 많은 별들이 피를 흘리며 한꺼번에 후드득, 후드득, 떨어지고 있었다.

……이윽고 나는 좌측에 선 자를 선택했다. 그를 삼켰다. 그러자 내장이 불타는 듯하더니 별안간 황홀경에 휩싸이며 고차원의 세계로 접어들어갔다. 우측에 서 있던 자는 비명을 지르며 사라졌다. 심한 졸음이 밀려들었다.

아침에 눈을 떴을 때, 꺼진 모닥불 근처에는 법현이 누워 있지 않았다. 나는 정말이지, 그의 예민하고 민첩한 판단에 혀를 깨물며 감복했다. 법인의 길고 지루한 법현 사냥은 그런 식으로 시작되었던 것이다.

이후 나는 홀로 스승을 만나 3년 남짓 함께 지냈다. 그리고 종국엔 그도 내 정체를 알고는 두려워 줄행랑을 놓았다. 계속해서 동쪽으로 향하는 스승의 꽁무니를 뒤쫓으면서 나는 내게로 기우는 천기(天機)의 대세를 읽고 미소 지을 수밖에 없었다. 공교롭게도 그와 법현이 약속이나 한 듯 한반도에 모여 있었던 것이다. 나는 오랜만에 몇몇 도시들을 관통하며 인간과 문명이란 한낱 천하디 천한 잡신(雜神)의 졸작임을 새삼 확인했다.

바위 위에서 자기 형제 70명을 죽인 아비멜렉처럼 나는 충분히 잔혹으로 차올랐다. 또 세상은 불치의 바이러스로 오염되어 있었으니, 나는 채찍 대신 전갈로 백성들을 다스리겠노라 선언했던 비정한 왕 르호보암 같아야 했다. 바이러스, 라틴어로 독(毒)이라는 뜻이다.

7

나는 아직도 잠에 취해 있는 LA다저스의 팬을 그의 검정색 스포츠카 트렁크에서 꺼내어 주차장 구석 축축한 바닥에 내팽개쳤다. 밤길을 걷는 여자는 꽁꽁 얼어붙어 있었다. 비명을 질러 행인들에게 도움을 청하고 싶었겠지만, 내가 염력으로 입을 못 열게 하였기 때문에 불가능했다. 끈적끈적한 공포의 타액에 축축이 젖어 나를 따라오는 여자의 몸은 이미 내 손끝에서 놀아나는 꼭두각시 인형이었다. 나는 운전석 옆자리에 여자를 태우고는 정중하게 안전벨트까지 매줬다.

자정의 옅은 안개를 뚫고 서울을 빠져나왔다. 나는 운전하는 틈틈이 여자의 표정을 여러 번에 걸쳐 관찰했다. 여자는 충혈된 눈으로 전방만 잔뜩 응시하고 있었다. 망막에서 새어나온 눈물이 짧은 치마가 가리지 못하는 늘씬한 다리 위에 방울져 떨어졌다. 내가 고대하는 것은 여자의 환란이 아니었다. 법현의 최후였다. 그럼에도 왠지 즐거워, 나는 지저분한 비둘기처럼 쿠쿠거렸다.

나무들의 행렬이 괴괴한 46번 국도로 접어들어서는 실컷 액셀러레이터를 밟았다. 한참을 그렇게 가는데, ……이 길에는 비범한 뭔가가 있다, 라는 생각이 드는 순간부터 오히려 속도가 점점 줄어들고 있었다. 급기야 엔진의 숨결이 희미해지더니 스르륵, 멈추어버렸다.

46번 국도에는 아까부터 여자와 나를 실은 스포츠카 이외의 어떤 차량도 지나가고 있지 않았다. 나는 이 모두가 누구의 소행인지 단박에 알 수 있었다. 엘리 엘리 라마 사박다니 부르짖으며 십자가에 못 박혀 희생당하고 싶어 안달인 청년 예수. 법현이 온 것이다.

나는 스포츠카에서 내렸다. 물론 여자는 여전히 꼼짝도 못하고 있었다.

내가 쓴 핏빛 계시록의 절정을 현실의 심판으로 완성하기 위하여, 나는 디디고 섰다.

불현듯, 46번 국도 양편에 늘어선 벙어리 나무들이 크게 떨며 웅웅대더니, 일시에 자잘한 흰 꽃들을 펑펑 터뜨렸다. 거기서 폭발하는 발광이 얼마나 강렬한지 불빛이라고는 전혀 없는 사위가 환해졌다. 악마의 애인인 듯 아름다운 벚나무들이었다. 참견의 손길을 극도로 싫어하여, 가지를 치거나 줄기를 바로잡아주면 몸살을 앓다가 말라 죽어버리는 왕벚나무. 저 길 어둠의 끄트머리에서 강한 기운을 내뿜는 법현의 실루엣. 벚꽃 잔치로 나를 맞이하다니, 역시 그다운 장난질이었다.

인기척에 뒤를 돌아다보았다. 여자가 도망치고 있다. 법현이 내 염력을 푼 것이다.

그러나 여자는 더 이상 46번 국도를 벗어날 수 없었다.

벚나무 사이사이 수백 마리의 들개들이 가스불 같은 눈동자를 번득이며 서성이고 있었기 때문이다. 더구나 먹구름 밑에는 지옥에서 날아온 신천옹 서너 마리가 망을 선다. 내가 부른 거였다. 나는 세계를 강간하고 있는 기분이 들었다. 여자는 맥없이 실신한다.

나는 달린다. 살찐 쥐를 잡아먹는 방울뱀처럼 배를 바닥에 바싹 내리깔며 달린다.

달려가, 법현의 모가지를 문다. 내 날카로운 이빨이 그의 가장 약하고 부드러운 부분을 무너뜨리며 박힌다. 나는 그런 상태에서 눈을 치켜떠, 법현의 눈과 마주친다.

그는 인정한다. 내게 역부족이라는 것을. 우리는 마음으로 말을 주고받는다.

— 겨우 이거냐? 니가 할 수 있는 일이란 게? 고작 때 이르게 나무에 꽃을 피우는 정도냐? 법현, 다를 게 뭐냐? 내가 세상을 지배하는 것과 네가 세상을 약골로 만드는 것이.

— 법인. 너는 온갖 방편설(方便說)을 가지고 진리를 왜곡했다. 섞을 수 없는 피들을 무참히 섞었다. 너는 열등한 존재다. 요괴에 불과해. 너의 미친 영혼이 너의 어깨 위에 앉아 침을 흘리며 너를 지켜보고 있다.

— 법현, 가라. 이제 어느 짐승의 태(胎)에 들어가려느냐?

나는 그의 생명을 뜯어버린다. 법현은 고통받으며 일그러졌고, 와해되었고, 피어오르다가, 문득 사라졌다. 입 안에 무언가가 가득 고여 나는 손바닥에 뱉어낸다. 선혈이 뚝뚝 떨어지는 내 심장 반쪽이었다. 나는 그것을 가장 사악해 보이는 들개에게 던져주었다. 놈은 아가리 주위의 털을 붉게 물들이며 게걸스럽게 먹는다. 죄에 허기진 다른 들개들이 짖는 소리가 요란하다. 마귀의 새들은 허공에 아수라장을 벌이며 법현의 육보시를 탐한다. 그때 내 혼잣말이 쓸쓸했던 것은, 자고로 신이란 더불어 고뇌를 나눌 자가 없는 까닭이었다.

— 이루었다. 비록 전부는 아닐지라도.

……나는 쓰러져 있는 여자를 안아들고는 스포츠카 속으로 옮겼다. 법현의 여자가 내 무릎을 베고 누워 있다. 봉곳한 젖가슴을 매만진다. 널린 여자의 겉옷과 속옷이 마치 파헤쳐진 꽃밭 같다. 팔딱, 팔딱, 목숨이 뛰는 게 손바닥에 전해진다. 슬프다. 기쁘다. 슬프다. 슬프지 않다. 기쁘지 않다. 여자에게 입을 맞춘다. 까끌한 혀를 입술 사이로 밀어 넣어 잠든 여자의 부드

러운 복종을 맛본다. 나는 여인의 턱에서부터 천천히 아래로 내려간다. 배꼽을 핥는다. 눈뜬 채로 정신을 잃은 여인의 코에 내 코를 갖다 댄다. 기쁘다. 기쁘지 않다. 슬프지 않다. 슬프다.

여인아. 네게 더 이상은 슬플 수 없는 이야기 하나를 들려주마. 석가모니 입적 후 약 천 년 뒤, 중국의 승려 현장이 인도 북부의 불적을 순례하였다. 현장의 마음을 쓰리게 내리친 것은 석가모니가 깨달음을 얻은 보리수가 있는 부다가야의 황폐함이었다. 석가모니가 숨을 거두자 제국의 왕이 2기의 관음상을 세우고는, 그들이 모래 속으로 사라질 시에는 불법 또한 사라질 것이라고 선언하였더랬다. 그런데 현장이 보았더니 관음상 하나가 이미 가슴까지 모래에 파묻혀 있었다. 현장은 땅에 엎드려 엉엉 울었다. 그것을 보고 따라서 우는 사람들도 더러 있었다. ……여인아. 지금이 바로 그때니라.

나는 여자의 가랑이 사이에 나, 법인의 성기를 집어넣는다. 여인아. 굴욕이 참을 만함은 그것이 너의 탓이 아니어서이다. 너는 아무것도 판단할 필요가 없다. 꼭 57년 전 죽은, 내 속세의 가여운 아내 같구나. 오르가슴이란 만물의 숨은 신성을 알아차리는 순간이다. 어여쁜 여인의 감각적인 몸매보다 깊은 황홀이 어디 있을 것인가. 인간의 죽음이 너무나 강하기에 생은 참으로 허무하다. 사람들이 흔히 구하는 사랑의 기적은 애처롭고 처절하기 짝이 없다. 우주 전체가 불타는 집이요 일체의 삶이 고통의 바다라고 가르쳤던 사나이조차 마지막 여행 중에 "이 세상은 아름답고 인간의 생명은 감미이다"라고 토로하지 않았는가. 그러나 그는 버섯 요리를 잘못 먹어 설사에 괴로워하다가 죽었고, 어느 수행승은 이렇게 진심으로 외쳤다.

"이것으로 우리도 석가모니로부터 자유롭게 되었다!"

높은 탑에서 크기가 일치하는 무거운 쇠공과 가벼운 나무공을 동시에 떨어뜨려보라. 어느 쪽이 먼저 떨어지는가? 함께 땅에 도착한다. 모든 물체는 중력에 의하여 그 질량과는 상관없이 낙하한다는 법칙처럼, 인간이라는 절망의 같은 크기는 한꺼번에 부딪혀 깨어지리라.

비로소 나는 여인에게로 꿈틀꿈틀 사정한다. 신의 욕망은 치유의 대상이 아니다. 나는 지상에 새끼를 까두고 승천하여 완전한 시절의 도래를 기다리리라.

그때, 누군가가 닫힌 차창을 툭툭 두드린다.

나는 놀라 고개를 뒤튼다.

아아. 그것은 꽃비였다. 알이 굵은 벚꽃잎들이 온통 지면서 이루는 하얀 피의 소나기였다.

부활할 수 없이 죽은 예수, 법현의 통곡이었다.

삽으로 수풀 더미들을 치워버린다. 괴수의 아가리마냥 찢어진 음흉한 구멍이 드러난다.

전등을 켜고, 습기가 비어져나오는 긴 석회 동굴로 들어간다.

뭉툭하거나 날카로운 석순들을 넘어, 천장으로부터 늘어뜨려진 기형 종유석들을 피해가며, 계속해서 앞으로 깊이깊이 전진한다.

어둠의 왕자, 박쥐들이 등장한다. 불빛과 인기척에 놀라 무더기지어 난리를 치는가 하면 밖을 향해 서둘러 날아간다. 바닥에는 박쥐의 시체들이 낙엽처럼 깔려 있다. 박쥐는 겨울잠을 깨게 되면 봄까지 못 살고 굶어 죽는다. ……그렇다. 스승이 지나간 흔적인 것이다.

산석 꽃밭에 석화가 활짝 피어 있다.

그 뒤로 놓인 평평한 자리에 검은 물체가 있다. 나는 다가간다. 그 그림자는 좌선을 하고 있다.

스승이다.

그는 첫눈이 내리던 날의 아침, 이곳에서 사마디 상태로 들어갔다.

육신은 이미 수분이 빠져나가 딱딱하게 말라붙었다. 머리칼은 계속 자라 허리까지 닿고, 손톱과 발톱도 갈고리같이 휘어져 있다.

스승은 영원히 죽지 않기 위해 죽었다. 신이 되려는 것이다.

나는 예리한 삽날로 힘껏 스승의 턱을 가로로 친다.

목이 반쯤 부러져 밑으로 대롱대롱 꺾였다. 거센 충격을 받았으나 어깨 아래로는 미동조차 없다. 살아서 쌓은 엄청난 공력 때문이다.

나는 다시 큰 원을 그리며 삽날을 던진다.

대가리가 피 없이 잘려나가 멀리 떨어져 있는 뾰족한 석순에 거꾸로 박힌다.

나는 몸뚱이도 연신 내리쳐 부수어뜨린다. 내장과 살점들이 번뜩이며 물이 고여 있는 곳곳으로 튀어 암흑을 첨벙첨벙 울린다. 박쥐들이 마른 고기 냄새를 맡고는 달려든다.

나는 동굴의 훨씬 은밀한 막바지로 움직인다. 태양보다 몇십배나 무거운 초신성의 폭발에 탄생하는 블랙홀. 온갖 물체를 바닥 없는 늪처럼 빨아들이는 블랙홀. 빛조차도 구부리는 블랙홀. 블랙홀이 기이한 점은 중력이 존재한다는 사실 자체가 아니라, 그것이 극단적으로 강하다는 데 있다. 나는 블랙홀이다.

커다란 항아리가 놓여 있다. 나는 항아리로 들어간다. 가부좌를 튼다. 눈을 감는다. 산 채로 미라가 되려고 한다. 사마디에 휩싸이려는 것이다. 나는 저승의 모진 공격에도 부활할 것이다. 내 햇살은 어둠보다 어두운 까닭이다. 나는 신의 계급으로 방출될 것이다. 최후의 블랙홀이 빛을 잃을 때 우주는 사라지리라.

나는 길과 구름과 바람의 적, 아무도 추모하지 않는 레퀴엠이다. 법현의 말대로, 내 영혼이 내 어깨에 앉아 나를 지켜보고 있다. 나는 무간지옥에 타오를 것인가, 아니면 생명의 사슬을 끊고 우주의 왕이 될 것인가. 나는 길과 구름과 바람의 적, 내가 실패하면 이 세계도 죽으리라.

오로라를 보라

1

눈을 감으면 아직도 그는, 저 어두운 짐승의 모래 바람 소리 같은 울음을 듣는다. 환청일까? 아니다. 정말로 그러한지 모른다. 누가 감히 지금 이 시간, 고요한 세계의 어디에선들 아무도 통곡하지 않는다고 장담할 수 있으랴. 그는 노을이 해제되기 시작하는 허공을 향해 말한다.

"오로라."

라틴어로 새벽을 뜻하는 오로라는, 로마 신화에 등장하는 여명의 여신 아우로라로부터 유래하였다. 오로라는 태양풍이 지구의 자기장과 충돌하여 상층 대기에서 일으키는 대규모 방전 현상이다. 저위도로 갈수록 붉은 빛깔을 띠는 오로라를, 일찍이 동양에서는 적기(赤氣)라고 불러왔으며, 중세 유럽인들은 재앙의 징조로 여겼다. 그들에게는 하늘에 퍼진 장엄하고 걸쭉한 핏물이 절대자의 노여움과 다를 바 없었던 것이다. 요즘도 일본인들은 그 놀라움을 이렇게 발음한다.

"오호로라."

인문대학의 옥상, 금이 간 난간에 기대어 한강을 바라보고 있는 그는, 겨울이 오면 캐나다 북부의 아름다운 도시 옐로나이프로 여행을 떠날 생각이다. 거기 밤하늘에는, 황홀한 오로라가 오래전부터 그를 기다리고 있다.

"……오로라."

그는 제 잠긴 목소리에서 약간의 슬픔과, 약간의 치욕과, 약간의 연민과, 약간의 투쟁을 읽는다.

아까, 식당 천장에 매달린 텔레비전에서는 〈동물의 왕국〉이 펼쳐지고 있었다. 무리에서 낙오되어 사자 일가족에게 쫓기던 암컷 들소 하나가 늪으로 첨벙 뛰어든다. 그곳에는 무시무시한 악어떼가 바글거리고 있었다. 이제 들소는 뭍의 열두 마리 사자들과 늪의 아홉 마리 악어들 사이를 왔다 갔다 하며, 반나절이 넘도록 고독한 사투를 벌인다. 들소의 소름 돋은 넓은 등판에, 부리가 뾰족하고 깃이 검은 작은 새들 서넛이 날아와 앉는다. 하마가 석양을 전부 들이마시며 하품을 해댄다. 밤이 깊었다. 기진맥진한 들소는 사자 가족을 정면 돌파하는 것으로 최후의 탈출을 시도하지만, 먼저 목덜미를 우두머리 수사자에게 물리고 나서, 곧이어 사방에서 달려드는 나머지 사자들의 허기진 아가리에 찢겨 고꾸라진다. 끄드억끄드억거리는 들소의 큰 눈망울이 화면 가득 클로즈업된다.

그는 자꾸만 그 초식 동물의 서러운 눈길이 뇌리에 그려지는 게 싫어서, 일부러 불량스럽게 시멘트 바닥에 침을 내뱉고는 등을 돌려버린다. 맞은편 대학 부속 병원의 이니셜이, 그의 이마와 거의 같은 높이에서 환하게 불을 밝히고 있다. 그는 몇 해 전, 저곳 20층 암병동의 한 창문 안에 어머니와 함께 있었다. 그녀는 기력이 남아 있는 한 〈동물의 왕국〉만큼은 빼놓지 않고 시청하였는데, 그것은 단순한 흥미를 넘어선 참으로 요상스러운 몰두였다. 그는 차라리 어서 죽어버리는 쪽이 축복일 정도로 처참하게 파괴되어가던 어머니가, 어째서 신의 배려라곤 조금도 없는 약육강식의 지옥에 열광하였는지를 여태 이해할 수가 없다. 그녀는 도가 지나치다 싶게 당당한 인텔리였지만, 젊은 시절에는 어린 외아들에게 뜬금없이 이렇게 말하곤 하였더랬다.

"나는 자식에게 뭘 바라고 그러는 유치한 엄마가 아냐. 그치만, 엄마가 몸이 아플 경우엔, 무조건 잘 돌봐줘야 하는 거야. 알았지?"

무서운 일이다. 모든 인간들에게는 예언자의 속성이 있는 것이다.

"오로라, 오로라."

예전에 그는 용기와 명예를 자연스럽게 연결시키곤 하였다. 아마도 사랑이라는 단어에서 태양을 떠올렸을 때와 유사한 감동을 받을 수 있어서였겠지만, 바야흐로 그는 죄와 사탕을 잘 구분하지 못하는 평범한 어른이다. 이 타락상이 얼마나 가증스러운가 하면, 만약 당신이 그에게 소원이 뭐냐고 물었을 적에, 충분히 이런 식으로 대답하고도 남을 위인이라는 것이다.

"문장을 쓰지 않아도 행복할 수 있으면 좋겠어요."

2

언젠가, 범신론자 호시노 오사무는 그에게 충고하였다.

"소설은 전기 기타와 같지. 전기 기타는 위험한 악기야. 자기도 모르는 사이에, 홀연, 밤무대에 서 있기가 십상이거든. 오케스트라에만 들어가도 예술가로 취급받는 바이올린이라든가 첼로와는 차원이 다르다구. 전기 기타로 예술을 한다는 건, 산돼지 등에 올라타고 태평양을 헤엄쳐 건너는 것처럼 어려운 일이야. 근데 소설이 꼭 그래. 아무나 지미 핸드릭스가 되는 게 아니라구. 조심해, 소설은 위험한 장르야."

또, 그가 암송하는, 형태로는 존재하지 않는 신비의 책 《성(聖)

오사무 어록》에는 이런 대목도 있다.

— 당신이 침대에서 눈을 뜨고 감을 때 제일 먼저 무엇을 생각하는지 알고 있는 이가 있다면, 끔찍하지만 그는, 당신의 어둠과 빛을 완전히 해석해내는 사람이다. 장차 당신은 그의 노예가 될지언정, 그를 적으로 삼아 가지고서는 희망이 없을 것이다.

아, 천만다행이지 뭔가. 채식주의자 호시노 오사무는 그의 친구이다.

3

그날 그는, 성격이 삐뚤어진 오징어 외계인들이 먼 미래의 멍청한 지구인들을 향해, "야, 너희 물주머니들아"라고 윽박지르는 것을 들었다. 지금은 제목과 내용 모두 가물가물한 어느 SF 영화에서였다. 그는 터키인들이 많이 사는 독일의 한 중부 도시 가정집 소파에 드러누워, 텔레비전 화면을 향해 병맥주로 나팔을 불어대던 참이었다. 참고로, 그 텔레비전은 상냥한 집주인 라흐니히트 할머니가 창고에서 꺼내준 흑백텔레비전이었으며, 그 시원한 맥주병에는 라인 강변의 뭉게구름을 찌르는 대성당 마크가 찍혀 있었다. 그리고 그는, 욕구 불만이 유일한 철학이던 스물세 살이었다.

아무튼, 우주탐험대의 사령관이 참모에게 묻는다.

"저것들이 왜 우리를 물주머니라고 부르는 거지?"

사령관보다 훨씬 똑똑한 참모가 대답한다.

"인체는 70퍼센트 이상이 수분으로 이루어져 있습니다. 저들이 보기에 우린, 물주머니 맞습니다."

— 아!

그는 맥주병을 입에 문 채로 소파에서 벌떡 일어났다. 두개골이 번쩍, 하고 갈라진 것 같았다. 인간이 물주머니에 불과하다는 깨달음에 정말이지, 너무 놀랐기 때문이다. 그때 이후로 그는 스스로에게 실망하여 속이 쓰리면 이렇게 혼잣말로 자위하곤 한다.

— 괜찮아, 이 정도면야 물주머니치곤 양호한 거지. 안 그래? 그럼, 그럼.

역설이겠지만, 그는 자신을 하찮게 여기는 기술을 습득하면서, 이왕 태어난 이상 대충 죽어버릴 수는 없다는 오기에 가까운 존엄을 얻었다. 이를 두고 사람들은 자주 그를 우울증 환자로 오독하기도 한다. 하긴 낙천이라는 거, 그것도 알고 보면 긍정적인 자학 아닌가? 누구나 가슴속에는, 어두운 짐승을 서너 마리쯤 사육하고 있게 마련이다. 다만 어떤 자는 그들의 모래 바람 소리 같은 울음에 시달리고, 어떤 자는 제가 영혼의 귀머거리인지도 모르는 채 음악을 즐긴다.

음, 이야기가 처음부터 약간 옆길로 샜는데, 인간이 물주머니라는 식의 인식이 가능하다면, 지구야말로 하나의 거대한 자석으로 규정지을 수 있을 것이다. 예를 들어 자기 북극은 지리적인 북극과 일치하지 않는다. 자기 북극은 매년 위치도 조금씩 변하여 현재는 캐나다 북부 엘러프링네스 섬에서 관측된다.

"오, 오로라."

오로라는 정확한 자기 북극보다는, 자기 북극에서 약간 떨어진 곳들에서 많이 나타난다. 시베리아 북부 연안, 알래스카 중부, 캐나다 중북부, 허드슨만, 래브라도 반도, 아이슬란드 남방, 스칸디나비아 반도 북부 등을 포함하는 이른바 오로라대에서는, 하늘이 흐리지 않으면 거의 매일 밤 오로라를 볼 수 있다.

그렇다. 다시 오로라다. 또한 끝까지 오로라일 것이다. 이 서걱거리는 방백의 주인공은 우울한 인간들이 아니라 찬란한 오로라니까.

지난겨울 그는, 친애하는 호시노 오사무로부터 열두 통에 달하는 유려한 장문의 한글 편지들을 받았다. 차례차례 묶으니 무슨 두툼한 보고서를 방불케 하던 그 미색의 종이 뭉치 안에도 온통 오로라, 오로라밖에 없었다. 그의 눈에는, 동서양 8개 국어

의 쓰고 읽기에 능통한 저 천재형 코스모폴리탄의 몽블랑 만년
필 자국들이 무작정, 쓸쓸한 유서의 잿빛 이미지로 다가왔다.

　7년간의 열애를 마감하고 결혼한 지 일주일 만에―신혼여행
3박 4일을 포함해서―소중한 아내를 잃은 호시노 오사무는,
광인(狂人)치고는 지나치게 조용하고 겸손해서 더 기이하였다.
그것은 시들어 쪼그라든 장미의 표정, 알코올 병에 담긴 사산
아의 해마(海馬)처럼 굽은 모양새 그대로였다.

　오사무는 사랑을 이루기 위해 한국인으로 귀화한 처지였다.
하지만 자진해서 제 조국까지 버린 사위를 처가에서는 끝끝내
인정하지 않았다. 오사무가 아내로 삼은 여자의 친할아버지가
하필 꽤 유명한 항일 투사였던 까닭이다. 춘천에 있는 모 중학
교에는, 그 야속한 양반을 기리는 동상이 안개 낀 강변을 바라
다보고 있다.

　유난히 장마가 길던 여름 내내, 그는 그런 오사무의 술상대를
도맡아야 했더랬다. 그는 거울 속의 왼손잡이 사내와 함께 '외
로 된 사업(事業)'에 골몰하느라 정신없이 바빴건만, 적당한 거
절의 구실을 궁리하기는커녕 도리어 반가운 마음으로, 간간이
일본말이 뒤섞이는 지루한 주정을 묵묵히 받아주었다. 오사무
는 그의 가장 친한 친구였고, 그의 가장 친한 친구의 남편이기
도 했으니까. 그는 인간이라면 마땅히 고립된 상태로 견뎌서는
안 되는 어떤 질병을 오사무 혼자서 앓게 놔두고 싶진 않았다.

그리고, ……이후 오랫동안 두문불출하던 중, 잔뜩 구겨지고 더럽혀진 철 지난 반팔 와이셔츠 차림으로 그 앞에 불현듯 나타 났을 때의 오사무는, 도대체가 아내와의 사별 이전에도 그 다 음에다가도 대입이 불가능한, 대단히 색다른 인물로 둔갑해 있 었다. 그는 오사무의 짙은 망막에서 빛을 잃은 미세한 소용돌 이가 녹아 사라지는 것을 보았다. 오사무는 더 이상, 그가 익히 알고 있던 용의주도한 양서류가 아니었다. 허황된 꿈에 아가미 를 펴고 소금 파도를 뛰어넘는 먼 바다의 생물이었다.

맥주잔을 부여잡은 오사무는 굉장한 수다쟁이가 되어 오로 라에 관해 연거푸 떠들어대기 시작했다. 그것은 마치 귀신을 부르는 무당의 요란한 주문을 연상시켰다. 오사무는 숨과 혼이 하얗게 얼어붙는 북구(北歐)로 가겠노라 선언하였다. 그곳에 오 로라가 살고 있다고. 최악의 상황을 미리 설정해두었던 덕에, 그는 뜻밖에 담담할 수 있었다. 오히려 오사무가 오로라에게라 도 홀린 걸 다행이라고 생각했던 것이다.

"태양 표면에서의 폭발이 비정상적으로 크게 일어나면, 거기 에 비례해 오로라의 발생 범위가 늘어나지. 바로 이때, 저위도 지역에서도 오로라가 목격되는 거야. 심지어는 적도 부근의 싱 가포르, 인도, 쿠바, 사모아 등지에서까지 오로라가 출현했다 는 기록이 남아 있어. 해마다 영국 북부에서는 스무 번, 뉴욕에 서는 3, 4회가량이, ……아, 그래, 작년 3월 말경에는 한국에서도 오로라가 관측됐다는 보도가 있었지."

"처음 듣는 소리야."

"홋카이도 상공에 11년 만에 오로라가 떴는데? 물론 저위도에서는 늘 그렇듯, 오로라의 일부가 지평선 가까이에서 어렴풋이, 붉은 물감 번진 것같이 보였을 뿐이야. 하지만 천년 뒤에는, 진짜 극지방에서의 그것처럼 온갖 화려한 색상과 격렬한 움직임의 오로라들을, 후지 산을 배경으로 밤마다 감상하게 될 거다."

"그땐 태양의 껍데기가 작살나기라도 하나?"

"제법 머리가 돌아가는군…… 그치만 그건 아니고, 되레 정반대야. 지구의 자기력이 차츰 떨어지고 있거든. 자고로 오로라는 태양풍과 지구 자기장의 충돌에 의해 나타나는 것인데, 태양의 표면에서 큰 폭발이 생기는, 그러니까 태양풍이 강해지는 바람에 오로라가 일본에 접근하는 것과 똑같은 현상이, 지구의 자기력이 약해져도 일어날 수가 있어. 굳이 태양 쪽이 변하지 않더라도 일본에서 오로라를 항시적으로 볼 수 있게 된다는 뜻이지. 이를 과학자들이 모의실험을 통해 계산해보니까, 천년 후더라 이거야. 왜 한국에 이런 말 있잖냐, 모로 가도 서울만 가면 된다, 엎어 치나 메치나."

"……"

"이해가 잘 안 돼? ……음, ……여기, 한국 축구 국가 대표팀과 일본 축구 국가 대표팀이 있어. 둘 사이의 경기는 잠실에서 열리는데, 한국 축구 국가 대표팀이 이길 경우, 한강변에서 어마어마한 폭죽 쇼가 벌어지기로 예정되어 있단 말이야. 자, 이제 폭죽이 쏘아올려지기 위해서는, 현재 각자의 실력 수준이 어떠하든 간에, 한국 축구 국가 대표팀이 일본 축구 국가 대표팀보다 강해지거나, 일본 축구 국가 대표팀이 한국 축구 국가 대표팀보다 약해지면 되지. 따라서 한국 축구 국가 대표팀을 태양풍으로, 일본 축구 국가 대표팀을 지구의 자기장이라고 가정했을 적에, 애써 한국 축구 국가 대표팀이 강해질 필요는 없는 거야. 왜냐면, 지구의 자기장인 일본 축구 국가 대표팀이 약해질 거니까. 그럼, 일본 축구 국가 대표팀은 지게 되고, 당연히 폭죽은 서울의 밤하늘을 왕창 수놓게 되지. 알겠어?"

"그래."

"좋아."

"근데, ……그렇다고 해서, 대체 그게 무슨 소용이 있을까?"

"무슨 소용이라니? 축구란 게 전쟁 대신인데, 일본 열도가 바다 밑에 가라앉길 바라는 한국인들이 얼마나 즐거워들 하겠냐구."

"축구 따윈 너네가 이겨도 돼. 그게 아니라, 오로라 말이야."

"상상해봐, 대단하잖아! 도쿄 시내에서도 오로라 아래를 걸으며 퇴근할 수 있다니!"

"퇴근길에 오로라 아래를 걸어? 웃기시네. 천년 뒤면 너랑 나랑은 고운 흙으로 화분 속에 담겨 있지 않으면, 아주 깊이 쓸려 내려가 단단한 지층을 이루고 있을 거다. 게다가 지구는 핵전쟁 같은 걸로 박살이 나버려 우주에서 완전히 사라졌을 수도 있어. 최소한, 세계는 인간 없이 출발했으니 인간 없이 끝날 거야. 확실해. 계속해서 이런 식이라면야 인류는 멸종을 피할 도리가 없지. 그런 판국에 오로라는 웬 말라비틀어진 오로라. 차라리 핵겨울을 견디는 한국과 일본의 바퀴벌레들끼리 모여 축구 시합을 한다면 모를까."

"욧시."

4

늦가을, 호시노 오사무는 배웅도 없이 홀로 북구를 향해 떠났다. 누구는 오사무가 오슬로를 지나 헬싱키에서 그린란드로 발길을 옮겼다 주장하고, 누구는 오사무가 몽골의 고비 사막을 횡단해 모스크바행 기차를 탔다고 추측했지만, 그는 아무리 멀쩡한 진실도 절망한 한 사내의 뒷모습에 비하면 한낱 망상에 지나지 않는다는 것을 잘 알고 있었다. 자기 북극 주변의 오로라 대, 혹은 이 세계의 어느 괴로운 곳에 숨어 있든, 결국 오사무는 그저 오로라에 도착했을 뿐이라고 그는 믿었던 것이다. 가령 지옥으로 뛰어들어 사랑하는 여인을 품에 안았다면, 기실 그는 지옥을 찾은 게 아니라 사랑하는 여인에게로 간 것이지 않겠는 가. 그리고 1월의 세 번째 저녁. 하루에 한 통씩 3일을 연달아 쓴 오사무의 첫 번째 편지들이, 캄캄한 우편함 안에서 강아지들처럼 곤히 잠들어 있었다. 역시 그의 예상대로였다. 호시노 오사무는 여명의 여신, 오로라 곁에 있었다.

5

한때 그의 꿈은 조그만 소극장을 갖는 거였다. 추위와 가난에 강한 박색(薄色)과 함께 아이 없이 조명실에서 먹고 자고 하며, 전위적인 마임 배우들의 대본을 노인이 되어서까지 쓰고 싶었다.

아둔한 그는 여태 예술의 내용이라곤 터득한 바가 없지만, 예술을 수행하는 태도라면 오래전 연극인들에게서 전부 배웠다. 그가 자주 흔들리기는 해도 제법 질기고 독한 것은 그런 이유이다. 문예회관 대극장 무대에 섰었다는 잠깐의 과거와 그 언저리에서 확장된 일화들이 평생 그를 지배하고 가르칠 터이다. 세상으로부터 소외당했다고 느끼는 시절에 보고 들은 것들은 쉽게 잊혀지지 않는 법이니까.

그가 혜화동의 어느 전통 깊은 극단에 몸담을 수 있었던 데에
는 유명 연출가와 절친한 사이였던 어머니 덕이 컸다. 문화에
전방위로 조예가 탁월하던 그녀는, 그리스도에 관한 뮤지컬을
여러 차례 직접 무대에 올리기도 했었다. 그의 어머니는 굉장
한 예수쟁이였다.

비교적 해외를 많이 돌아다닌 축에 속하는 그는, 근래 두 번
째 중국을 여행했다. 그는 기이한 사건들을 경험하였다. 어떤
순간과 순간의 틈새에는 빨간 능금 같은 죽음이 도사리고 있었
다. 그는 미친 듯이, 아무거나, 모조리 메모하였다. 이 세계의
어디를 가도, 갈망하던 빛나는 표상이란, 장님이 확인하고 싶
어 하는 제 모습이었다.

심양(瀋陽)의 서탑 거리를 활보하던 그는, 흙먼지 날리는 골
목 구석에서 필방을 발견하고 안으로 들어갔다. 그가 글씨를
받겠다고 하자, 허름한 양복 차림의 주인장이 전화를 걸었다.
조금 뒤 후덕한 인상의 중화인민공화국 군인 하나가 자전거를
타고 당도했다. 이런저런 눈치로는, 필방 주인장의 제자인 성
싶었다. 초록 제복의 중화인민공화국 군인이 그에게 물었다.

— 어떤 문구를 원하는가?

그가 망설이다가, 수첩에 적어 내밀었다.

— 人生一場春夢

한동안 웃지도 울지도 못하는 묘한 표정을 짓던 중화인민공화국 군인은, 유리벽을 비껴드는 햇살로 양미간을 적시며, 이윽고 마알간 한지 위에 무거운 붓을 움직였다.

며칠이 지나 서울로 되돌아온 그는, 인사동에서 '人生一場春夢'을 표구하였다. 한학자인 스승은 이러한 그의 행실을 보고 "너는 어찌 된 젊은 녀석이……"하면서 끌끌 혀를 찼다. 그가 이겨야 할 것은 겸손이 아니라 비관이라는 뜻이었을 게다.

고3을 앞둔 겨울방학이었다. 그가 늦은 밤 요의를 느껴 화장실에 가려는데, 잠옷 바람의 어머니가 동아대백과사전을 펼쳐놓은 채로 마루에 주저앉아 있었다. 그녀는, 방금 육체를 떠난 유령처럼 아들에게 말했다.

"어머, 내가 암인가봐. 이 딱딱한 게 암인가봐. 여기 그렇게 써 있어. 이리 와서 너도 만져봐."

그것은 아주 단단한 팥 덩어리 같았다. 어린 그는, 떨리는 손끝이 바오밥나무의 씨앗에 가 닿아 있는지를 몰랐다.

어머니는 곧 왼쪽 유방을 잘라내야 했다. 그녀는 마취에 빠져드는 찰나에 예수가 백합꽃으로 나타났다고 간증했다. 그땐 철이 없어 믿지 못했지만, 막상 곰곰이 따져보면 전혀 일리 없는 소리도 아니었다. 신이란 오직 시적인 언어로만 표현이 가능한 존재니까. 성경에서도 하나님은 모세 앞에 불타오르는 떨기나무로 현현했지, 생경하게 두려운 모습을 드러내지는 않았다. 요컨대 신이란 미학적인 측면에서 논하자면, 너무도 아름다워서 차마 아름다워질 수 없는 무엇이다. 그는 서른 살에 접어들고 나서야 비로소, 그러한 일련의 깨달음들을 얻고 어머니의 환상을 사실로서 인정하게 되었다. 왜냐면 그녀가 신을 본 것이 아니라 시를 보았기 때문이다. 백합꽃이라는 시 뒤에 숨은 신을 만났던 까닭이다.

아무튼, 그의 어머니는 백합꽃으로 이목구비를 가린 예수를 알현한 지 7년 만에 암이 전신에 퍼져, 2년이 넘는 기간을 극한의 고통 속에서 허우적거리다가 삶을 버렸다. 그에게는, 그간 겪은 갖가지 죽음의 풍경들을 일일이 묘사하거나 설명할 능력이 없다. 또한 이는 방정맞은 혀와 글 밖에서 조용히 사라져야 마땅할 사안이다. 무조건, 잊어야 하는 것이다.

그러나 그는 요즘도 독감에 뒤척이는 밤이면, 이화여자대학교 후문 건너편 하숙집의 옥탑방을 회상하게 된다. 지붕의 모서리인지라 가벼운 벽이 경사져 있었고, 간유리창에는 커튼 대용으로 검은 마분지를 붙였더랬다. 그가 누우면 딱 알맞은 관(棺) 같던 거기. 병든 엄마 떠오르는 게 싫어서 질끈 눈을 감으면 장마와 천둥에 귓불이 환해지고, 불경한 책들과 눅눅한 이불 냄새로 가슴이 썩어가던 스물일곱. 그래도 빠끔 문을 연 귀여운 여대생들에게 엎드린 채로 대꾸하던 것은 참 재미있었다. 지금보다 약간 더 세상을 저주하던 그 무렵의 그는 대체 어디 있는 것일까. 독감에 시달리는 밤이면 그는, 여태 신촌의 작은 방에 아무것도 아닌 얼굴로 누워 있다. 아, 엄마는 매일 아프구나. 오늘도 죽지 않았구나, 하면서.

……그날 오전, 어머니는 당직 여의사에게 크리스천이냐고 물었다. 여의사는 천천히 고개를 저었다. 어머니는 천국에 갈 것이므로 죽는 게 두렵지 않다고 했다. 그저 고통만 없애달라고 애원했다.

시간이 피를 흘려 저녁이 오고, 어머니가 어머니에서 시체로 변하는 순간, 그는 그녀를 꼭 끌어안으며 입을 맞추었다. 진통제에 전 어머니의 육체는, 소시지에다 마구 난도질을 해놓은 것과 다르지 않았다. 그는 그 무수한 흉터들의 내력을 낱낱이 알고 있었다.

달려온 여의사는 비닐장갑을 낀 손으로 어머니의 열린 항문을 확인하더니, 잔뜩 잠긴 목소리를 억지로 끌어내어 사망을 선고했다. 반시간쯤 전이던가. 어머니는 혼수상태에서 갑자기 일어나 코앞에 있는 그를 허공 대하듯 하며, 자꾸만 독일에 있는 아들을 찾았다. 그리고는 둘러싼 일가친척들을 향해 그에게 잘못하면 자기의 원수가 될 거라고 경고했다. 그때 둥근 그림자 덩어리가, 터지는 눈물을 멈추려고 턱을 든 그의 정수리 부근에서 쑤욱, 빠져나왔다. 그것은 그의 발등을 때린 다음, 침대 밑으로 굴러들어갔다. 엉뚱하게도 그는, 착각이 분명할 그 물체를, 빨간 능금이라고 생각했다.

그는 혼자서 어머니의 시신을 영안실 지하로 가져갔다. 그가 아이고, 아이고, 서럽게 우는데, 밀랍 인형처럼 생긴 관리인이 이렇게 위로했다.

— 학생, 걱정하지 마. 이거 냉동고가 아니라 냉장고야.

술에 엉망으로 취해 어머니가 죽기를 바랐던 그는, 개새끼였다. 그는 재능이 모자란다고 여겨지는 놈들의 명랑한 일상이 탐났다. 가망 없는 암환자를 오래 돌보는 힘겨움보다, 병실에 갇힌 채 쫓기며 소설을 써야 하는 처지가 훨씬 원망스러웠다.

— 나는 자식에게 뭘 바라고 그러는 유치한 엄마가 아냐. 그치만, 엄마가 몸이 아플 경우엔, 무조건 잘 돌봐줘야 하는 거야. 알았지?

아아, 그는 어머니만 자기를 놓아주면 정말이지, 금방이라도 이름을 날리게 될 것 같았다. 누구에게는 그가 겪은 슬픔이 개미의 슬픔만도 못 할 터이다. 하지만 생의 엄살을 경계하는 당신이여. 어떠한 지혜로든 그에게 세상이 아름답다고는 가르치지 말아라. 그가 바로 제 가슴 속에서 모래 바람 소리로 통곡하고 있는 그 어두운 짐승이니까. '人生一場春夢'이 좌우명인 그는, 그 말씀으로 인해 비극이 피부만 남고 텅 비어버려서 좋다. 배신하는 자들에게 침 뱉을 자격을 잃어버린 그는, 이젠 더 이상 스스로를 파괴할 만큼 아파하지 않아서 기쁘다. 괜찮아, 이

정도면야 물주머니치곤 양호한 거지. 안 그래? 그럼, 그럼. 그는 다만 언젠가 그에게도 닥칠 것을 미리 보았을 뿐이다. 9월의 그 저녁, 그의 발등을 때리곤 데구루루, 병실 침대 밑으로 굴러 들어갔던 빨간 능금은, 아직도 거기에 웅크리고 있다.

6

"일본인으로서 최초로 우주 왕복선에 탑승했던 모리는, 잔디색으로 반짝이는 지구와, 거대한 그늘을 헤치고 올라오는 아침 해, 노을 지는 석양, 그리고 마침내 완전한 형태의 오로라도 보았지."

"완전한 형태?"

"너 무지개가 원래 반원인 줄 알지?"

"그으…… 무지개야, 반원이지."

"지표에서는 나머지 반쪽이 지평선 아래에 숨어 있기 때문이지만, 당장 비행기를 타고 구름 위만 날아가도 무지개가 둥글게 보여. 마찬가지로, 우주에서 관찰되는 오로라는 달걀의 두 꼭지에 매직펜으로 동그라미를 그려 넣은 모양이야. 자기 북극과 자기 남극 양쪽에 씌워진 빛의 월계관인 셈이지. 지구를 벗어난 외계에서는 결혼반지 같은 오로라를 구경할 수 있다구."

"……우주…… 외계……."

"게다가 오로라는 지구뿐만 아니라 목성과 토성, 천왕성, 해왕성에도 존재해. 자기장을 지니며 발광할 수 있는 대기만 있다면, 어느 행성에서라도 오로라가 출현할 가능성은 충분한 거야. 태양풍은 태양계의 모든 공간을 향해 불어가니까. 물론 여러 가지 이유들로 인해 제외되는 경우가 있어. 우선, 수성은 태양에서 지나치게 가까워 대기가 우주 공간으로 휘발되어버린 듯해 오로라를 볼 수가 없지. 또 금성이나 화성에서는, 대기는 문제가 없지만 자기장이 아주 약해 그렇구. 음, 명왕성은 현재까진 오로라의 존재 여부가 불확실해."

호시노 오사무는, 누런 가죽 가방에서 화보 두 장을 꺼내어 감자튀김 곁에 나란히 내려놓았다. 그때 그는 문득, 까닭 없이, 전자오락실에 가고 싶어졌다. 서늘하고 침침한 맥주홀이 지하묘지처럼 느껴졌다. 괜히 그랬다.

"이건 목성. 지구의 만 배 이상이나 되는 극히 강한 자기장을 가져서 오로라가 반드시 있을 것으로 여겨왔는데, 얼마 전 실제로 허블 우주 망원경이 두 자기극 둘레에 드러난 오로라 고리를 촬영하는 데 성공했지. 목성은 덩치가 큰 탓에, 오로라 고리의 지름도 지구 것의 세 배야. 그리고 요건, 생긴 게 특이해서 딱 알겠지? 토성."

그에겐 목성보다는 토성 쪽이 사뭇 인상적이었다. 적도를 따라 둘러진―사람들이 익히 알고 있는―웅장한 고리에 머리와 꽁지로 박힌 두 개의 작은 오로라 고리들이 보태어져, 우주의 칠흑 속에서 신비롭고 황홀한 광경을 자아냈다.

"어때, 대단하지?"

"오사무."

"왜?"

"우리, 죽으면 어디로 가는 걸까?"

7

그는 현대무용가 K선생이 중고 턴테이블을 선물해준 덕택에, 종이 박스 안에 밀봉해 보관해오던 어머니의 클래식 LP들을 꺼내 듣게 되었다. 간혹 그런 식으로 어머니의 벗들을 만나는데, 그들 중 한 화가는 술자리에서, 생전의 그녀가 뿔내던 표정을 흉내 내다가 눈시울을 붉히기도 하였다.

K선생은 정신없이 바쁜 와중에도 불구하고, 굳이 그를 집으로 초대해 손수 저녁밥을 지어주며, 이제야 한결 마음이 편해진다고 털어놓았더랬다. 그는 산 자에게 죽은 자의 우정을 대리해주고 있었던 것이다. 얼마나 공포스러운 일인가. 서로 알고 지낸다는 거. 소멸했음에도 자꾸 그리워한다는 거.

— 형부가 돌아가셨어.

— 그래요…… 그래요.

— 네 엄마처럼 음악광이었는데, 언니는 형부의 음반들이 보
기 싫은가봐. 그렇다고 버리거나 아무에게나 줄 수도 없고, 귀
하게 쓸 임자가 나타났으면 싶어해.

— 저네요.

— 맡아놓을 테니 나중에 가져가렴.

— 커피를 좀 더…….

죽은 이의 물건은 난해한 감상을 불러일으킨다. 어머니의 유
품들을 정리하면서 다이어리를 펼쳤을 때, 그는 낯설지 않은
사진 한 장을 발견하였다. 검은 뿔테 안경에 두툼한 파카를 입
은 청년이 혼자 대성당 앞에서 미소 짓고 있었다. 마약 성분의
진통제에 흠뻑 전 그녀의 영혼이 꼭 부여잡고 있으면서도 그렇
게 찾아 헤매던 독일에 있다는 그 아들이었다.

그는 지금 자기가 간직하고 있는 호시노 오사무의 편지들만
큼은 부디, 사자(死者)의 납덩이 같은 흔적으로 남겨지는 불행
이 없기를 바란다. 오사무가 육안으로 태양의 흑점을 목도했던
것이, 1월의 일곱 번째 날이었다.

8

……호텔에서 방한복과 방한화로 중무장을 하고 이런저런 촬영 장비를 챙기자마자 호수로 향했지. 그런데 싱겁게도, 오로라와의 첫 대면은 투어버스 차창을 통해서 이루어졌어. 갑자기 승객들이 "오호로라, 오호로라" 그러면서 웅성거리기 시작하는 거야. 그제야, 오로라 관광객들 대부분이 나와 같은 국적이라는 것을 실감할 수 있었지. 오로라를 보며 초야를 치르면 천재를 낳는다는 이곳 원주민의 아름다운 전설 때문인지, 신혼 부부들이 많았어.

……드디어, 침묵을 깨는 "와!" 하는 탄성과 함께, 초록빛의 오로라 파도가 요동쳐 몰려오는 게 아닌가! 그것은 밤하늘의 무수한 기둥들을 모조리 허물어뜨리며, 흔들흔들, 동쪽과 서쪽을 동시에 가로질러 순식간에 꿰뚫어버렸어. 한 가닥이 수십 가닥으로 갈라지기도 하고, 다시 하나의 줄기로 힘차게 합쳐지기를 반복했지. 뭉게뭉게, 천공의 중심으로 피어오르는 듯하더니, 갈기갈기, 찢어진 가슴에서 무지개 불꽃을 발하며 사라지는 거야. 나는 카메라의 조리개를 충분히 열고 노출을 짧게 주었지. 아으, 저 어둠을 희롱하는 발광 해파리, 우주의 교향악은, 마치 날개 접은 붕새나 기도하는 성모 마리아 같았어.

……비교적 변화가 적은 지평선 부근에서는 희미한 오로라

들이 계속해서 생겨나고 있었지. 오로라의 커튼이 빠르고 격렬하게 파동할 때는 경계선에서 붉은빛이 터졌어. 연이어 사방팔방으로 퍼져나가는 푸른빛의 주름들. 아무리 많은 오로라를 관측해도 똑같은 모양은 절대 없어. 항상 독창적인 형상이 만들어지는 거야.

……호수는 트럭이 건너갈 수 있을 정도로 짱짱하게 얼어붙어 있었어. 나는 그 위를 천천히 걸어갔지. 분열하는 사랑, 오로라의 치마 끝으로. 비록 오늘은 도중에 되돌아왔지만, 내일은 얼음 호수의 절벽으로, 두근대는 오로라의 심장 속으로 뛰어들고 말 거야.

이것이, 호시노 오사무가 그에게로 띄운 마지막 편지의 일부분이다.

그는 오사무가 어디에 있는지 모른다. 바르게 표현하자면, 오사무는 실종 상태나 마찬가지이다. 하지만 어차피 우리는 서로에게, 마주 보고 있다 한들 전부 실종 상태가 아닌가.

누구는 오사무가 폴란드를 거쳐 프라하에 머물고 있다 주장하고, 또 누구는 오사무가 레나강을 따라 내려가다가 오호츠크해로 접어들었다고 추측했지만, 그는 오로라의 내부로 이어진 얼음 벼랑 앞에 선 한 사내의 뒷모습밖에는 알지 못한다.

9

니코스 카잔차키스는, 임종을 돌보려는 개신교 목사와 가톨릭 사제 양쪽 모두를 거절하며 벽으로 고개를 돌려버렸다. 1957년 10월 26일, 독일의 프라이부르크에서였다. 토요일이었고, 그 전날에는 슈바이처가 문병왔더랬다. 슈바이처는 니코스가 침대에서 몸을 일으켜 껴안기에, 사나흘 뒤면 거뜬히 회복될 수 있으리라는 희망을 안고 떠났다 한다. 그들 최초의 만남은 1955년의 어느 여름날 카잔차키스가 알자스 숲 속의 귄스바흐라는 외진 마을로 슈바이처를 찾아가 이루어졌다. 둘은 그리스도, 호메로스, 아프리카와 나병 환자 등에 관해 이야기를 나누었다. 그 8월의 저녁, 슈바이처는 작은 교회에서 바흐를 연주하였다. 숙소로 돌아오는 길에 카잔차키스가 들꽃을 꺾으려 하자, 슈바이처는 이것 역시 생명이라면서 팔을 잡았다고 한다. 카잔차키스는 그런 슈바이처를 성 프란시스로 기리며 오래오래 그리워했다. 희랍의 작가로 태어나 전 세계의 땅과 하늘, 귀를 찢는 번뇌와 화려한 카오스, 그리고 강철의 사상과 괴로운 신비를 방랑하던 이교도의 오디세우스 카잔차키스는, 깜깜하고 좁은 관에 실려 크레타의 고향 흙으로 귀환하였다. 카잔차키스의 묘비명은 이러하다.

— 나는 아무것도 원치 않는다, 나는 아무것도 두려워하지

않는다, 나는 자유.

예를 들어, 요즘 그는 이런 것들이 궁금하다.

예수는 몰려든 인파로 술렁이는 들판에서, 마이크와 확성기 따위도 없이, 어떻게 속속들이 복음을 전할 수 있었을까? 히틀러처럼 목에 핏대를 세우며 악을 쓰는 예수는 어쩌 어색하지 않은가. 혹시 그때 예수는 인간의 언어가 아니라, 천상의 음성을 사용한 것이 아니었을까?

또 그는 이런 게 궁금하다. 숨을 거두기 불과 몇 분 전, 두 성직자를 차갑게 외면했던 카잔차키스는, 마주한 벽면에서 무엇을 보았을까? 일생 동안 뒤쫓고 투쟁하던 자기만의 신이었을까? 알렉시스 조르바의 모델로, 먼저 세상을 등진 정겹고 위대한 스승 게오르게 조르바였을까? 조르바는 카잔차키스에게, 삶을 사랑하며 죽음을 두려워하지 말라고 가르쳤다. 그래서인지, 카잔차키스는 이렇게 노래했다. "신은 모든 육체를 부수며 부는 사랑의 바람"이라고.

카잔차키스가 한 고행자에게 묻는다.

— 아직도 악마와 싸우고 계신가요, 마카리오스 수도자님?

— 이제는 그렇지 않아. 나도 늙었고, 악마도 나와 더불어 늙어버렸으니까. 악마에게는 힘이 없지…… 나는 신과 싸우는 중이야.

— 고된 삶을 사시는군요. 저도 구원받고 싶습니다. 다른 길

은 없을까요?

— 훨씬 편한 길 말인가?

— 보다 인간적인 방법요.

— 하나, 꼭 하나 있지.

— 그게 뭔데요?

— 오름의 길. 한 계단씩 올라가는 거야. 배고픔에서 굶주림으로, 축인 목구멍에서 목마름으로, 기쁨에서 고통으로, 신은 굶주림과 목마름과 고통의 정상에 앉아 있고, 악마는 안락한 삶의 정상에 앉아 있지. 자네는 선택해야 하네.

— 전 아직 젊어요. 세상이 좋아요. 저에게는 선택할 시간적인 여유가 있습니다.

— 죽음은 젊음을 좋아해. 삶은 자그마한 촛불, 쉽게 꺼지지.

아, 이 말씀의 블랙홀을 겨냥하는 그의 슬픔에는 선과 악이 없다. 지독히 좋아하는 것과 지독히 싫어하는 것이 있을 뿐이다. 그가 좋아하는 열 개의 단어들,

— 비바람. 형(兄). 나무. 짐승. 자유. 청춘. 해탈. 영혼. 고백. 김수영(金洙暎).

그가 싫어하는 열 개의 단어들,

— 천국. 가족. 무지. 정치. 병(病). 율법. 영원. 희생. 속물들. 원망.

10

언젠가 그는 호시노 오사무에게, 50세가 지나서는 희극 작가
가 되겠노라는 미래의 포부를 피력한 바 있었다.

"……조반니노 과레스키의 《신부님 우리들의 신부님》이라
든가, 영화로 치자면 〈네 번의 결혼식과 한 번의 장례식〉 같
은."

그러자 오사무 왈,

"네 웃음이 왜 진짜 웃음 축에 못 끼는 줄 알아?"

"……."

"첫째, 너는 반성을 너무 자주 해. 둘째, 너는 생래적으로 비
관주의자야. 셋째, 너는 아무리 훌륭한 사람일지라도 그가 은
자(隱者)가 아니라면 존경하지를 않아."

"……."

"만일 네가 이상 세 가지의 유치함들을 극복한다면, 비극을
썼다 한들 희극을 쓴 것이요, 희극을 썼다 해도 그건 비극이 될
거야. 멋진 경지지. 그러나 계속 요런 꼬락서니라면, 백 살을 서
너 번에 걸쳐 처먹어봤댔자 아무 소용이 없어…… 죄를 지어야
해. 새가슴을 버리고, 더 큰 죄를, 회개가 불가능한 어마어마한
죄를…… 하하, 하여간 너는 희한한 놈이야. 내 그건 인정하지
않을 수가 없지. 기껏해야 장미꽃인 주제에 업장소멸(業障消滅)

을 넘보다니."

쥐벼룩만한 양심은 남아 있었는지, 오사무는 북구(北歐)를 향해 사라지며 공항에서 그에게로 전화를 넣었던 모양이었다. 꺼진 휴대전화에는 음성 녹음이 되어 있었는데, 이게 내용의 전부였다.

— 어쨌든, 소설가는 괜찮은 직업이야. 예술가가 못 되면 또 어떤가, 소년처럼 살면 그만이지. 세상이 혼란하니, 유머를 잃지 말아라.

그날 그는 신촌에서, 비슷비슷한(?) 선후배들과 어울려 밤새워 술을 마셨다. 기이하였다. 도무지 취하질 않았다.

모범택시의 문을 닫는 R양이, 도로변에 서 있는 그를 올려다보며 말했다.

"오빠, 개그맨인 거 알아요?"

그는 지긋지긋했다. 인간들이 자꾸만 그에게, '너는 ×××를 아느냐'는 식으로 물어대는 것이. 이에, 자기에게만 속삭일 수밖에 없는 그의 대답은, 의외로 간단했다. 씨발, 모른다. 몰라. 이 잘난 새끼들아, 니들이 뒈지면 진주가 되고 내가 뒈지면 모래가 되냐? 제발 작작 좀 가르쳐라! 그는 청소차들이 오가는 파란 거리를 한참이나 걸어 다녔다.

그리하여 해가 중천에 떠, 어디쯤인지 모르겠는 육교의 계단을 오르고 있을 때, 홀연,

— 뭐? 소년이라구? 소년? 헤, ……소년?

그는, 졸지에 해탈한 듯, 배꼽을 잡고 깔깔거리기 시작했다.

11

인문대학의 옥상, 금이 간 난간에 기대어 한강을 바라보고 있는 그는, 겨울이 오면 캐나다 북부의 아름다운 도시 옐로나이프로 여행을 떠날 생각이다. 거기 밤하늘에는, 찬란한 오로라가 오래전부터 그를 기다리고 있다. 그는 아주 먼 나라의 은하수를 뒤덮는 오로라 아래에서, 벼락을 무서워하지 않는 나무처럼 두 팔을 벌리고 서 있으려 한다.

피안의 차원에서는 전혀 어울리지 않는 것들끼리 형제일 수도 있을 터이다. 어느 백합과 어느 독수리, 어느 장수하늘소와 어느 고양이, 어느 독사와 어느 여인, 어느 천사와 어느 악마는.

그러니 아까 그가 역겨워했던 들소와 사자들의 관계도 마찬가지일는지 모른다. 그의 어머니는 이미 백합꽃을 건너 예수를 만났던 것처럼, 걸쭉한 피에 가려진 아득한 신의 평화를 〈동물의 왕국〉뒤에서 누리고 있었는지도 모를 일이다. 그녀의 죽음은 그를 부수어 어떤 사랑의 바람을 일으킬 것인가.

이제, 그의 얼굴은 굉장한 놀라움에서 굉장한 행복으로 옮아

간다.

"오로라!"

그렇다. 그는 한강의 야경을 순식간에 장악해버린 오로라를 목도하고 있다. 간신히 저위도 지방에 나타나는 적기(赤氣)가 아니라, 오사무가 얼음의 절벽에 서서 시리게 감각했을, 그 밤하늘을 헤엄치는 초록의 발광 해파리들이다.

— 엄마 역시 저 오로라를 보고 있겠지. 외계에서, 반쪽짜리가 아닌 완전한 오로라를 말이다. 이야, 그것만 해도 죽음은 얼마나 큰 행운인가!

자, 이것이 호시노 오사무의 충고를 따라, 그가 그의 혼란한 인생에 선물하는 유머이다.

눈을 감으면 아직도 그는, 어두운 짐승의 모래 바람 같은 울음소리를 듣는다. 환청일까? 천만에. 누가 감히 지금 이 시간, 고요한 세계의 어디에선들 아무도 통곡하지 않는다고 장담할 수 있으랴.

짐승의 편지

1

개들은 죽어서 무지개다리를 건넌다고 한다. 참 아름다운 이야기다. 대부분의 인간들이 지옥의 변기 속으로 떨어지는 것을 감안하면 더욱 그렇다.

구름 없는 대낮이지만 사위가 어둡다. 며칠 새 도시는 모래 바람에 흩어지고 있다. 아이들에게는 휴교령이 내려졌다.

나는 흰 천 위에 근조(謹弔)처럼 늘어뜨려져 있는 그 검은 글자들을 다시 뒤돌아보았다.

'몸을 기증해주신 분들을 위해 경건한 관람 바랍니다.'

자궁을 드러내놓고 있는 임부와 선천성 기형아의 표본들, 특수 플라스틱으로 방부 처리한 뒤 수직 또는 수평으로 정교하게 절편을 뜬 진짜 송장들 앞에서, 교사나 부모의 손에 이끌려온

초등학생들이 파충류의 눈알을 반짝이고 있었다. 어른들은 꼬마들에게 성스러움이란 없다고 가르치려는 것일까? 불쾌해진 나는, 서둘러 국립 서울과학관 특별 전시장 출입문을 빠져나왔다. 그리고 지금은 한 커피숍 건물의 3층 창가 자리에 앉아서 멀리 창경궁을 향해 시선을 고정시키고 있다. 우물우물 씹어 삼키고 있는 '하트가드'에서는, 곰보 수의사가 일러준 대로 정말 쇠고기 맛이 난다.

황사(黃砂)는 몽골의 고비 사막 서쪽에서 비롯됐다.

몽골. ……그날 저녁, 어머니의 지하실…… 이름 모를 타악기 연주와 휘파람 비슷한…… 유목민의 노래, 바람의 노래.

어제는 홍대 부근의 어느 야외 카페에서 학생들과 맥주를 마시고 있었는데, 문득 올려다본 밤하늘이 형용하기 힘들 정도로 기이하였다. 곁에 있던 누군가가 외쳤다.

"힉. 황사가 내려오려나봐!"

아니나 다를까, 자정을 약간 넘겨 귀가하던 도중에 벌써부터 목구멍 가득 먼지가 차올랐다. 저마다 맨손으로 입을 가린 행인들은 모욕이라도 당한 듯 인상을 찌푸리며 발걸음을 재촉했다. 그러나 나는 술에 취한 것도 기분 좋은 일이 있는 것도 아니면서, 연신 실성한 놈마냥 헤헤거렸다. 갑자기, 양떼들이 떠올랐기 때문이다. ……양(羊) ……하얀 양떼 ……죄 없이 순한 양들, ……황사를 일으키는 중국의 많은 지역들이 기실 예전에는 초원이었다고 한다. 이는 지나친 가축들의 방목이 대지의 사막화를 부추기고 있음을 입증한다. 특히, 소와는 달리, 양은 배가 고프면 풀뿌리까지 뜯어 먹는 습성이 있어서 초원의 씨를 말려버린다는 것이다.

근사하지 않은가? 양떼들이 푸른 초원을 황량한 금빛 사막으로 되새김질해, 여기 만리타향의 오만한 도시인들을 궁지에 몰아넣고 있는 것이다! 성자(聖者)도 가끔은 악마의 사업을 한다. 우리는 그것을 재앙이 아니라 심판이라고 부르지.

아아—, 양떼들은 저기 한 나라처럼 서 있어야 할 창경궁마저 지워버렸다.

2

"공자(孔子)께서는 주무실 때 시체처럼 눕지 않으셨고 집에 계실 적에는 엄숙한 표정을 짓지 않으셨다"는 바로 그 대목에서, 나는 뭐가 서러웠는지 한참을 목놓아 울고 말았다. 다행히 《논어》의 〈향당〉편을 펴들고 있던 내 주변에는 아무도 없었다.

나는 이제 곰팡이가 피어오르는 밥을 퍼먹는 심정으로, 조각난 종을 쳐대는 슬픔으로 고백한다.

"그대, 나는 시체처럼 눕고 싶지 않았습니다. 엄숙한 표정을 짓고 싶진 않았습니다."

3

"……오래 살려고?"

석양에 타는 정원의 꽃나무들 사이에서 가지치기를 하고 있
던 새아버지는, 내게 쿠바산(産) 로바이나 시가를 권하였다. 기
생충 박멸에 니코틴의 독성이 탁월한 효과가 있다는 속설을 좇
아, 나는 평소 반 갑 가량이던 흡연량을 세 갑 이상으로 늘린 터
였다. 그런 내가 거짓말까지 동원하면서 새아버지의 호의를 간
단히 거절한 것은, 도무지 그와 맞담배질을 할 마음의 여유가
없었기 때문이다. 새아버지의 권위를 존중해서가 아니라, 어딘
지 그의 모습이 애처롭고 쓸쓸한 까닭이었다.

이태 전쯤 새아버지를 처음 만났을 때부터, 나는 그가 싫지
않았다. 하긴 나는 내 어머니를 사랑해주는 남자들을 미워해본
적이 없다. 조류학자인 새아버지는, 잦은 탐조 여행(探鳥旅行)
덕에 늘 얼굴이 그을려 있다. 그는 인도 독수리가 멸종지경에
이르러, 조로아스터교도들의 천장(天葬) 전통이 위협받고 있다
며 걱정했다. 뭄바이 소재의 시신 처리장인 침묵의 탑 근처를
맴돌던 독수리들까지 자취를 감추었다는 것이다. 그는 그러한

사람이다. 기러기, 고니, 청둥오리, 재두루미, 저어새 등을 따라다니는 외로운 영혼이다.

"주말인데, 자고 올라갈 거지?"

"이건 무슨……?"

"사과나무. 진짜 국광이 열려. ……요즘 과음하니? 안색이 안 좋다."

"사과는 아침에 먹어야 제일이죠. 밤엔 아무 소용없대요."

연못에는 수십 마리의 비단잉어들이 아귀 떼처럼 뒤엉켜 놀고 있었다. 나는 주차장 옆 나무 계단을 밟아 지하실로 내려갔다. 그때, 또 왼쪽 가슴께가 창에 찔린 듯 아파왔다. 나는 흰 국수 가락 모양의 벌레들이 꿈틀거리고 있는 내 심장 속을 상상했다.

어머니는 정과 망치로 대형 냉장고만 한 바위를 쪼아대고 있었다. 나를 본 그녀가 작업을 멈추자, 이름 모를 타악기 연주와 휘파람 비슷한 소리가 선명하게 공간을 장악했다.

"희한한 음악이네요."

"몽골 유목민들의 노래야."

어머니는 목장갑을 벗어 땀에 흠뻑 젖은 이마를 닦더니, 내게 차가운 보드카를 병째로 건넸다.

"이렇게 큰 돌들이 어떻게 지하실에 들어왔죠?"

"저기 저 벽이 전자동으로 열리고 닫혀. 그럼 곧장 도로와 연결돼."

우리는 가로로 길게 누인 화강석 위에 나란히 걸터앉아, 서로를 조금도 바라보지 않으며 제법 긴 대화를 나누었다. 그러나 그것은 혓바닥 색깔이 완전히 다른 도깨비들끼리의 농지거리였다. 고래와 낙타의 담소였다. 당연히, 그 와중에 나는, 어머니에게 나의 위독함을 호소할 수가 없었다.

"엄마."

"너와 내가 깔고 앉아 있는 이 돌덩이로 짐승을 조각할 거다."

"엄마."

"희랍의 것도, 중국의 것도 아닌 최초의 짐승이야. 기계를 초월 직전에 이겨버리는, 아주 현대적인 놈이지."

"엄마, 개들은 죽어서 무지개다리를 건넌대요."

"어?"

"……아녜요……."

4

새아버지는 나를 고속버스 터미널까지 배웅해주었다. 그는 저런 네 어미를 부디 이해해달라며 내 깡마른 어깨를 다독였다. 나는 뒤바뀐 입장이 계면쩍었다. 정작 그런 소릴 들어야 할 쪽은 새아버지가 아닌가. 나는, 그 시각에도 어떤 바위를 어떤 짐승으로 만들고 있을 어머니가 끔찍했다. 보통의 인간들은 모두 고운 물고기 문양 같은 여인에게서 태어났겠지만, 유독 나를 품었던 자궁에서는 무정한 악어의 아가리 냄새가 난다.

나의 어머니를 사랑하는 사내들의 공통점은, 그들이 그녀가 아니라 그녀의 에너지를 사랑한다는 사실이다. 그들은 내 어머니가 호리병이었다고 해도 사랑했을 것이다. 결국 중요한 것은 그 호리병이 가지고 있는 요술이니까. 그들은 어머니의 연인이라기보다는 거의 노예에 가까운 존재들이다. 나는 검은 가죽 재킷을 입은 어머니가 벌거벗은 새아버지를 징이 박힌 채찍으로 마구 후려치는 장면을 이따금 머릿속에 그려보곤 한다.

원주 시내에 접어들자 비가 내리기 시작했다. 심장의 미세한 통증은 가라앉아 있었다. 나는 꺼두었던 휴대전화에 전원을 넣었다. 몇 초 후 문자 메시지 두 개가 연속으로 떴다.

02: 김수영은 어떻게 창녀촌에 갔다 온 얘기도 버젓이 글로 쓸 수가 있었죠? 아무튼 되게 이상한 아저씨야. 벌써 자정이 지났네요. 편히 주무시고, 수요일에 뵈어요. 안녕.

01: 선생님. 지방에 내려가신다더니 전화 안 받으시네요. 하숙을 옮기느라고 용을 좀 썼더니 편도선이 부었어요. 그렇지만 푹 자고 일어나니까 참을 만해요. 추천해주신 책들을 읽고 있

어요.

나는 흐린 차창에 비친 내 우울한 실루엣 너머로, 귀가 쫑긋
한 늙은 왕, 소녀의 붉은 볼, 코끼리 피부 같은 물무늬, 살생하
는 탁발승의 엄지발가락, 탄식하는 고양이, 당나귀의 허파, 연
설하는 까마귀, 자갈 채취선, 거미의 성기…… 그런 것들의 환
(幻)을 무작위로 목도하고 있었다.

어머니는 조만간 열기구를 타고 세계 일주에 나서겠다는 계
획을 밝혔다. 나는 왜 하필 공포를 찾아다니느냐고 묻지 않았
다. 그런데도 그녀는 대답했다.

"동물의 고향은 바람이잖니. 식물의 고향은 흙이고."

내 어머니는 내 아버지였어야 했다. 어려서부터 나는 줄곧
그런 상념에 시달렸다.

LA에 사는 아버지는, 방탄유리로 뒤덮인 작은 담배 가게 안
에서 혼자 27년을 허송세월하고 있다. 그는 1992년 4월 흑인
폭동이 일어났을 당시, 샷건으로 깜둥이 셋을 쏴 죽였다는 것
말고는 자랑거리가 없는 위인이다. 아버지는 때와 장소를 가리
지 않고 아무나 만나면 그 이야기로 침을 튀긴다. 하지만, 개미
한 마리 자신 있게 짓밟지 못하는 그가 정말로 그랬으리라 믿는
얼간이는 이 세상 어디에도 없다.

아버지는 술만 취하면 내게 국제 전화를 걸어 어머니의 근황

을 궁금해한다. 그 뻔한 주접이 역겨워 내가 핀잔을 주면, 태평양 저편에서는 한동안의 침묵 끝에 기어코 흐느끼는 소리가 들린다. 나는 어머니가 던진 콜라병에 얻어맞아 시퍼렇던 아버지의 눈두덩을 여태 잊을 수 없다.

나는 내가 아버지의 피를 물려받았다는 게 혐오스럽다. 나는 그처럼 대머리가 될까봐, 모발에 전혀 문제가 없음에도 불구하고 인디오들의 약초로 제조된 특별한 비누만을 쓴다.

어머니가 아이를 낳은 것은 오직 나 하나뿐이다. 그녀는 내 앞뒤로 아버지 아닌 다른 남자들과의 관계에 의해 세 번 낙태수술을 했다고 아무렇지도 않게 술회한 적이 있다. 하마터면 나는 배다른 형제를 셋씩이나 둘 뻔했던 것이다. 그 점에 대해서만큼은 어머니의 잔인함에 감사한다.

나는 그녀를 매단 거대한 풍선이, 안데스 산맥의 먹구름 밑에서 번개에 맞아 사그라지기를 바란다. 구원이 있다면 그것이 구원일 터이요, 평화가 있다면 그제야 비로소 도래할 것이다. 나는 언제나 신이 나와 함께했음을 익히 깨닫고 있었다. 그는 내가 괴로워하고 기뻐하던 꼴을 곁에서 다 지켜보았던 것이다. 나는 나의 네 번째 새아버지인 조류학자가 너무 고독해 보여 도저히 가까이 할 수가 없다.

"쇠고기로 버무려 가공한 거라서, 개들이 아무런 거부감 없이 잘 먹어요. 매달 하루를 정해놓고 한 개씩, 모기가 활동하는 4월부터 9월까지 복용시키면 됩니다."

"얼맙니까?"

"6만 원이요."

"꽤 비싸네."

"지난번에 충분히 설명해드렸다시피, 개에게 심장사상충은 인간에게 에이즈가 그런 것처럼 치명적이에요. 자식만큼이나 아끼는 애견을 잃는 것보다는, 약간 돈이 들더라도 확실히 예방해두는 편이 백 배 낫죠."

"하긴 사람도 감염된다니까."

"심장사상충이요?"

"예."

"매우 희박합니다."

"그 말씀은, 만약의 경우가 있을 수도 있다는 거 아닙니까?"

"아직까지 학계에 정식으로 보고된 바가 없어요."

"근데 어째서 광고지에는 그렇다고 써 있는 거죠?"

"글쎄요. 그건 뭐, 일종의 경각심을 일깨우려는 광고의, ……음…… 키우고 계신 개가 몇 살인데요?"

나는 그저께 우연히 동네 어귀 동물 병원 유리벽에 붙어 있는 포스터를 보고 하트가드를 알게 되었다. 거기에는 '쇠고기로 만든 하트가드 플러스. 심장사상충과 내부 기생충을 한꺼번에 없앤다! 심장사상충은 인수 공통 기생충이므로 사람에게도 유해할 수 있습니다'라는 글귀와, 흰 국수 가락처럼 생긴 벌레들이 우글거리는 슈나우저의 심장이 그려져 있었다.

일순 등줄기가 서늘해진 나는, 즉시 동물 병원으로 들어가 수의사에게 상담을 받았다. 그는 심한 곰보에 정직하게 살아온 자의 손을 가지고 있었다. 요약하면, 심장사상충은 모기에 의해 퍼진다. 모기가 마이크로필라리아라는 자충을 약 2주간 품고 있다가 개를 물면, 혈액을 타고 침투해 성충으로 자라나 그 개의 심장에 기생하는 것이다.

"키우고 계신 개가 몇 살이냐니까요?"

나는 개를 키우고 있지 않다. 나는 개 얘기를 하고 있는 것이 아니었다. 나는 인간인 내 얘기를 하고 있었던 것이다.

"심장사상충의 새끼벌레를 가진 모기가 사람을 물면요? 그럼 사람도 감염되는 거 아닙니까?"

"아닐 거예요."

"아닐 거라니요? 대체 그런 무책임한 소리가 어딨습니까?"

"왜요? 그렇다면 선생님께서 이 약을 드시기라도 하겠다는 겁니까?"

아까부터 우리 옆에는, 오십대쯤 되어 보이는 아주머니가 눈시울을 붉히고 서 있었다. 키우고 있는 요크셔테리어가 위독한 모양이었다. 아주머니는 링거를 꽂은 채 진찰대 위에 누워 있는 녀석을 쓰다듬으면서 속삭였다.

"해피, 걱정하지 마, 곧 나을 거야. 엄마가 널 지켜줄게."

나를 상대하기가 지쳤는지, 수의사는 그만 그 요크셔테리어를 안고 수술실 안으로 사라졌다. 아주머니는 터져 나오려는 울음을 애써 참고 있었다.

"괜찮을 겁니다."

아주머니는 예상치 않은 내 위로에 설움이 북받쳤는지, 눈물을 뚝뚝 흘리기 시작했다. 나는 선반에 놓인 두루마리 화장지를 조금 뜯어 그녀에게 건네주었다. 동물 병원에는 미용과 치료를 기다리는 이런저런 종류의 개들이 철창 속에서 우리를 멀뚱히 쳐다보고 있었다. 아주머니가 내게 고맙다는 표시로 고개를 끄덕인 다음 그놈들을 가리키면서 말했다.

"쟤들은 하나님이 못된 인간들에게 내려준 천사예요. 정말 그렇죠?"

"……."

"개들은 죽으면 무지개다리를 건너거든요."

"……누가 한 말인데요?"

"……글쎄요. 어디서 읽은 것 같기도 하고, 들은 것 같기도

하고. ……해피에게 무슨 일이 일어나면 어쩌죠? ……해피도
무지개다리를 건너가면은…… 아아."

6

세무 공무원의 세 번째 부인이 낳은 아돌프 히틀러는 별것 아
닌 제 예술적 기질에 심각하게 도취되어 있었다. 그는 대책 없
는 씀씀이로 인해 아버지로부터 물려받은 유산을 탕진하고는
길바닥에 나앉기에 이른다. 이후 히틀러는 엽서에 수채화를 그
려 넣어 푼돈을 벌었으나 그나마도 오래가지 못했다.

복제 고양이가 조간신문 1면의 컬러 사진 안에서 연신 야옹
거린다. 그러나 나는 전혀 놀라지 않는다. 이미 십자가 아래 천
사의 유전자마저 무한정 복제해 팔아먹고 있는 인간들에게, 저
쯤의 재주야 치졸할 뿐이니까.

신문을 문화면까지 넘기니, 어머니의 전시회 기사가 크게 자
리를 차지하고 있다.

나는 궁금하다. 목에 핏대를 세우며 유대인의 멸종을 주장했
던 히틀러도 아니고, 그런 그에게 오른팔을 높이 쳐들며 열광
했던 당시의 독일 민중도 아니고, 히틀러가 매일 청소하고 있
을 지옥의 화장실도 아니고, 오로지, 히틀러가 그렸다는 그 수

채화 그림엽서들이.

수정. 세상은 내게 천둥과 우박 말고는 공짜로 준 것이 없었으나, 이 아이만큼은 다르다.

오늘은 나의 생일이다. 수정을 기다리고 있는 이 순결한 시간에도, 나는 내 어디에 진짜 내가 숨어 있는지 모르겠다.

나는 조금 전 인사동 옛 거리 진입로에서 무용가 홍신자와 마주쳤다. 푸른 원피스 차림의 그녀는, 굽 높은 샌들을 신고 버스 정류장을 향해 바삐 걸어가고 있었다. 홍신자는 어느 책에선가, 그 무엇도 너무 사랑하지는 말라고 썼다. 나는 그녀의 뒷모습에 대고 앞으로는 아무것도 사랑하지 않을 거라고 중얼거렸다. 그러자, 불현듯 모든 것이 그리워졌다.

나는 수정이 다가올 길을, 신문을 뒤적이는 사이사이 힐끔힐끔 창을 통해 살핀다. 그녀는 나를 위해, 평소에는 즐기지 않는 치마를 입겠다고 약속했다.

"키가 엄청 컸으면 좋겠어요."

"지금도 작은 키는 아니야."

"그게 아니라, 한 3미터쯤이요."

"괴물이네."

"사람들이 나를 우습게 보지 않을 것 같아서요."

"안됐지만, 그 정도면 뼈가 체중에 눌려 부서지게 돼. 3미터 이상의 거인은 애초에 불가능하다구."

"정말?"

사실 그날 나는 수정에게 이런 충고를 덧붙이고 싶었다. '사랑아, 고통이란 그런 것이다. 무게에 눌려 부서지고 마는 것. 더 이상은 자라지 못하는 것이다'라고.

휴대전화가 울린다.

"여보세요?"

"나다."

"누구요?"

"유어 파더!"

"……나 전화 못 받아요."

"……그년은 잘 있냐?"

"제가 나중에 연락할게요."

나는 전화 통화를 끊는다. 아악 — 갑자기 심장이 아프다. 또 기생충들이 잔치를 벌이나 보다. 내 우심실과 폐동맥에서 흰 국수 다발이 꿈틀거리며 생피를 빨아 먹고 있다.

미소를 머금은 수정이 카페 문을 밀고 들어온다.

가슴이 찢어질 것 같다. 심장사상충들이 목울대를 갉아대고 있다. 나는 놀라는 수정을 뒤로 하고 화장실로 달려간다. 변기에 머리를 처박고 토악질을 한다.

그때 다시 휴대전화가 울린다.

"아, 아버지, 제발 좀!"

"인(忍)아."

"……."

"인아."

"……엄마?"

어머니의 목소리 너머에서 새아버지의 비명이 비어져나온다.

"……엄마 나 지금 죽을 것 같아요."

"알고 있어."

"……."

"어서 옥상으로 올라가거라. 어서."

화장실 문 밖에서는 선생님 괜찮으냐며 수정이 발을 동동 구르고 있다. 세면대에서 찬물로 얼굴을 씻은 나는, 밖으로 나간다.

"선생님!"

"괜찮아. 잠깐 여기 있어."

나는 엘리베이터를 타고 옥상으로 올라가, 황사로 뒤덮인 하늘 아래 선다. 그리고 끊지 않은 휴대전화를 귀에 갖다 댄다.

"인아, 건너편을 봐."

"예?"

"건너편을 보라구."

"……."

"거기 말고 오른쪽 건물의 옥상."

"……아."

"내가 만든 짐승이다. 무지막지하지?"

"……."

"희랍의 것도, 중국의 것도 아닌 최초의 짐승 말이야. 기계를 초월 직전에 이겨버리는, 아주 현대적인 놈이다."

우, 그때 그 바위가 이제 저 짐승이 되었구나! 은빛 이빨을 드러낸 채 두 팔을 활짝 벌린 짐승은 천천히 움직이고 있다.

"어떠니?"

"슬퍼요. 아름다워요."

"깔깔깔−."

"엄마, 개들은 죽어서 무지개다리를 건너지요?"

"그래, 가거라! 바람이 많이 불지? 그리로 들어가!"

나는 언제나 신이 나와 함께했음을 익히 깨닫고 있었다. 그는 내가 괴로워하고 기뻐하던 꼴을 곁에서 다 지켜보았던 것이다. 때문에 나는 더 쓸쓸하였다. 나는 옥상의 난간을 넘어 허공을 걸어가고 있다.

뚱뚱하고 날씬한 물고기 잔치

1

"진짜로 이해하기 힘드네. 물고기 들여다보는 게 뭐가 그렇게 재밌어?"

"애초에 사람들이 물고기를 위에서가 아니라 옆에서 관찰했더라면, 감히 저들을 잡아먹을 생각은 품지 못했을 거야. 남은 날들을 온통 이러고 앉아 있어도 지루하지 않을 것 같아."

영롱한 직사각형의 어항. 나는 그것을 그녀의 육체와 영혼으로 기억한다. 커다랗고 기다란 장롱 대신 커다랗고 기다란 어항을 가지고 있던 형수. 그녀의 어항에는 아름다운 열대어나 그 흔한 금붕어 한 마리 없이, 모조리 칙칙하고 쫀쫀한 색깔의 민물고기들뿐이었다.

"끄리, 갈겨니, 눈동자개, 납자루, 긴몰개, 돌고기, 중택

이, 버들치, 각시붕어, 금강모치, 황쏘가리, 쉬리, 누치, 참종
개…… 온순한 송사리, 교활한 구구리, 먹보 버들치. 모래무지
는 바보. 피라미는 성질이 무지 급해. 깡패 가물치. 아, 《동의보
감》에서는 가물치를 뱀이 변한 거라 적고 있어. 잘 죽지도 않
고, 물고기인 지금에도 여전히 뱀의 성질을 지녔다고 말이야.
잘 살펴보면, 여기 세상만사가 다 담겨 있다니까. 애정 관계가
있고, 자식 걱정이 있고, 방황과 여행, 몰락과 투쟁이 있어."

더 이상 형수는 존재하지 않는다. 그녀가 애지중지하던 물고
기들도 자취를 찾을 수 없다. 물빛이 맑게 차오르던 직사각형
의 어항에는 이제 모랫바닥만이 이끼와 얼룩 낀 유리 너머로 뿌
옇다. 어항 안의 다정다감한 물고기 문명은 멸망하고 작은 사
막이 거기에 냉혹한 실존을 구축한 것이다. 사막을 꿀꺽 삼킨
어항. 그것은 뒤뜰 창고에 처박혀 있다. 한낮에도 거기에 들어
가면 천장 중앙으로부터 파리 끈끈이의 꼴로 흉하게 늘어뜨려
진 60촉 알전구를 켜야 한다. 그러면 초라한 광선이 어둠에 잘
게 부서지면서 금 간 어항의 모래 언덕을 스산히 비춘다. 나는
알고 있다. 매일 그곳에서 한 아이가 새앙쥐처럼 새까만 눈동
자를 부릅뜨고, 버려진 어항 속의 모래 더미로 전락한 제 엄마
의 육체와 영혼을 훔쳐본다는 것을. 창고의 녹슨 철문은 열리
고 닫힐 적마다, 반드시 밤 들판을 헤매는 외로운 짐승의 소리
를 지르는 까닭이다.

2

나는 장희와 함께, 지붕이 낮고 허술한 우리 집으로 이어진 오솔길을 걷고 있다. 멀리 귀에 선 봄새 소리가 교외선 근처 검은 나무 한 그루에 총총히 내려앉아, 그렇지 않아도 멍한 내 정신머리를 더욱 어지럽힌다. 자신 외에는 아무것도 없는 휑한 들판에서, 마치 무슨 상징이라도 되는 듯 준엄한 기운을 발하는, 검게 죽어 있는 나무. 나무의…… 송장? ……그래, 죽은 나무. 나는 저 의문으로 가득찬 자를 죽은 나무 혹은 검게 죽어 있는 나무쯤으로 막연히 이름 지어 부르며, 내 작은 이야기의 어려운 처음을 시작하여야겠다.

나흘 전의 깊은 밤이었다. 강으로 낚시를 갔다가 돌아오던 나는 바로 이 오솔길 위에서 우연히, 죽은 나무가 마른하늘로부터 내리꽂힌 번개 줄기에 맞아 성난 도깨비처럼 불타오르는 것을 보았다. 그것은 가물지도 않은 터에 뿌리까지 말라버렸으니 재앙의 징조가 아니냐고 노인장들이 끌끌 혀를 차대던 마을의 영물(靈物)이었다. 괴이했다. 어마어마한 벼락을 멀쩡히 견딘 죽은 나무는, 요기로운 화염에 활활 휩싸여서도 전혀 사그라지지 않았던 것이다. 나는 어떤 야릇한 손길에 이끌려, 칠흑의 벌판 가운데서 거대한 횃불 노릇을 하고 있는 죽은 나무를 향해 천천히 나아갔다. 희한한 느낌이 머리통을 둔중하게 누르고 있었다. 마음이 편안한 두려움? 미소가 지어지는 외로움? 만약 이런 억지 표현들이 가능하다면, 당시의 내 기분이 꼭 그랬다. 게다가 일종의 심리적 쇼크였을까? 아니면 뭣에 홀렸던 것일까? 오줌을 지려도 부족한 마당에, 나는 누구라도 알 만한 동요를 옹알거리고 있었다. 아무튼 그런 식으로 삐적삐적 발걸음을 옮기는데, 갑자기, 막무가내로, 내 존재 자체가 쓰으윽, 하고는 암전되었다. 나는 그 순간, 내가 죽은 거라고 생각했다.

다음날 아침, 나는 잠풀 더미에 왼쪽 볼을 차갑게 댄 채로 깨어났다. 나는 내가 어느 틈에 정신을 잃고 쓰러졌는지 알 수 없었다. 하지만 간밤의 죽은 나무를 둘러싼 이런저런 정황들은 너무 또렷했으며, 졸지에 노숙을 당했음에도 상쾌하기 그지없는 몸 상태가 믿어지지 않아 오히려 긴 꿈을 꾸고 있는 것만 같았다. 죽은 나무는, 여기저기 묻은 흙가루와 이슬방울을 털어내는 나를 물끄러미 쳐다보고 있었다. 그는 검게 변해, 내가 손바닥으로 문지르자 껍질에서 소량의 검댕이 묻어나왔다. 죽은 나무가 번개를 먹은 것은 명백한 사실인 모양이었다. 그러나 번개에 정통으로 얻어맞고도 전혀 부서지지 않았으며, 바싹 마른 상태에서 한참 타올랐는데 겨우 그슬린 정도라는 것은 거의 기적에 가까웠다. 나는 그 점을 고려하는 나를 통하여, 내가 살아 있음을 겨우 확인하였더랬다. 고작 이것이, 평범한 고사목(枯死木) 한 그루가 검은 수수께끼로 탈바꿈한 것에 관련하여 내가 아는 전부이다.

나는 이마의 땀방울을 하얀 무명 손수건으로 훔쳐낸다. 장희는 뭐가 즐거운지, 초콜릿 바를 씹는 사이사이 콧노래를 흥얼거린다. 이제 나로선 저런 뻔뻔한 모습에도 과히 울화가 치밀지 않는다. 그저 지루한 숙제처럼 걷고 있다. 지붕이 낮고 허술한 우리 집으로 이어진 오솔길을.

"친동기간이 아니네. 그냥 동거인으로 돼 있네. 동거인."

"저희는 같은 고아원······."

"그으래요?"

"법적으로만 그런 거죠. 얼마 전에 돌아가신 형님과 형수, 그렇게 넷이서 어려서부터 함께 살았습니다. 1984년에 그분들이 독립하며 저 친구와 저를 거기서 데리고 나왔구요."

"거기라면······."

"고아원이요."

"아. ······어딨는 겁니까?"

"뭐 말씀입니까?"

"그 고아원 말요."

"평촌에 있는······ 희망의 집······ 이라고······."

"흐흠, 선생 직업이 무협 소설가라구?"

"예."

"나도 예전엔 많이 봤지. 무협소설. 왜 그랬는지는 모르지만."

"……."

"어이. 백장희 씨. 초콜릿이 무지하게 먹고 싶었나봐? 응?
……여전히 묵비권?"

"죄송합니다. 선처 부탁드립니다."

"선생이 나한테 죄송할 건 없고. ……글쎄요, 우리도 어떻게
이해를 해야 할지 난감해서. 전문대학까지 졸업한 아가씨가,
더구나 지갑에 돈이 많았는데, 우째 고러코롬 유치한 짓을."

장희는 편의점에서 열 개들이 초콜릿 바 두 상자를 훔치던
중, 종업원이 이를 적발하자 일말의 변명도 않고 30미터가량을
달아나다 붙잡혔다. 면바지의 무릎 부분이 찢어지고 피멍이 든
걸로 보아, 등신이 바닥에 넘어져 구른 모양이었다.

파출소장님. 제 누이는 월경 때마다 도벽이 도지는 괴상한
질병을 앓고 있습니다. 의학 용어로는 월경 전기 증후군이라고
들 부르죠. 여성 호르몬의 급격한 변화와 이상 반응, 비타민의
결핍, 월경은 불결하다는 무의식을 지적하는 사회심리학적 가
설 등등이 존재함에도 불구하고 정확한 원인은 여태 밝혀진 바
없습니다. 증상이 심할 적엔 마지막 수단으로 자궁을 떼어내는
극단적인 치료법이 있을 정도라니, 오죽하면 서구 여러 선진국
들에서 버젓이 사회 문제로까지 부각됐겠습니까. 파출소장님.
이미 편의점 측에서 이러한 사정을 참작하여 제 누이를 용서했
듯, 한 젊은이의 창창한 장래를 위하여 부디 눈감아주시기 바

랍니다. 필요하시다면 여동생의 주치의와 전화 통화를 연결시켜드릴 수도 있어요. 저는 소장님께서 목격하고 계신 요 황당한 뒤치다꺼리를 수십 번 넘게 치렀습니다. 정말이지, ……후우. 그렇다고 처녀의 자궁을 떼어낼 수는 없는 거 아닙니까? 결론적으루다가, 저 계집애는 군것질 도둑으로 처벌하기에도 과분한, 뭐랄까. 아, 그래요, 환자! 정신병자라는 겁니다, 지금 제 말씀은.

내가 대강 위와 같은 내용의 애걸복걸을 마치자, 창가에서 이마를 잔뜩 찌푸리고 있던 파출소장은 대뜸 몸을 돌려 장희에게로 저벅저벅 걸어가더니, 초콜릿 바를 녀석의 두 손에 보석이라도 되는 듯 꼬옥 쥐여주었다. 그리고는 뜨악해하는 내 표정을 향해 길고 뾰족한 턱 끝으로, 어서 데리고 꺼지라는 식의 시늉을 해댔던 것이다. 천만다행이 아닐 수 없었다.

드디어 지붕이 낮고 허술한 우리 집에 도착했다. 장희는 후닥닥 대문 안으로 뛰어들어간다. 동네 사내들 서넛이 걸터앉아 소주를 마시는 참인 구멍가게 평상(平床) 언저리에서, 어린 조카 은남이가 오징어 다리를 열심히 빨아대고 있다. 나는 녀석의 양 겨드랑이를 잡고 높이 치켜든다. 뉘엿뉘엿 해가 지고 있다. 시든 노을이 은남이의 얼굴 반쪽에 붉지도 검지도 않은 천형(天刑)의 무늬를 그린다. 내 팔뚝과 어깨에 전해지는 녀석의 몸무게가 참새 한 마리다. 이것은 단순한 과장이나 촌스런 문학적 표현이 아니다. 일곱 살인데도 체구가 네 살배기만 한 조카는 왜소증에 시달리고 있다. 좌우간 강적들이다. 매달 일정 기간 좀도둑이 되는 요상한 여자. 성장이 부진해 갈대처럼 야윈 꼬마. 속필 외에는 자랑거리가 없는 무명 무협 소설가인 나 자신에 이르기까지. 은남이가 허공에서 컥컥거린다. 또래들에게 온종일 시달렸던 고통을 훗날 폭발할 상처의 껍질 속에 단단히 간직하고, 이 삼촌이 어지럽게 돌릴수록 곧 숨이 끊어질 듯 컥컥. 커억커억. 차라리 죽고 싶은지, 커컥. 컥컥. 가끔씩 나는 우리와 어둠을 혼동하고, 그 어둠과 슬픔을 동의어로 여기곤 한다. 반면, 우리 아닌 세상은 얼마나 아름다운가. 그러기 위해 얼마나 피곤한가.

지난 며칠간, 나는 아무에게도 나와 검게 죽어 있는 나무 사이의 일을 말하지 않았다. 설사 화성인에게 납치되어 UFO를 타고 안드로메다 성운에 다녀왔을지라도, 역시 나는 침묵으로 일관했을 것이고 또 영원히 침묵할 게 분명하다. 왜냐하면 나는 미스터리의 당사자로 취급받는 게 죽기보다 싫거니와, 애써 부정하고 싶은 마음으로야 어찌 스스로도 믿어지지 않는 일을 남에게 설명할 수 있을 것이며, 누구라고 내가 겪은 어처구니 없는 경험을 진지하게 받아들여주겠는가 말이다. 더 나아가 신이 전 인류에게 중대한 메시지를 전하려는 의도에서 특정인으로 하여금 모종의 신비한 현상을 체험케 하는 것이라면, 그 밤의 신은 하필이면 나같이 만사에 의욕이 없는 얼간이를 고른 탓으로 자신의 신분에는 걸맞지 않은 실수를 저지른 셈이다. 나는 장희와 함께 지붕이 허술한 우리 집을 향해 이어진 오솔길을 걸었고, 검게 죽어 있는 나무 한 그루가 자신 외에는 아무것도 없이 휑한 들판에 서서, 마치 무슨 상징이라도 되는 듯 준엄한 기운을 발하는 것도 보았다. 우리를 둘러싼 이 세계는 얼마나 무심한가. 그러기 위해 얼마나 아픈가. 나는 잠시 나답지 않게 심각한 생각에 잠겨, 두 손에 들려 있던 지극히 가벼운 것을 조용히 땅으로 내려놓는다.

3

지난여름 중국차(中國茶)를 조금 구해 들고 인사동 옛 거리를 빠져나오던 나는, 순식간에 울려 퍼지는 민방위 훈련 사이렌에 떠밀려, 눈앞 골목 어귀에 하얗게 박혀 있는 작고 둥그런 천막 안으로 불쑥 들어가고 말았다. 애초부터 사주팔자를 보려는 마음은 아니었지만, 도시의 전부를 우악스럽게 핥아대는 괴음에 속속들이 굴복하고 마는 행인들과, 이글거리는 텅 빈 아스팔트 거리, 그리고 풀어헤칠 머리를 전부 가지치기당한 가로수들이 조장하는 그로테스크한 분위기를 나는 도저히 참아낼 수 없었다. 아마도 그래서 이글루 속에서 남극의 눈보라를 피하려는 에스키모처럼, 굳이 그 천막으로 서둘러 허리를 굽혔던 것 같다.

검고 두꺼운 뿔테 안경을 쓴 개량 모시 한복 차림의 영감이, 낚시 의자에 앉아 나를 빠끔히 쳐다보았다. 제 발로 찾아든 이상, 어쨌거나 나는 그 대가를 치러야만 했다. 영감은 옆면이 파랗게 닳아버린 책자를 뒤적이며, 누리끼리하고 까칠한 갱지 위에다 유려한 필체의 한자들을 휘갈겼다. 부옥빈자(富屋貧者). 재다심약(材多心弱). 이윽고 요약된 내 인생의 열쇠 문장 두 개는 그러하였다.

무슨 뜻입니까?

부옥빈자이니, 고래등 기와집에 들어앉은 거지꼴이라. 남들이 보기에는 자네가 호강하며 사는 것 같지만, 기실은 대청마루 밑에 드러누운 거지마냥 항시 쓸쓸하고 처량하다는 게지. 재다심약이라. 재주가 승해 도리어 마음이 허하고 아프구나. 외로움을 타고났네. 대체 뭐가 그리 고독한가.

과연 영감은 조실부모를 비롯한 내 과거의 이런저런 부분들—예를 들어, 어려서 귀인에게 큰 은혜를 입었다라든가 두 번씩이나 물에 빠져 죽을 뻔했다는 것과 같은 - 을 제법 섬세하고 정확히 건드렸으며, 미래에 관해서도 왠지 솔깃해지는 말들을 늘어놓았다. 하지만 나는 내 의심 많고 냉랭한 천성에 애써 기대지 않더라도, 그의 사주풀이에 궁극적으로 동의할 수 없었다. 하, 고래등 기와집에서 호강? 재주가 승해 도리어 마음이 허하고 어째? 가당치도 않았던 것이다.

나는 가난하기는 하였으되 감히 나 자신을 두고 오로지 불행하였노라고는 여기지 않았다. 나보다도 훨씬 고통스럽고 우울한 삶이 도처에 깔렸으며, 뭐 하나 부족할 것 없어 보이는 이들조차도 실은 전혀 행복하지 않을 수 있음을 잘 알고 있었기 때문이다. 더욱이 나는 거지처럼 살지도 않았거니와, 최소한 거지 인생을 살아서는 안 된다는 가르침과 각오 속에서 컸다. 대체, ⋯⋯언제 내 인생에 부옥과 비견될 만한 상황이 있었더란 말인가. 나는 고아다. 물론 철수형과 혜옥이 누나와 장희가 곁에 있었지만, 우리는 우리이기 이전에 각자 고아임이 분명했다. 그뿐인가. 어린 은남이마저도 얼마 전 형과 형수가 죽자 고아가 돼버리지 않았는가. 그것이 부옥인가? 지방 도시 교외선 부근의 지붕이 낮고 허술한 농가가 고대광실인가?

또 무협 소설 쓰는 것도 재능이라고 우기면 웃기는 재능인지도 모르겠지만, 내겐 나의 내면과 주변에 긍정적인 자극을 제공할 만한 여력과 겨를의 뿌리가 부재했다. 내가 무협 소설을 좋아했던 것도, 심지어는 그걸 직접 쓰는 사람이 된 것도, 모두 그런 씁쓸한 맥락에서 이해받아야 한다. 나는 답 없는 것들에 대해 괜히 논쟁하고 심각하게 고민하는 세상의 온갖 위선과 허위가 싫었다. 오히려, 단순하고 천진한 스토리의 운용을 통해 흥미를 주는 무협지의 유치함이 마음에 들었고 진실에 한참 가까운 것 같았다. 그러나 그나마도 사람들은 더 이상 정통 무협 소설에는 관심이 없다. 대신 판타지 소설이라는 새로운 형태의 무협지를 읽고 있다. 출판사는 사이버 공간에서 작가를 직접 발탁해 수십만 권씩 팔아먹는다. 바야흐로 아무도 중원무림의 피비린내 나는 칼싸움과 말발굽 소리, 배신에 물드는 흙바람의 연정, 사대 문파 고유 비전의 절학과 심산유곡에서 은거하는 기인기사들의 무공을 이야기하지 않는 것이다. 여하튼, 어두운 낙천주의로 나 자신을 근근이 지켜온 내게, 진정한 의미의 재주란 결단코 없었다. 기껏해야 그것은 자신을 점점 비루하게 만드는 침울한 잔재주에 불과했다.

고로 영감의 사주풀이는 부옥빈자에서도, 재다심약에서도, 이래저래 아귀가 들어맞지 않았던 것이다. 나는 구체적인 실례들은 피하는 선상에서, 나의 불만을 아주 완곡하게 표현했다. 하지만 노인의 태도는 완강했다.

나는 모르는 일이야. 나는 점치는 무당이 아니야. 젊은 친구야, 이건 학문이네. 학문. 그저 자네가 타고난 연(年) 월(月) 일 (日) 시(時)에 따라 가감 없이 그대로 말해준 것뿐이라니까. 못 믿겠나? 그럼 여기, 이 물 수(水)자 보이지? 이게 자네 팔자 중에 여섯 개나 있어. 그렇지? 자네는 홍수야, 주변에 있는 것들을 다 덮어버려. 어미는, 모(母)자는 토(土)거든, 땅이거든. 아까

264

내가 자네더러 어머니를 일찍 여읠 운명이라고 했던 게 바로 이 래서 그런 거야. 물은 땅을 사라지게 하는 법이지. 또 아버지의 경우는…….

식구들이 흉한 일을 당할 수도 있다는 겁니까? 혈육이 아닌 사람들과의 관계에도 해당되는 얘깁니까?

마흔 전에는 혼자 사는 게 좋아. 결혼도 될 수 있으면 늦게 하고.

……천막을 나서자 때마침 훈련 해제 사이렌이 쨍쨍한 하늘 에 농약처럼 뿌려지고 있었다. 비둘기들조차 그 불쾌한 시그널 을 따라 도시 곳곳에 내려앉고, 거리는 금방 행인과 자동차들 로 뒤덮여 먼지 자욱한 소음의 곤죽으로 끓어올랐다. 나는 내 가 낯선 나라의 광장 한복판에 벌거벗고 선 것만 같았다. 지난 여름의 어느 날이었다.

4

"너는 번뇌하지 말거라. 인간은 사주팔자 이상이니."

풍호의 목소리는 그윽하여 가만히 듣고 있으면 마음이 은접 시처럼 편안해진다. 녀석은 케이스에 7세기 고구려의 강서고분 벽화가 그려진 북한산 백호 담배를 피워 문다. 어디서 났느냐 니까, 동료 의사가 금강산 관광 기념 선물로 돌린 거라며 자랑한다. 짐작대로, 풍호는 상태가 여전하다.

나는 운명을 믿지 않는다. 나는 내 자신에게조차 무관심하고 게으르다. 그러나 형과 형수의 죽음을 떠올리거나 은남이를 망연히 보고 있노라면 가끔, 그 영감의 마지막 발언이 뾰족한 각을 세우고 달려든다. 장희의 도벽마저도 내 탓은 아닐까, 하고 은근히 겁이 나는 것이다.

"우리 은남이는 전생에 무슨 죄를 지었길래 그런 몹쓸 병에 걸렸을까."

"아직도 쉬 자라지 않느냐? 빼빼 말랐느냐?"

"갑상선 호르몬 검사를 받아야 한대. 아무래도 영양 상태나 애정 결핍은 아닌 것 같아. ……실은 지 엄마 어항 몰래 들여다보는 게 더 큰 문제지."

"여태 그러하느뇨?"

"점점 더 심해. 정신과에 가니까, 역시 형이랑 혜옥이 누나가 죽어서, 그 충격으로 옅은 자폐 증상을 보이는 거라더라. 창고 속에 있는 어항을 치워버리려고도 했는데, 억지로 그러면 아이한테 좋지 않다고 해서 그냥 뒀다."

"나한테 끌고 오지 그랬느냐. 우리 병원으로 실어오지 그랬느냐. 내가 그 아이를 물과 불로 치유해줄 터인데."

"……."

"일기를 쓰고 있느니라. 근자에."

"일기?"

"글쎄, 뭐라 칭할까. 아무리 아귀의 불알 같은 생일지라도 글로 남겨보고 싶은 밤이 있느니. 이런 게 있느니라. 버스를 탔는데 너무너무 길이 막혔다. 백 미터쯤 전진하는 데 한 시간이 넘게 걸렸다. 사람들이 운전사보고 문 열어달라더니 정거장도 아닌 도중에서 막, 다 내리는 거였다. 근데 나는 내리기가 싫었다. 마땅히 갈 곳도, 꼭 와달라고 불러주는 곳도 없었으니. 텅 빈 버스에 홀로 고요히 좌선하는데, 차창 밖으로 가을 저녁노을이 입적(入寂)하는 거다. 와아, 그 찰나. 나는 아주아주 색다른 사람이 되었다. 갑자기 몸이 바뀐 듯한 해탈의 필링. 아득히 우쭐해지는 만큼 차분해지고, 필링."

풍호를 만나러 오는 길에 나는, 모 건설 회사에 들러 여권과 취업 비자 발급에 필요한 서류들을 제출하였다. 중동 지역으로의 건설 수출 붐이 다시 일기 시작했다는 것은 최근에야 안 사실이다.

녀석은 몽롱하고 부끄러운 낯빛으로, 내게 빨간 포장지에 싸인 상자를 내민다.

"뭐야?"

"장희한테 전하거라. 내, 내가 직접 뜨개질했느니."

풍호는 장희를 사랑한다. 비록 사랑이 무엇인지는 잘 모르겠지만, 만약 그것이 한 사람만을 꾸준하고도 열렬히 생각함을 의미한다면, 나는 풍호가 장희를 사랑하고 있다고 믿을 수밖에 없다.

장희에게 일방적으로 무시당하는 녀석이 안타까우면서도, 나는 한 번도 풍호를 탓하거나 막지 않았다. 또 장희가 매달 도 벽에 시달린다는 사실을 말하지 못했던 것도, 그것이 창피해서 가 아니라, 오로지 녀석이 실망할 것을 우려했기 때문이다. 물론 풍호가 이곳에 들어오기 전의 상황이지만.

나는 녀석이 장희의 어떤 점에 반하였는지가 무척 궁금하다. 혹시 풍호는 그녀의 뻔뻔한 활기를, 그 나이브한 천성을 질투하고 있는 건 아닐까. 녀석은 유복한 집안에서 태어나 쾌적한 뒷바라지를 받으며 예술가가 되었어야 옳았다. 예술 중에서도 가난한 예술이 아니라, 바이올린 같은 것을 줄리어드에서 배우며 그렇게 자랐어야 마땅했다. 나는 풍호보다 더 상처와 아름다움의 문제에 곤두서는 영혼을 알지 못한다. 지나치게 영리하고 빛나서 깨지기 쉬운 인간이라는 수정 그릇을 나는 녀석에게서 처절하게 목격했다. 결국 풍호는 곤두서 곪았으며, 깨어져 조각조각 흩어졌다. 지금도 그렇지만, 녀석은 열등한 고아였던 것이다.

나는 풍호가 입양되어 희망의 집을 떠나던, 소년 시절의 어느 겨울날을 기억한다. 나는 내가 이를 수 있는 최대의 빠르기로 뛰어가며, 작아지는 용달차 뒷 창문에 붙박인 녀석의 창백한 얼굴을 배웅하였더랬다. 나는 심장이 터져나갈 듯 헐떡거리 느라 눈물조차 흘릴 수 없었고, 그때 이후로는 내 목숨이 걸린 일에도 무심히 걸어 다녔다. 지금도 그렇지만, 나는 우수한 고 아였던 것이다.

"풍호야. 나, 지금 가서 아주 오래 있다가 온다. 굉장히 멀리 간다."

"……"

"알았어?"

"우리는 영원히 건너가는 다리이다. 거기서 다시 만나자. 나 도 곧 통곡의 벽을 찾아 길에 오른다."

"……"

풍호는 훗날 꼭 성지 순례를 가겠다고 자주 말하곤 했다. 나 는 녀석의 성냥불 같은 손목을 잡고 눈동자를 들여다본다. 이 상하다. 뭔가에 촉촉이 젖어 있다. 녀석이 근엄한 표정을 지으 며 묻는다.

"너는 나를 의심하는가?"

"……"

"너는 나를 의심하기 싫은가?"

"……"

나는 입술을 깨물며 등을 돌린다. 그러자 녀석이 내 어깨를 살살 건드린다. 풍호는 환하게 웃으며 아까 건네주었던 빨간 선물 상자를 들어 보인다. 나는 그것을 괴롭게 받아든다. ……
잠시 후, 철문이 강하게 닫혔다.

버스 정류장과 맞닿은 가파른 숲길을 내려가고 있다. 검은
적막을 찢고 간간이, 짐승의 것인지 사람의 것인지 분간하기
힘든 비명이 들린다. 이 세상 밤의 나무들이 모조리 억울한 귀
신처럼 허기져 나를 노린다. 아, 나는 귀를 자르고 배고픈 아이
들의 식탁에 생선이 되어 오르고 싶다. 풍호, 너는 그 아이들의
손을 잡고 바람의 소풍을 나서렴.
　나는 풍호가 남아 있는 정신 병동을 뒤돌아 바라본다. 불빛.
불빛. 낯선 불빛들. 나는 내게 알 수 없는 말들만 쏟아붓는 광인
(狂人)을 유일한 친구로 두었다. 그건 굳이 불행이라고도 행복
이라고도 규정하기 어려운, 이를테면 파란색 하나로 쌓아올린
무지개였다. 나는 아무것도 알고 싶지 않다. 신에 관해서도, 나
에 관해서도. 그러므로 신이 되고 싶지도, 내가 되고 싶지도 않
은 것이다. 나는 영원히 건너가는 다리가 싫고 통곡의 벽도 필
요 없다.
　그날 밤은 비가 많이 내리고 있었다. 나는 누군가가 나를 여
러 차례에 걸쳐 호명하는 소리에 마루로 나왔다.
　담이 허물어진 마당을 가로질러 바로 드러나는 긴 축대 위에
인기척이 있었다. 물안개 틈에서 박쥐우산을 든 어떤 사내가

피뢰침처럼 날카롭게 빛났다. 그는 꽉 잠겨버린 목청으로 다시 나를 불러대기 시작했다.

한수야. 한수야.

한수야.

한수, 이노옴.

나는 기둥에 기대어 있던 각목을 집어들고는, 슬리퍼를 질질 끌며 축대 밑까지 접근했다.

녀석은 삭발한 머리통에 하얀 반팔 와이셔츠 차림으로 옆구리에는 붉은 비닐 가죽이 덮인 두꺼운 관주 성경을 낀 채였는데, 주황색 트레이닝 바지 밑으로는 맨발에 검정 고무신이 빠끔 고개를 내밀고 있었다.

"마, 맙소사……."

나는 나를 찾고 있는 자의 얼굴을 확인할 수 있었다. 그는 학대하는 양아버지를 난도질한 죄로 장기간 크고 작은 교도소를 옮겨다닌 끝에 겨우 바깥세상으로 내뱉어진 풍호였다.

우리는 아이가 아닌 성인으로는 서로를 처음 대면하고 있었다. 나는 입 안의 모든 이빨들이 얼음으로 변한 듯 떨며 말했다.

"거기서, 거기서, 내려와."

당시 혜옥이 누나는 은남이를 임신한 상태였으므로, 나는 상황을 최대한 조용히 처리해야 했다.

"나는 아무것도 믿지 않는다. 성지 순례를 가야 한다."

"뭐, 뭐라구?"

"나는 아무것도 믿지 않는다. 성지 순례를 가야 한다."

나는 하는 수 없이 축대를 휘돌아 녀석에게로 걸어갔다. 풍호
가 박쥐우산을 땅에 내려놓았다. 그제야 나는 녀석의 일그러지
고 파괴된 인상을 자세히 관찰할 수 있었다. 그것은 풍호의 얼
굴이었지만, 내가 기억하고 그리워하던 풍호의 얼굴은 아니었
다. 나는 본능적으로 녀석이 미쳤다는 것을 감지했다. 그건 사
람의 몰골이라기보다는, 고통이라는 추상의 적확한 외모였다.

녀석은 양손으로 내 볼을 어루만지더니, 내 왼쪽 귀를 아프
게 잡아 제게로 당겼다. 그리고는 지옥에서나 오갈 법한 음성
으로 이렇게 속삭이는 거였다.

"나는 개하고도 씹했다. 고양이와도 박았다. 부럽지?"

5

드디어 사람들이, 죽어 있는 나무가 검게 변해버렸음을 깨달
은 모양이었다. 마을에는 이상야릇한 긴장감이 돌았다. 영물이
말라 죽은 것만도 상서롭지 못한 일인데 까맣게 그슬려버렸으
니. 기껏해야 어느 속없는 놈팡이가 거기서 개나 잡아먹은 걸
로 치부하려던 이들도, 골고루 변색된 나무의 심상치 않은 상

태에 이르러서는 저마다 눈살을 찌푸렸다. 이장이 나무의 원혼을 풀어주기 위해 굿을 해야 한다는 의견도 냈다고 들었다. 물론 나는 나무도 아니고 나무를 그렇게 만든 번개도 아니었기에, 침묵했다.

형과 형수는 결혼한 지 11년 만에 경주로 신혼여행을 떠났더랬다. 버스를 타고 가는 금슬 좋은 고아 부부의 발길은, 자신들이 헤쳐온 역경만큼이나 가난하였으되 따뜻했을 터이다. 그들은 왕과 왕비는 없고 왕과 왕비의 유골과 부장품만 숨쉬는 저 황량한 도시에서 이틀을 보냈고, 거기서 함께 죽었다. 여관에 불이 난 것이다. 그날 사고를 당한 이들의 시신 모두는 전혀 형체를 알아볼 수 없었다. 그래서 한곳에 쓰레기마냥 쓸어 담겨져 동해에 물고기 간식으로 뿌려졌다.

6

나는 방금, 밤 들판을 헤매는 외로운 짐승의 외마디 소리를 들었다. 은남이가 창고의 녹슨 철문을 연 것이다.

나는 방바닥에 신문지처럼 누워 있다. 풍호가 정신 병원을 탈출했다는 소식을 어제 아침에 받았다. 지붕이 낮고 허술한 우리 집 주변 곳곳에는 사복 경찰들이 잠복해 있다. 저들은 어째서 녀석을 두려워할까? 간단한 이치다. 평소 풍호를 학대하지 않았다면 이렇게까지 호들갑을 떨 필요가 없는 것이다. 아무래도 세상 사람 전부가 녀석의 양아버지인가보다.

장희는 아까부터 귤을 까먹고 있다. 나는 책상 서랍에서 그것을 꺼내 장희의 치마폭 위로 던진다.

"어?"

"풍호가 너 주란다."

"또라이."

장희가 포장을 풀어헤치고 상자를 열자, 파란 털목도리가 나온다. 풍호가 직접 뜨개질한 목도리. 거기에는 노란실로 이렇게 새겨져 있다. '장희'.

"하하. 완전히, 완조니 생또라이구만. 지금 어디 박혀 있을까, 이 화상."

나는 불현듯 나도 모르게 일어나, 장희의 멱살을 부여잡고 벽으로 몰아붙인다. 거세게 뺨을 여러 번 후려친다. 놀라 혼이 빠진 장희는 코피를 흘리며 나를 똥그랗게 쳐다본다.

"니가 감히 풍호를 우롱해? 뭐? 또라이? 진짜 또라이는 너지 이년아. 순 도둑년 주제에."

장희는 나를 밀치고 방 밖으로 튀어나간다.

급격한 고요가 밀려온다. 나는 분을 삭이며 다시 방바닥에 눕는다. 눈을 감는다. 번개에 맞아 영혼만 불타던 그 이상한 나무를 생각한다. 검게 죽어 있는 나무를 떠올린다.

……우리는 영원히 건너가는 다리이다. 거기서 다시 만나자. 나도 곧 통곡의 벽을 찾아 길에 오른다. 너는 나를 의심하는가? 너는 나를 의심하기 싫은가?

나는 슬그머니 몸을 일으킨다.

나는 창고로 걸어가 철문을 완전히 열어젖힌다. 천장 중앙으로부터 파리 끈끈이의 꼴로 흉하게 늘어뜨려진 60촉 알전구를 켜자, 초라한 광선이 어둠에 잘게 부서지면서 금 간 어항의 모래 언덕을 스산히 비춘다. 구석에서는 은남이가 새앙쥐처럼 새까만 눈동자를 부릅뜨고, 버려진 어항 속의 모래 더미로 전락한 제 엄마의 육체와 영혼을 훔쳐보고 있다.

나는 무작정 은남이의 손을 꼭 잡고 집을 나선다. 녀석은 꼭 두각시 인형이 그러하듯 아무 저항 없이 끌려온다. 우리는 동네를 지나 철길을 산책한다. 봄볕이 완연하다. 곧 여름이 올 것이다. 나무들은 더욱 왕성해지고 사람들은 더위에 허덕이며 늙어갈 것이다.

저 멀리 들판이 있다. 나무가 있다. 검게 죽어 있는 나무.

근데, 그런데, ……뭔가가 이상하다. 어떤 변화가…….

나는 은남이를 데리고 들판을 가로질러 검게 죽어 있는 나무에게 간다. 검게 죽어 있는 나무 아래에 선다. 아! 나는 내 눈을 의심할 수밖에 없다.

검게 죽어 있는 나무 군데군데, 작고 고운 연두색의 새순들이 돋아 있다! 나는 믿어지지가 않아, 그중 하나를 손으로 직접 만지고 따보기까지 한다. 물기가 촉촉하게 밴, 분명한 새순이다. 이럴 수가!

나는 까만 나뭇가지 사이로 드러난 푸른 하늘을 응시한다.

이 나무는 죽었다 살아난 것일까? 아니면 멀쩡히 살아 있는데도 아둔한 사람들이 죽었다고 착각했던 것일까? 그날 밤 내가 목격했던 광경은 대체 뭘까?

나는 은남이의 얼굴을 바라본다. 알 수 없는 고통이 얼굴에 가득하다. 은남이의 이마를 짚는다. 미열이 있다.

홀연, 어떤 확신이 내 병든 정신의 해골을 둘로 쪼갠다. 나는 은남이를 안아들고는 들판을 벗어난다. 검게 죽어 있다고 믿었던 나무에게서 점점 멀어진다. 기차를 타려는 것이다.

나는 풍호를 생각한다. 경찰들은 절대로 녀석을 찾아내지 못할 것이다. 왜냐하면 풍호는 적당히 숨은 게 아니라 성지 순례를 떠났기 때문이다. 통곡의 벽 앞에 가서 목놓아 울고는, 자신의 상처를 용서하고 몸마저 바꾼 뒤에, 영원히 건너는 다리에서 나를 기다리고 있을 테니까. 은남이가 파르르 떨고 있다.

7

은남이는 하마처럼 크게 벌어진 입을 다물지 못하였다. 충격과 놀라움이 마구 뒤섞인 그 표정은 점차 순수한 환희로 변하고 있었다.

63빌딩 수족관. 나는 영등포역에 도착해 택시를 타고 그곳으로 아이를 데리고 갔다. 나는 한 줌의 해초 같은 은남이의 손을 참새 풀어주듯 허공에 내려놓았다. 그때 튼튼한 아가미를 자랑하는 상어 한 마리가, 아름답거나 아름답지 않은 온갖 물고기들 사이를 헤집고 우리의 코앞을 지나갔다. 아이는 상어의 먹물로 가득 찬 눈동자에, 나는 넓고 시원하게 생긴 꼬리지느러미에 맞닿아 서 있었다.

굉장하지? 정말 별의별 모양과, 크기와, 색깔의 물고기들이 헤아릴 수 없이 많지? 너보다 몸집이 작고 약해 보이는 놈들도 있지? 하지만 희미하고 가녀리기에 오히려 평화로운 존재들도 세상에는 많아. 그런 것들이 서로서로 모여 있기 때문에 저렇게 예쁜 거야. 뚱뚱하고, 날씬하고, 똑똑하고, 멍청하고, 강하고, 빌빌거리고, 밝고, 어둡고, 괴롭고, 기쁜, ……그렇게 이런저런 물고기들이 각자 맘대로 돌아다니며 뒤섞여 있어야 하는 거야. 신나는 잔치를 벌여야 하는 거라구. 물고기란 니 엄마가 키우던 것들만 있는 게 아니다. 세상에는 민물고기들만 있는 게 아니라구. 우리 이제 모랫바닥만 남아 있는, 이끼와 얼룩에 찌든 더러운 어항 따윈 잊기로 하자. 치워버리자. 이 엄청난 수족관도 바다에 비하면 아무것도 아니지. 그래, 바다. 언젠가는 삼촌이 바다를 구경시켜주마. 너무너무 많은 꿈들이 한꺼번에 숨어 있어서 파도밖에는 보이지 않는 바다를.

　나는 그런 이야기를, 결국엔 아이에게 아무런 위로도 되지 않을 시시한 말들을, 절대로 너를 두고 다른 데로 도망치지 않겠다는 약속을, 혹시라도 누가 들을까봐 부끄러워, 내게만 속삭이고 있었다.

작품 해설

촛불의 욕망과 사랑의 상대성 원리

정과리(문학평론가·연세대학교 국어국문학과 교수)

촛불의 상징성

나는 쓰려던 편지는 단 한 줄도 시작하지 못한 채 무심코 어떤 그림을 그리고 있었다. 애초에 나는 깊은 바다의 캄캄한 밑바닥에서 홀로 제 몸을 환히 불태우고 있는 금빛 물고기를 염두에 두었는데, 나중에 바라본 그것은, 그냥 흰 종이 위에 파란 잉크로 새겨진 거칠고 어설픈 촛불의 형상에 불과했다.(〈무정한 짐승의 연애〉, p.133)

표제작의 첫 문단은 이응준만의 소설적 방랑의 초입에 놓인 약한 촛불인 듯하다. 썩 기이하고도 달콤한, 낭만적이고도 고 덕적인, 쓸쓸하고도 명랑한. '무정한 짐승'의 '뚱뚱하고 날씬한 편력'의. '약한'은 물론 책의 앞자리에 놓인 〈초식 동물의 음

작품 해설   279

악〉의 첫 문장, "아주 미약한 지진(地震)을 느꼈다"(p.11)에서의 '미약한'과 같은 뜻이다. 그에 이어지는 문장, "나는 깨어났다"가 그대로 암시하듯이 저 '약한'은 힘의 결핍을 가리킬 뿐 아니라, 생의 시초를 가리킨다. 그게 무엇이든. "너의 시작은 미미하였으나……"라는 절의 정신적 형식. 오로지 정신적 형식일 터이니, 결코 종교적이지도 정치적이지도 경제적이지도 않을 것이다.

그 미약한 촛불을 작가는 "어설픈 촛불"이라고 썼다. 작가가 '잔치'라고 쓴 것을 독자는 '방랑'이라고 썼다. 작가가 그렇게 쓴 데에는 암시 혹은 불안 혹은 음모가 있다. 독자의 '방랑'에는 아침 햇살의 초조감이 배어 있다. 텍스트라는 유체의 예측 불가능한 굽이침을 미리 차단하고자 하는.

그러나 이 진술은 아직 모호한 안개에 감싸여 있다. 다시 말해 미약하다. 저 어설픈 촛불이 어둠을 훈륜처럼 두르고 있듯이. 그래서 '불과'의 형식으로 존재하는 촛불이듯이. 독자는 왜 이 빗나간 편지 쓰기-그림 그리기 이야기를 하나의 '촛불'로 읽었을까? 도대체 '촛불'의 기능이 무엇이기에, 뚱뚱하고 날씬한 방랑을 비추어 가리키는 것일까?

'촛불'은 하나의 상징이라는 것을, 구태여 말할 필요는 없을 것이다, 라는 말로, 지적해두자. 물론 독자의 촛불이 그렇다. 작품 속의 촛불은, 우선은, '편지' '금빛 물고기'와 더불어 형상 실물이다. 화자 '나'가 적고자 한 것, '나'가 그리고자 한 것, '나'가 그리고 만 것 중 마지막에 해당하는 '것'이다. 그 형상 실물을 독자는 실물 형상이라고 생각했다. 다시 말해, 소설의 내용 중 아주 무심한 한 요소에 불과한 것을 이야기 전체의 압도적인 징조라고 생각했다. 이야기의 전개로 보자면, 이 '촛불'이라는 기능 단위는 우연히 그려진 "거칠고 어설픈" 것, 따라서 "부질없는" 것이어서 곧 "구겨"질 것이다. 그렇게 구겨지기 위해서 언급되고는 더 이상 촛불은 이 작품에서 등장하지 않는다. 그걸 의미심장한 징조로 읽어야 할 이유가 있을까?

우선, 기계적인 단서들이 있다. 작품의 첫 문단을 장식하고 있다는 것. 첫 문단의 비중은 작품 전체에 대해 적어도 절반을 차지한다. 게다가 첫 문단을 장식하는 것 중 유일하게 실존한다는 것. 실존 가능성이 있었던 두 개의 물건이 앞서 있었다. 편지 그리고 금빛 물고기. 그런데 편지는 씌어지지 않는다. 씌어지지 않았을 뿐만 아니라, 애초에 "부칠 곳 없는 편지"(pp.136~137)였다. '금빛 물고기' 역시 그려지지 않는다(게다가 잉크는 "파란"색이었다). 그리고 그려진 게 있는데 그것이 촛불이다.

이 기계적 단서들 위로 유기적 단서들이 출현한다. 우선, '촛불'은 실패한 편지가 낳은 실패한 금빛 물고기가 낳은 "거칠고 어설픈" 것이다. 소망이 불원으로, 필연이 우연으로 대체된 것이다. 그러나 정확하게 말하면, 이것은 우연의 결과이기에 앞서 충족되지 못한 필연의 산물이다. 그리고 그것을 곧바로 우연과 동일시할 수는 없는 것이다. 그러기 이전에 독자는 왜 하필이면 '촛불'인가를 물어야 한다. 금빛 물고기를 우연히 대체할 것, 그것은 "노란 아이스 캔디"(p.151)일 수도, 불다 만 풍선일 수도 있는 것이다. 그것이 촛불이 되고 만 필연적인 이유가 있지 않을까? 눈길을 '금빛 물고기'에 돌리기만 하면 독자는 금세 그 사정을 알아차릴 수 있을 것이다. 왜냐하면 금빛 물고기 역시 우연의 산물로서 나타나 집념의 대상이 되었기 때문이다. "쓰려던 편지는 단 한 줄도 시작하지 못한 채 무심코 어떤 그림을 그리고 있었"는데, '나'는 그것이 "깊은 바다의 캄캄한 밑바닥에서 홀로 제 몸을 환히 불태우고 있는 금빛 물고기"이기를 바랐던 것이다. 그러니 우연의 출현은 두 번만 반복되면 욕망의 변주라고 해석할 도리밖에 없는 것이다. 다음, 역시 생각의 같은 흐름 위에서, 이번에는 작품 속 다른 형상들과의 긴장을 획득한다. 3중으로 그렇다. 대조적으로, 은유적으로, 환유적으로. 대조적으로는, 촛불은 "큰형의 집례(集禮)로 추도식이 진행되었"던 "아버지의 기일(忌日)" 묘소에서의 "햇빛 깨지는 소리가 들릴 만큼 화창했"(p.156)던 날씨와 대립한다. 그 긴장은 '나'와 '큰형'의 대조로부터 발생한다. 아버지의 추궁이 있을 때마다 "순순히 참회의 눈물로 고해(告解)하였"던 '큰형'과 "이런저런 변명을 내세우며 고개를 빳빳이 들기 일쑤였"(p.139)던 '나'의 대조는 점점 확장되어 아버지가 돌아가실 때쯤에는 이미 '환한 햇살'과 '희미한 촛불' 사이만큼이나 완벽히 벌어지게 된다. '나'가 어둠 속에 거의 파묻힌 오련한 초라면, 큰형은 "검은 양복을 입고 홀로 우뚝" 선, 모든 어둠의 악령을 몰아내는 "엑소시스트"(p.157)였던 것이다. 은유적으로 그것은 '시바의 사진' 장면과 중첩된다. '나'는 그와 마찬가지로 목사의 아들이며 같은 신학교를 중퇴했으며, 아버지에 대한 반발로 신앙 모독과 비도덕적인 행위를 일삼는 Y로부터 '시바의 사진'을 받는데, 통음을 한 다음날 깨어났을 때 '나'는 건성으로 받았던 시바의 사진이 영문을 알 수 없게도 냉장고에 "스카치테이프로 네 군데의 모서리가 깔끔하게 고정된 채로" "떡하니 붙어 있"(p.146)는 것을 발견하고 놀란다. 다음은 놀람 다음에 이어지는 문단이다.

나는 냉커피를 마시며 시바를 바라보았다. 세상을 파괴하고 태초부터 다시 시작하려는, 어둠으로 가득 찬 타협 없는 눈동자를. 나는 그것을 떼어내 찢어버리려고 손을 뻗었다가는, 한낱 사진 속 고대의 청동 주조물에 신경이 곤두선 스스로가 유치하게 여겨져, 그냥 두었다.

식탁에 앉아 담배에 불을 붙였다. 피어오르는 하얀 연기, 거

기에는 J의 얼굴이 서려 있었다. 너무 톡톡 튀는 나머지 쓸쓸하
게 공명(共鳴)되는 그녀의 목소리와, 어느 여름밤 처음 뒤엉켰
던 우리의 육체도.(p.147)

　눈썰미가 있는 독자라면 이 시바의 사진이 모두(冒頭)에서의
'금빛 물고기'에, 하얀 연기가 피어오르는 '담배'가 '촛불'에 상
응한다는 것을 금세 눈치챌 수 있을 것이다. "깊은 바다의 캄캄
한 밑바닥에서 홀로 제 몸을 환히 불태우고 있는 금빛 물고기"
와 "세상을 파괴하고 태초부터 다시 시작하려는, 어둠으로 가
득 찬 타협 없는 눈동자"는 비록 정반대의 색조를 띠고는 있으
나, 전자가 '원망'과 '결핍'의 형식으로 후자가 '당혹'과 '현존'
의 형식으로 나타났기 때문에 그러할 뿐, 그 둘은 같은 에너지,
같은 절대적인 의지를 가진 같은 벡터의 이형동질체인 것이다.
물론 색조의 대립도 그냥 지나칠 것은 아니다. 그것은 '나'의 지
향이 Y의 지향과 다르다는 것을 가리킨다. Y가 아버지에 정면
으로 반항한 데 비해, '나'는 아버지를 비껴갔다. Y가 아버지의
돈으로 주색에 빠지고 '독일 공산당'에 가입하는 데 비해, '나'
는 음악을 선택했던 것이다. 이것은 '나'의 길이 '큰형'처럼 자
발적 사회화의 길과 다르며 동시에 Y의 반사회화의 길도 아니
라는 것을 가리킨다.
　마지막으로 환유적으로는 어떤가? 환유적 반향은 불가피한

것이다. 왜냐하면 은유적 차원에서 '나'의 꿈은 결락되었기 때문이다. 은유적 차원에서의 '담배'는 그대로 은유의 공포를 가리키는 표지, 즉 은유 속에 뚫린 구멍이며, 따라서 은유 속의 환유이다. 그리고 환유는 언제나 '이동' 속에서만 존재하는 법이다. "거칠고 어설픈" 촛불은 어딘가 다른 장소로 옮겨야 한다. 거칠고 어설픔, 즉 '미약함'의 이중적 가치, 어느 쪽에 무게 중심을 두든. 과연, 촛불은 뜬금없이 '은행나무'로 이동한다. 어설픈 촛불을 그리고 말았다는 작은 자괴감 이후, '나'의 시선은 "책상 앞에 놓인, 잎이 돋아난 나무토막"(p.133)에 머무는 것이다. 이 은행나무는 다시 "베이지색 냉장고"(p.136)로 이동할 것이다.

더 나아가, 촛불의 상징은 한 작품 내에 국한되지 않는다. 이미 표제작의 첫 문단과 서두작의 첫 문단 사이의 반향을 언급한 바 있지만, 이런 형상적인 조응들을 세세히 찾아내는 것은 차후로 미룬다 하더라도, '촛불'이라는 어사가 직접 나오는 대목이 네 번 있다.

(1)내 머릿속에서 그는 하나의 촛불이었다. 세계는 캄캄한데 혼자 타오르고 있어 무참히 고독한 촛불.(《초식 동물의 음악》, p.28)

(2)나는 몸을 섞었던 여자들의 수를 세어보려고, 촛불을 불

어 끄듯 그녀들의 이름을 하나하나 속으로 호명한다.(《그 침대》, p.48)

(3)오, 촛불 꺼지듯 확, 사라져버릴 수만 있다면.(《그녀는 죽지 않았어》, p.106)

(4)죽음은 젊음을 좋아해. 삶은 자그마한 촛불, 쉽게 꺼지지.(《오로라를 보라》, p.227)

이쯤 되면 '촛불'의 징조 가치는 충분히 밝혀진 것 같다. 그러나 이 길쭉한 추적이 단순히 완벽한 물증을 확보하려는 욕망의 행로는 아니다. 빈도 수로 따진다면 '촛불'보다 더한 것들, 그에 못지않은 것들도 여럿 있다. 가령, 제목들에도 쓰인 '짐승'은 어떤가? 또는 '음악'은? 물 마시듯 되풀이되는 '섹스'는? '여행'은? "주변에는 어처구니없는 죽음의 소식들 일색"(p.98)이라는 진술도 있듯이, 모든 작품에서 적어도 한 인물은 그 비참한 역할을 담당하고야 마는 '죽음'은?

그러나 작품의 표면에 뚜렷이 부각되고 또한 줄거리의 전개를 결정하는 핵자 또는 촉매로 기능하는 그것들은 오히려 그 기능성 때문에 의미의 편향을 감수할 수밖에 없다. 짐승은 존재의 타락을, 음악은 결여된 이상을, 섹스는 필사적인 대상 치환의 몸부림을, 죽음은 그 대상이 무엇이든 치명적인 상실을 반영하면서 동시에 그것을 심화하는, 좀 더 정확하게 말하면 타성화(惰性化)하는 기능을 맡는다. 이 기능적 단위들과는 달리, '촛불'은 순수한 징조로 존재하면서, 저 기능 단위들이 놓인 저마다의 차원을 한꺼번에 동시에 아우른다. 아우르면서 그 차원들 사이의 이동을 가능케 한다. 다시 말해, 타성화의 방향에 놓여 있던 기능 단위들을 활성화한다.

촛불의 기능

독자는 이미 '촛불'이 그 미약함에 의해서 생의 소멸이 아니라 오히려 생의 출발을 암시하고 있음을 보았다. 표제작과 서두작 사이의 비교를 통해 유추해낸 그러한 해석이 의혹을 불러일으킬 수도 있을 것이다. 특히나 인용된 진술들이 한결같이 촛불을 '소멸'과 '죽음' 혹은 '외로움'으로 은유하고 있기 때문에 의혹은 더욱 짙어질 것이다. 여기에 무슨 새 삶의 기미가 있단 말인가,라고 고개를 갸우뚱할 독자가 있을 것이다. 그러나 인용문들에 이어지는 문장들을 함께 살핀다면 생각이 달라질 것이다.

가령, (1)에 이어지는 문장

곧 바닥에 고름처럼 눌어붙어 꺼져버릴 촛불. 나는 그 촛불의 냄새를 맡고 있는 것만 같아 주위를 둘러보기까지 했다. 그

를 알고 있다는, 서늘한 기분이 들었다.(p.28)

인용문의 '그'는 "저 더러운 땅―고국에 대한 그의 애칭이
다―에서 겪었던 온갖 차별과 치욕을 원한에 사무쳐 토로"하
고 "한국이라는 쓰레기통이 핵전쟁으로 말미암아 세계 전도
상에서 아예 사라져버리길 바란다는 통 큰 저주"(p.27)를 퍼붓
는 글을 인터넷에 올린 어떤 청년이다. 화자 '나'는 그 청년에
게서 "세계는 캄캄한데 혼자 타오르"다가 "곧 바닥에 고름처럼
눌어붙어 꺼져버릴 촛불"의 냄새를 맡는다. 여기까지는 '촛불'
의 부정성이 악화된다. 그러나 이 느낌은 어떤 앎에 대한 느낌
으로 이어진다. "그를 알고 있다는, 서늘한 기분이 들었"던 것
이다. 도대체 '그'에게서 누구를 발견했단 말인가? 이 작품에서
이 청년과 유사한 인물은 하나도 없다. '나'의 사라져버린 친구
'해수', 유학 와서 허송세월하는 '사팔뜨기', 그와 무덤덤하게
동거하는 '코알라', 외도를 한 '아내', 아내와 불륜 관계를 맺은
'남자' 그 누구도 청년과 같은 치욕을 겪은 적이 없으며 그와 같
은 원한을 세상에 대해 가진 적이 없다. 심지어 성 불능 상태이
고 얼마간은 그 이유로 부정을 저지른 아내와 이혼을 했으며 사
라진 친구 해수를 찾아 나선 '나'마저도 그렇다. '나'에게도 치
욕이 있다면, 그것은, 청년의 경우처럼 '명명백백'한 것, 아니
'명명백백'의 형태로 주장되기는커녕, 스스로에 의해서도 부인

되는 것이다. "내가 이혼을 결심한 것은 단순히 아내의 외도 때문이 아니라, 더 이상 아내에게 아무것도 해줄 수 없는 내 한심한 처지를 절감해서였"(p.17)던 것이다. 그런 '나'에게 '저주'가 있을 리는 더욱 없을 것이다.

그렇다면, "그를 알고 있다는, 서늘한 기분"은 어찌 된 일인가? 이 기분을 해독하려면 다음 두 가지 사항을 고려해야 한다. 첫째, 작품 속의 다른 인물들이 청년과 같은 경험과 감정을 공유하고 있지 않은 것은 분명하지만 그러나 그럼에도 불구하고 그 경험과 감정의 어떤 부분이 다른 인물들의 경험 및 감정과 접점을 이루며 감정의 유로(流路)를 열고 있다는 것이다. 잘 알다시피, 무의식의 움직임이 바로 이러한 '하나 같은 점einziger Zug: single trait'을 통해 동일시에 도달한다는 것을 가르쳐준 사람은 프로이트다. 가령 도라Dora는 사랑하는 아버지의 천식을 흉내낸다(《집단 심리와 자아 분석》). 이 '하나 같은 점'을 통해, '나'의 의식 속에서, "목숨에 무관심한 그 사내"(p.30)인 아내의 정부를 제외한다면, 다른 모든 인물들은, 그들의 감정의 실체가 분명하거나 불분명하거나에 상관없이, 모두 '청년'의 고통의 둘레에 모일 수 있다. '해수'와 '아내'의 경우는 분명한 고통의 사연을 가지고 있으며, '사팔뜨기'에 대해서도 '나'는 "정작 기이한 것은, 그를 지나치게 예민한 자로 만든, 어떤 사소하고 비밀스런 고통일 뿐"이라고 그에 관한 "짧은 기억을 정리"(p.40)

하며, 비교적 무심해 보이는 '코알라'에게서도 '나'는 "나를 배웅하려 문을 닫는 코알라의 눈에서, 아리송한 색채의 물비늘을 보아버리고 만다. 거기에는 사팔뜨기에게 존경을 표하거나, 내 나약함을 꾸중하던 때의 그것과는 전혀 다른, 어떤 뼈아픔이 서려 있었다"(p.26). 이렇게 해서 감정의 유로가 열리고 인물들의 고통은, 그 사연을 알 수 없는 채로, 또한 이질적인 갈래들을 유지하면서 사방으로부터 '나'에게로 몰려든다. '나'의 우심방으로. 어느새 나는 저 '청년'이 나와, 그 경험의 양상과 강도는 다르지만, 어쨌든 동류임을, 다시 말해, 먼 데서도 알아볼 수 있는 같은 핏줄임을, 동일 혈액의 족속임을 느끼는 것이다.

그리고 '나'는 이 동일시 과정을 통해 재형성된다. "불현듯 스스로가 연약한 초식 동물로 느껴"(p.29)지고, "소라든가 양, 염소 같은 초식 동물들만 번제(燔祭)의 제물로 쓰여지는 것이 억울"(p.29)하게 생각되어 "신(神)에게 따져묻고 싶"은 충동에 휩싸이는 것이다.

그러나 감정의 혈액은 좌심실을 통해 다시 배출된다. 배출되는 것은 유입된 것과 다른 피다. 신선한 피가 흘러나가기 위해서는 심장이 잘 작동해야 한다. 동일시는 언제나 부분적인 동일시일 뿐이다. 그 부분성을 전체로 착각할 때 각종의 도착이 일어난다. 도착의 유혹을 혹은 도착의 파국을 이겨내기 위해서는 무의식도 '윤리'가 필요하다. 결코 충족의 형식으로 그것을 받아들일 수 없다는 것. 무의식의 심장을 지탱하는 것은 무한한 욕망이 아니라 욕망의 한계이다. 라캉은 그런 방향에서 저 '하나 같은 점trait unique'을 '하나스러운 점trait unaire'으로 개역하면서, 그것의 기능은 통합이 아니라 구별이며, 그 점에서 그것은 "차이의 근거support de la diffrence"(《동일시》, 1961~1962년 세미나 중, 1961년 12월 6일 및 같은 달 13일의 세미나 참조)라고 말했던 것이다. 왜냐하면, 저 연결의 기표가 지워진 실재를 대신할수는 없기 때문이다. 말을 바꾸어, 청년의 고통을 매개로 해 인물들 사이의 유통로가 열렸다고 해서, 인물들 저마다의 이질성이 어느 하나로 수렴될 수는 없는 것이다. 혹은 그 '어느 하나'는 항구적인 부재로 무의식 속에 간직될 뿐인 것이다. 즉, 억제될 뿐이다. 바로 여기에서 두번째로 고려할 사항이 떠오르는 것이니, 바로 '나'가 "그를 알고 있다는" 기분이 "서늘한"이란 기이한 형용사에 의해 수식되었다는 것이며, 그 서늘한 기분에 뒤이어, 나는 어떤 격정에 침닉하기는커녕, "여행을 계속해야겠다"(p.28)는 결심을 밝힌다는 것이다. 동류화가 범주의확정이고 따라서 하나의 머무름이라면, 화자는 바로 그 순간에떠나는 것이다. 그리고 방금 전에 독자가 보았던 '나'의 격정, 초식 동물의 원통함은, 실은, "금방 목구멍으로 넘어간 한 줌의 기억조차도 믿지 못해 자꾸자꾸 되새김질하는 소심한 초식동물"(pp.29)이라는 자기 연민을 통해 미리 희석당하며, 또한 신에 대한 원망 역시 "뭐 특별한 이유랄 것도 없이 어느 날 문득"(p.29)이라는 얼버무림에 의해서 우발성의 구멍 속으로 사라진다.

그러니까 일종의 역설이 실천된 것이다. 동일화의 과정이 이질성의 확인으로 귀착하는. 감정 이입의 흐름이 그 흐름의 성분들 자체로써 이룬 어떤 판막을 통해 편류(偏流)를 일으킨 것이다. 편루(偏陋)로부터 솟아나 편루로부터 이탈한 또 하나의 획 혹은 물갈래. 그 역설을 지시하는 형용사가 '서늘한'이다. '서늘하다'는 문자 그대로의 뜻으로는 '간담이 서늘하다'라고 말할 때의 갑작스러운 두려움을 지시한다. 그러나 "꽤 시원할 정도로 신선하다"(조재수,《한국어 사전》)는 뜻도 있다. 가령, 그 형용사를 가장 빈번히 사용하는 김주연이 "초월은 뜨겁다기보다 서늘하다. 그것은 모든 현실을 현상적으로만 파악하지 않고, 본질로서 파악하고자 하는 자의 가슴에서 우러나오는 분위기이다"(《문학을 넘어서》, 문학과지성사, 1987, p.112)라고 진술했을 때의 '서늘함'은 삶의 근본성에 대한 맑은 깨달음 속에서 우러나오는 느낌이다. 〈초식 동물의 음악〉의 '나'가 느낀 서늘함도 그 점을 포함하고 있지 않을까? 왜냐하면, 이 서늘한 느낌은 궁극적으로 작품의 서두를 장식한 "아주 미약한 지진"에 대한 느낌으로 이어질 것이기 때문이다. "예민한 상수리나무 뿌리만이 알아차릴 수 있는"(p.11) 그런 감각을 '나'는 원래 소유하고 있지 못했다. 그 감각의 소유자는 따로 있었다. 그것을 가진 '사팔뜨기'의 능력이 어느새 '나'에게로 전이된 것이다. '나'가 '사팔뜨기'와 만나서 그의 하찮은 삶과 특이한 감각을 알아본 후에 그의 삶에 대해 "그는 기이하지 않다. (……) 정작 기이한 것은, 그를 지나치게 예민한 자로 만든, 어떤 사소하고 비밀스런 고통일 뿐"(p.40)이라고 이해하게 되는 과정을 거쳐서, 그 전이는 실행되었다. 다시 말해, 동일화를 경유한 객관화 속에서 그 감각이 '나'에게 발생한 것이다. 그리고 그 감각은 "묘연히 목숨을 거머쥐"(p.12)게 한 감각이다.

촛불의 장소들

이응준의 소설을 음미하려면 내부에서 희미하게 타오르는 '촛불'을 찾아낼 수 있어야 한다. 그렇다는 것은 서사적 차원을 넘어선 곳에 그의 소설의 중핵이 놓여 있다는 것을 뜻하며, 또한 서사적 차원의 내부 구도가 촛불에 의해서만 그 중층성을 드러내고 각각의 층위가 서로 교통할 수 있다는 것을 뜻한다. 앞에서 말했듯, 촛불은 순수한 징조이다. 그것이 서사의 중층 구조를 한꺼번에 비출 수 있는 것은 그 때문이다. 그러나 그것의 존재 양태가 꼭 순수한 징조일 수는 없다. 그것이 그렇게 존재하는 것은 오직 '비유'로서뿐이다. '촛불'이라는 어휘가 직접 나오는 다섯 번의 예를 독자는 이미 보았다. 그 구절들에서 '촛불'은 오직 비유로서만 나타나 있지 않은가? 그런데 비유는 원본의 존재를 전제할 때만 가능하지 않은가?

이 질문을 단순히 이해하면 낡은 질문이 된다. 원본에 소설의 참된 중심이 있다고 가정해야 하기 때문이다. 그리고 그 원본은 서사의 굽이에서 찾을 수밖에 없다. 그러나 이응준의 촛불은 그게 아님을 독자는 보았다. 소설의 중심은 서사 바깥에 있다. 바깥에 있음으로써 그것은 서사의 표면을 꿰뚫어 내부의 포개져 있는 주름들을 비추었다. 그러나 그럼에도 불구하고 그 중심이 순전히 비유로서만 존재할 수는 없다. 그것은, 이런 말을 해도 된다면, 이야기의 실존으로서의 서사에 배어 있어야 한다.

독자는 이런 가정을 해볼 수가 있다. 촛불이 서사의 흐름 속에 존재한다면 그 역시 포개진 형식으로 존재할 수밖에 없다고. 그리고 그렇게 포개짐으로써 촛불은 서사의 완강한 표면을 허물고 있다고. 그렇게 해서 서사의 중층 구조를 드러낼 뿐만 아니라, 그 주름들 각각의 표면마저도 허물어 소통을 시키고 있다고. 그렇다면 독자는 원본이 허물어지는 자리를 찾아봐야 하리라. 또한 독자는 자신의 물음을 증축할 수 있다. 왜 이런 내재적 촛불이 필요한가? 다시 말해 촛불이 존재하는 원인, 더 나아가 촛불이 내재화되는 원인은 무엇인가? 물론 독자는 촛불의 원인을 얼마간은 알고 있다. 촛불의 기능을 인과율로 표현하면 곧바로 원인이 된다. 그러나 그럼에도 독자가 여전히 원인에 대한 미진한 감정을 가지고 있다면 그것은 기능의 필연성을 물어야 하기 때문이다. 촛불의 기능이 텍스트의 중층 구조를 밝히는 것이라면 왜 그래야만 하는가? 그것은 결국 서사의 필연성을 묻는 일이 된다. 서사에 무슨 문제가 있기에 서사의 거죽 안에 그런 주름들이 존재하는가? 그러니 서사의 형식을 일별하기로 하자.

《무정한 짐승의 연애》에 실려 있는 작품들은 서사적 차원에서 일관된 설정, 구성, 주제를 담고 있다. 그것은 이 책이 '하나의' 풀리지 않는 문제로부터 발생하여 폭발하였다가 그 폭발의 힘으로 다시 원래의 문제로 집요하게 회귀하고 있다는 것을 암시한다. 간단히 살펴보기로 하자.

우선, 인물. 다섯 개의 인물 집합이 있다. '나' '그녀' '아버지/엄마' '친구/형제' '아이/동물'이 그들이다. '나'의 집합에 속하는 인물들은 한 작품을 제외한 모든 작품에서 '나'로 지칭되고 있다. '그'로 지칭되고 있는 〈오로라를 보라〉에서도 '그'는 내부 초점의 인물이기 때문에 '나'라고 지칭해도 달라지지 않는다. 이 첫번째 집합의 인물들은 화자인 동시에 인물이다. 인물로서의 이들은 모두가 넓은 의미에서의 사랑에 실패한 존재들이며, 그 실패로 인해 자신을 '연약한 초식 동물'이거나 '무정한 짐승'으로 여기고 있다. 여기에서 사랑의 실패는 단순히 남녀 관계를 가리키지 않고, "우리는 서로에게, 마주 보고 있다 한들 전부 실종 상태가 아닌가"(p.224)라는 구절로 간명하게 요약할 수 있는 관계의 무정함을 가리킨다. 이 관계의 무정함으로부터 비롯되는 두 짐승 이미지는 한편으로 순차적인 인과율을 이루고 있다. '나'는 '연약한 초식 동물'이기 때문에 완전한 사랑에 다다르지 못했고, 그 실패의 되풀이에 대한 두려움이 '나'를 '무정한 짐승'으로 만들며, 그러한 태도는 결국 관계의 무정함을 더욱 심하게 만든다. 즉 '연약한 초식 동물'에서 '무정한 짐승'으로 변신하고, 그 때문에 괴로워하는 게 이 집합의 일차적인 태도이다. 다른 한편, 두 짐승 이미지는 포함 관계에 놓여 있기도 하다. "누구나 가슴속에는, 어두운 짐승을 서너 마리쯤 사육하고 있게 마련이다"(pp.206~207)라는 진술에 드러나듯이 말이다. 이렇다는 것은 '무정한 짐승'은 갑주를 입은 '초식 동물'이며, '초식 동물'은 '무정한 짐승'의 본색이거나 구실이라는 것을 뜻한다. 본색으로서의 초식 동물은 불가피하게 무정한 짐승으로 의장하지 않을 수 없으며, 다시 무정한 짐승은 초식 동물에 대한 강박관념 때문에 보호색을 벗지 않을 수 없다. 무정한 짐승은 잔혹한 왕으로 완성되지 못하고 '정'에 의해 허물어진다. 무정한 짐승으로의 변신을 가장 강도 높게 시험한 〈길과 구름과 바람의 적〉의 '나'는 그 점에서 범례적이다. '아내'를 잃고서 자신이 "시간에 썩어들지 않는" "자유로운 영(靈)"(p.165)임을 깨달은 '나'는 "인간들이 지옥에 대한 두려움이나 천국에 관한 희망에 의지하"는 "굴욕의 혼세를 말끔히 정리"하고 "아무도 사랑하지 않"(p.179)는 세계를 만들기 위해 "신의 가호를 받는 작은 신"으로서 "멀고 긴 여행"(p.182)을 떠난다. 그 여행은 "얻고자 하는 힘을 증가시키고 궁극까지 점화하려는" "장래의 고결한 권력자로서 반드시 거쳐야 할 통과 의례"(p.139)이다. 그리고 마침내 "영원히 죽지 않기 위해"(p.148) 죽은 스승을 파괴함으로써 스스로 "온갖 물체를 바다 없는 늪처럼 빨아들이는 블랙홀"(pp.196~197)로서 "산 채로 미라가 되"어 "저승의 모진 공격에도 부활"하는 신이 되기 위한 마지막 몰입에 들어간다. '나'가 스승을 파괴하는 까닭은 죽음의 공포 혹은 죽음으로부터의 초월 위에서 태어난 신이 아닌 삶 그 자체의 신, 천국과 지옥이라는 저승의 약속을 통해서 성립하는 신이 아니라 "생명의 사슬을 끊고(이것은 생명/죽음의 대립의 변주로 이루어진, 죽음의 공포에 짓눌린 삶의 사슬이라는 뜻으로 정확히 이해되어야 한다) 우주의 왕"이 되기 위한 것이다. 그리고 '나'의 뒤에 숨은 '작가'는 그러한 신-되기가 결국 "아무도 추모하지 않는 레퀴엠"(p.197), 삶의 광채가 그 자체로서 완벽한 암흑으로 존재하는, 자가당착의 늪에 빠지는 일이라는 것을 암시하지만, 이것은 독자의 자유에 맡겨진 해석이다. 그보다 더 중요한 것은 그러한 과정 속에서 '나'로부터 "중도를 정등각하여 극을 버리고" "만사가 융통한 세계를 갈망"하는, 따라서 시간의 힘에 자신을 내맡기고 마는 "내 안에 있는 (⋯⋯) 실패작"(p.184)인 '법현'이 갈라져 나가고, '나—법인'이 '법현'을 살해하기 위해 추적하는 과정이 작품의 동체를 이룬다는 것이다. '법인'에 의한 '법현'의 살해, 의지의 초인으로서의 '나'에 의한 영락 없는 감성의 인간으로서의 '나'의 살해는 거꾸로 무정한 짐승으로서의 '나'가 끊임없이 유정한 인간으로서의 '나'에 대한 강박관념에 사로잡혀 있다는 것을 보여준다. 법현을 살해하고 난 이후에도, 법현의 여자를 강간하는 순간, '나'는 "누군가가 닫힌 차창을 툭툭 두드"리는 소리에 "고개를 뒤튼다". 그것은 "꽃비였다. 알이 굵은 벚꽃잎들이 온통 지면서 이루는 하얀 피의 소나기였다./ 부활할 수 없이 죽은 예수, 법현의 통곡이었다"(pp.194~195). 유정함 혹은 초식 동물에 대한 무정한 짐승의 강박관념, 그것이 '나'를 잔혹한 짐승의 완전한 권화(權化)에 이르게 하지 못하고, 계속 '방랑'하게 만드는 것임은 더 말할 게 없다.

이 '나'의 둘레에 다른 인물들이 배치된다. 그런데 이 인물들은 앞에서 보았듯 '나'와의 동일화를 경유하여 이질성으로 귀결하는 인물들이다. 인물들은 따라서 '나'와 세계의 관계를 재정립하기 위해 동원되는 보조역이며, 그것은 '단편'에 적합한 설정이다. 이들의 기능은 그러나 미미한 것이 아니다. 첫째, 이들이 없다면 '나'의 유위 변전이 불가능하기 때문이며, 둘째, '나'를 둘러싸고 그들의 기능은 전방위로 뻗어 있기 때문이다. 그들의 기능은 곧 그들의 실존인 것이며, 그 실존은 썩 강력한 것이다. 오히려 미미하고 미약한 것은 '나'이다. 왜냐하면 '나'는 이들을 관통해서만 자신을 재정위할 수 있기 때문이며, 또한 이들이 보여준 다양한 입장들에 대해 '나'는 끝끝내 입장의 유보 속에 머물러 있음으로써 자신의 에너지가 벡터를 갖지 못하기 때문이다.

이들을 앞에서 '그녀' '아버지/엄마' '친구/형제' '아이/동물'의 집합으로 분류하였다. 이 분류에 앞서서 이 인물들이 똑같이 '나'와 마찬가지로 '연약한 초식 동물'로부터 자신들의 생을 시작하고 있음을 지적해두어야 할 것이다. 이것이 이들과 '나' 사이의 동일화의 조건, 혹은 '나'와 이들 사이에 동일화의 관계를 유추할 수 있는 조건이다. 이들 중, 어떤 이들은 '무정한 짐승'으로 변신하며 어떤 이들은 '초식 동물'의 양태에 붙박여 있다는 것이 가장 먼저 눈에 띄는 양태이다. 그러나 이 양태에 따라 분석을 시도하다가는 낭패에 빠지기 십상이다. 왜냐하면 초식 동물과 무정한 짐승 사이에는 사실상 경계가 없기 때문이다. 간단히 말해 그 녀석이 저 녀석이다. 따라서 오히려 그들이 출현한 원래의 까닭을 살펴 그들의 기능을 세분하는 것이 타당할 것이다. 그 까닭에 비추어보면 무엇이 보이나? 한마디로 몰아서 이들은 '나'의 '원인'을 구성한다는 것이 그것이다. 이들의 행동과 태도가 '나'에게로 전이된다는 게 이 인물들의 기능의 초점이므로.

첫번째 집합, '그녀'는 '나'와 직접적인 관계를 맺고 있는 인물들이다. 그런데 이 인물 집합의 반은 '나'와 육체 관계가 있으며 동시에 죽거나 사라졌고(〈초식 동물의 음악〉의 '해수', 〈그 침대〉의 '문영', 〈그녀는 죽지 않았어〉의 '마리아', 〈길과 구름과 바람의 적〉의 '아내'), 반면 나머지 반은 그 두 특성 중 하나를 결여하고 있다. 〈해시계를 상속받다〉의 '소영', 〈무정한 짐승의 연애〉의 J, 〈짐승의 편지〉의 '수정'은 나와 육체적 관계를 맺고 있으나 죽지 않았으며, 〈뚱뚱하고 날씬한 물고기 잔치〉의 '형수'는 죽었으나 '나'와의 관계는 육체적이지 않고 가족적이다. 앞의 절반을 '그녀' 집합 내의 '무거운 소집합'이라 부르고 나머지 절반의 '그녀'들을 '그녀' 집합 내의 '가벼운 소집합'이라고 부르자. 무거운 '그녀'들에 미루어보면, '그녀'의 인물 집합은 '나'의 방랑의 원인, 정신 분석의 용어로 치환해 욕망의 원인을 구성한다. "그 여자들은 신과 악마의 것이 아니라 영원한 나만의 것이다"(p.112)라는 구절에 그대로 지시되어 있듯이 말이다. 이 욕망의 원인이 죽거나 사라진다는 것은, 욕망의 원인은 언제나 결락의 형태로만 드러난다는 것을 가리킨다. 그러나 가벼운 '그녀'들이 등장하거나 '그녀'가 표면적으로 없는 작품들에서는 그렇게 명확하지 않다. 오히려 다른 인물들이 욕망의 원인을 구성하는 듯이 보인다. 가령, 〈해시계를 상속받다〉에서는 '아버지'가 그 기능을 수행하는 것처럼 보이며, 〈무정한 짐승의 연애〉에서는 '노래'가, 〈짐승의 편지〉에서는 '엄마'가, 〈뚱뚱하고 날씬한 물고기 잔치〉에서는 조카 '은남이'가 그러한 듯이 보인다. 그만큼 '나'와 엇비슷한 비중을 작품 안에서 차지하고 있는 인물들이 그들이다. 한편, '나'가 '그'로 대체되어 있는 〈오로라를 보라〉에서는 '그녀'가 부재하거나 아니면 친구 '호시노 오사무'가 욕망의 원인인 것처럼 보인다.

그러나 그렇지 않다. 물론 '나'와 비슷한 비중을 차지하고 있는 인물이 나머지 절반의 작품들에서는 '그녀' 집합이 아닌 게 분명해 보인다. 그러나 가만히 들여다보면 이 '센' 인물들은 '그녀'와 다른 기능을 하고 있다. 가령, 〈해시계를 상속받다〉의 '아버지'는 욕망의 원인이 아니라, '의지'의 원인 혹은 '고통'의 원인이다. 제목이 그대로 지시하고 있듯이, 아버지가 산 삶을 어떻게 '나'가 이어서 살 수 있느냐가 이 작품의 기본 주제이기 때문이다. '아버지'가 '그녀'와 다르다는 것을 보여주는 분명한 표지가 또 있다. 아버지는 무정한 짐승, "반인반수"이지만 '그녀'는 초식 동물에 가깝다는 것이다. 〈그녀는 죽지 않았어〉의 '마리아'가 "내가 짐승이라는 것을 잊을 바엔, 차라리 나를 창조했다는 신을 잊겠다"(p.121)고 비망록에 적고 있지만, 그 짐승은 '나'의 여자 속옷 도벽에 대해 깔깔거리고 웃듯이 정이 넘쳐나는 짐승이다. 한편, '그녀'가 아닌 다른 인물이 '센' 작품들에서도 가벼운 '그녀'들은 거의 어김없이 등장하는데, 이들은 무거운 '그녀'들과 유사한 속성을 가진다. 〈해시계를 상속받다〉의 '소영'은 "그 여자가 애무해주고 있는 남자는, 그녀가 기다려왔던 그"(p.90)인 것처럼 '정'의 표징이 붉은 반점들처럼 돋아나 있는 인물이다. 그러니까 가벼운 '그녀'들은 무거운 '그녀'가 변이된 존재로 보는 게 합당하다. 무엇이 변이되었는가? 욕망의 원인으로서의 기능을 상실했다는 것이다. '소영'은 욕망의 원인이 되지 않은 채로 성적 욕구의 대상으로 변하였다. 이때 결락은 잉여가 된다. 쓸데없는 것에 대한 무의미한 탐닉. 〈무정한 짐승의 연애〉의 J는 '무거운' 그녀들과 비교해 '죽지 않았다'는 사실만 다른데, 그것은 J가 '나'의 무정함을 조정할 수 있는 능력을 가지고 있기 때문이다. 그것은 J가 욕망의 원인이 빠진 자리에 감각(지식)의 원인을 보충했다는 것, 다시 말해, 〈초식 동물의 음악〉에서의 '사팔뜨기'가 가진 것과 같은 예지적 능력의 일부 속성이 '그녀'에 결합되었다는 것을 뜻한다. 〈짐승의 편지〉에서의 '수정'은 우선 욕망의 원인으로 제시된다. '나'는 "수정. 세상은 내게 천둥과 우박말고는 공짜로 준 것이 없었으나, 이 아이만큼은 다르다"라고 생각하면서 "수정을 기다리고 있는" 시간을 "순결한 시간"이라고 정의한다. "이 아이만큼은 다르다"(p.248)는 것은, 세상이 내게 수정을 공짜로 주었다는 뜻이 아니라, 세상은 내게 기필코 대가를 요구하지만, 수정만큼은 절대로 내어주지 못한다, 는 뜻이다. 즉, 수정은 오직 나만의 존재라는 것이다. 따라서 수정은 분명 욕망의 원인이지만 그러나 작품 속에서 적극적인 역할을 하지 못한다. 그것은 '나'가 '엄마'에 대한 강박관념에 빠져 있기 때문이고, '엄마'가 '고통의 원인'으로서 나의 욕망을 차단하고 있기 때문이다. "사랑아, 고통이란 그런 것이다. 무게에 눌려 부서지고 마는 것. 더이상은 자라지 못하는 것이다"(p.249)라는 진술은 그것을 그대로 가리킨다. 따라서 수정은 욕망의 원인이되 원인으로서의 힘을 상실한 존재라고 할 수 있다. 〈뚱뚱하고 날씬한 물고기 잔치〉는 얼핏 욕망의 주체가 '은남이'로 대체된 것으로 보인다. 그러나 그렇지 않다. '나'는 여전히 말하는 주체이며 시선의 주체이다. '은남이'의 행동은 모두 '나'의 시선을 통해 '나'의 뇌를 거쳐 '나'에 의해 전달된다. 하지만 '형수'가 '나'의 욕망의 원인이라고 보기는 어렵다. 그것이 이 작품을 전체의 맥락 속에서 자리를 매기기 어렵게 만든다. 그런데 찬찬히 들여다보면 '나'에게는 욕망의 원인이라고 할 만한 게 없다는 점을 알 수 있다. '나'에게 문제가 없는 건 아니다. 함께 살던 형수 내외가 죽었고 자라지 않는 병에 걸린 조카가 남았으며 누이 '장희'는 도벽에 시달리고 있다. 그러나 이 문제들은 '나'가 원하는 것과는 직접 관계가 없다. 게다가 '나'는 자신을 "만사에 의욕이 없는 얼간이"라고 생각하고 있고, 그런 생각 자체를 두고 "잠시 나답지 않게 심각한 생각"(p.263)에 빠졌다고 여긴다. 무엇보다도 "나는 가난하기는 하였으되 감히 나 자신을 두고 오로지 불행하였노라고는 여기지 않았다"(p.265).

나에겐 불행의 원인이 없고 따라서 욕망의 원인도 없다. 그러나 불행의 원인은 없으나 '나'는 불행과 인접해 있다. 그것이 '나'의 변화의 계기가 된다. 우선 '나'는 스스로 불행하다고 생각지는 않았으나 그렇다고 한 번도 행복하지도 않았다. 행복의 부재는 결국 불행이 아닐까? '나'는 어느새 그렇게 생각하게 된다. "여하튼, 어두운 낙천주의로 나 자신을 근근이 지켜온 내게, 진정한 의미의 재주란 결단코 없었다. 기껏해야 그것은 자신을 점점 비루하게 만드는 침울한 잔재주에 불과했다"(p.266)는 것이다. 이 생각의 이동을 야기한 계기는 표면적으로는 우연히 점을 본 사건이지만 심층적으로는 집으로 오는 오솔길 위에서 "죽은 나무가 마른 하늘로부터 내리꽂힌 번개 줄기에 맞아 성난 도깨비처럼 불타오르는" 사건이다. '나'는 그 광경을 보면서 "괴이"(p.257)한 느낌에 사로잡힌다.

"어마어마한 벼락을 멀쩡히 견딘 죽은 나무는, 요기로운 화염에 활활 휩싸여서도 전혀 사그라지지 않았던 것이다. 나는 어떤 야릇한 손길에 이끌려, 칠흑의 벌판 가운데서 거대한 횃불 노릇을 하고 있는 죽은 나무를 향해 천천히 나아갔다. 희한한 느낌이 머리통을 둔중하게 누르고 있었다. 마음이 편안한 두려움? 미소가 지어지는 외로움? 만약 이런 억지 표현들이 가능하다면, 당시의 내 기분이 꼭 그랬다. 게다가 일종의 심리적 쇼크였을까? 아니면 뭣에 홀렸던 것일까? 오줌을 지려도 부족한 마당에, 나는 누구라도 알 만한 동요를 옹알거리고 있었다. 아무튼 그런 식으로 삐적삐적 발걸음을 옮기는데, 갑자기, 막무가내로, 내 존재 자체가 쓰으윽, 하고는 암전되었다. 나는 그 순간, 내가 죽은 거라고 생각했다.

다음날 아침, 나는 잡풀 더미에 왼쪽 볼을 차갑게 댄 채로 깨어났다. 나는 내가 어느 틈에 정신을 잃고 쓰러졌는지 알 수 없었다."(pp.257~258)

'나'는 불현듯 환각에 든 것이다. 존재의 '암전'을 야기하고 또한 존재의 깨어남을 통해 사라지는. 이 환각에서 주목할 게 두 가지 있다. 하나는 이 기억의 진술 속에서, 이 "사그라지지 않던" "화염"이, "횃불 노릇"이라는 스쳐 지나가는 어휘의 변주를 통해, '촛불'의 환각적 확대, 즉 '실재'로서의 촛불의 출현임이 암시되고 있다는 것이다. 다른 하나는 이 환각에서 '나'

는 "마음이 편안한 두려움" 혹은 "미소가 지어지는 외로움" 비슷한 결코 필설로 다할 수 없는 "희한한 느낌"에 사로잡히며, 자신도 모르게 "누구라도 알 만한 동요를 옹알거리고 있었다"는 것이다. 첫번째 사항은 저 화염이 앞에서 보았던, (2)그릴 수 없었던 "금빛 물고기"와 같은 계열에 놓인다는 것을 한편으로 알려주면서, (1)다른 한편으로 욕망의 실재성을 알려준다. 즉, 표면적으로 욕망의 원인이 없다는 것은 거꾸로 욕망을 야기한 '박탈' 혹은 '상실'이 '실재'한다는 것을 가리킨다는 것이다. 그리고 욕망의 부정이야말로 '그것'이 아주 가까이 다가와 있다는 것을 알려주는 신호라는 것이다. 그러나 그것은 '표현'되지 않는다. 단지 환각의 횃불로 강렬하게 비추어졌다는 것이다. 그럼으로써 그 깜깜한 어둠의 존재가 깜깜한 형상으로 그것의 '있음', 좀 더 정확하게 말해 그것의 외존(外存)ex-sistence을 무섭게 지시하는 것이다. 두번째 주목 사항은 저 표현될 수 없는 것이 (3)다른 무엇의 출현을 유발한다는 것이다. 바로 희한한 느낌과 함께, "누구라도 알 만한 동요"를. 왜 동요일까? 그것은 그것이 '나'를 유년으로 복귀시킨다는 것을, 그리고 그 유년은 '소통'이, 다시 말해, '나'가 결핍하고 있는 '사랑'이 가능한 세계라는 것을 암시한다. "누구라도 알 만한"이라는 수식구가 그 암시를 열며, 그 암시는 일차적으로는 수평적 소통에 대한 지시이지만("누구라도 알 만"하다는 것은, 동요가 원래 그렇듯이, 여럿

이 함께 불렀다는 뜻을 포함하고 있다), 은근하게는 발설될 수 없는 것과의 수직적 소통까지도 암시한다. "마음이 편안한 두려움" "미소가 지어지는 외로움"으로 엇비슷하게 표현된 느낌은 그래서 발생한 것이다. 하지만 그건 말 그대로 암시일 뿐이다. 대신 이 암시는 그 자체의 형식으로 어떤 실제적인 형상과 연결되어 '나'로 하여금 그 형상을 통해서 '나'에게 막연히 주어진 암시를 살아내는 기운으로 바꾸게 하는 것이다. 독자는 그 어떤 실제적인 형상이 '은남이'임을 금세 눈치챌 수 있을 것이다. 아직 '동요'의 세계를 살고 있는 존재, '나'의 시선 속에서 "매일 그곳에서 한 아이가 새앙쥐처럼 새까만 눈동자를 부릅뜨고, 버려진 어항 속의 모래 더미로 전락한 제 엄마의 육체와 영혼을 훔쳐"보며 "창고의 녹슨 철문은 열리고 닫힐 적마다, 반드시 밤 들판을 헤매는 외로운 짐승의 소리를 지르는"(p.256) 존재. 그러니까 앞에서 독자가 욕망의 주체를 얼핏 '은남이'로 착각할 뻔한 것도 우연이 아니다. 실은 '나'가 '은남이'에게 동일화되었던 것이며, 그 동일화에 의해서 인접한 불행을 자신의 불행으로 끌어안을 수 있게 된 것이며, 그리고 바로 이것이 미묘하고도 결정적인 것인데, 그 덕분에 '나'는 생의 의욕을 찾을 수 있게 되었던 것이다. 표면적으로는 나중에 불타버린 나무에서 새순이 돋는 걸 발견한 것이 은남이를 버리려 했던 애초의 결심을 되돌리는 계기로 작용하고 있으나, 사실 그것은 이미 무의

식 속에서 형성된 의지를 의식으로 부상시키는 절차에 다름아
니다(표면적으로만 읽으면, 그 계기는 얼마나 작위적으로 비치는가). 그
리고 그 순간 왜소증에 걸린 은남이는 새순과 동일시된다. "홀
연, 어떤 확신이 내 병든 정신의 해골을 둘로 쪼갠다"에서 "은
남이가 파르르 떨고 있다"(pp.278~279)로의 느낌의 이행은 곧
바로 죽은 나무로부터 새순이 돋아나는 절차를 인간의 몸에서
되풀이하는 것이다.

　이 분석을 통해서 독자는 몇 가지 결정적인 단서를 얻게 되었
다. 그 단서들은 이상한 방식으로 순서가 매겨진 번호들의 주
위에 놓여 있다.

　(1)촛불에 대한 욕망의 실재성 확인. 앞에서 독자는 촛불이
순수한 징조로서 인물들의 다양한 태도들에 유로를 내고 교섭
하게 하는 기능을 가진다는 것을 보았었다. 그때 촛불은 순수
한 징조이고 실체를 갖지 않는 것으로 여겨졌다. 그러나 그게
순수한 징조라면 다양성을 비추는 데 기능할 수 있지만 어떻게
교섭까지 가능케 하겠는가? 그래서 독자는 그것의 실존성을 가
정할 수밖에 없었다. 그것은 마치 양성자와 전자 사이의 매개
자로서 가정된 '뉴트리노'와 같다. 그런데 그 실존이 환각을 통
해서 확인된 것이다. 그것의 실재는 환각으로만 출현한다. 그
러면서 그것은 필설로 표현될 수 없는 깜깜한 어둠의 실재성을
밝힌다. 횃불 혹은 금빛 물고기가 촛불의 실재이듯, 이 어둠은

인물들의 다양한 입장들, 이제는 '나'의 다양한 원인들이라고 이해할 수 있는, 그 입장들의 실재이다. 깜깜한 어둠으로서의 실재가 있다는 것. 그 실재 역시 "나는 누군가가 나를 여러 차례에 걸쳐 호명하는 소리"(p.272~273)처럼 그 역시 환각으로만 나타난다. 환각으로 출현해서 그것은 '나'의 다양한 원인들, 즉 '나'가 동일화되려고 하는 인물들의 다양한 입장들 어느 것도 진짜 실재가 아니라는 것을 가리킨다. '나'가 끝끝내 어떤 동일화로부터도 빠져나와 이질성의 위치에 머물고 방랑의 도정 속에 놓일 수 있게 된 것은 그 때문이다.

(2)촛불은 텍스트의 실존 속에 도처에 스며들어 있다는 것이다. 환각으로 출현하는 방식을 통해서. 이로써 독자는 서사의 문맥 속에서 해독이 어려운 "거미줄처럼 금이 간 누런 달" "빨간 풍선" "홍염" "금빛 물고기" 등의 존재 이유를 알 수 있다. 그것들은 촛불의 환각적 출현이다.

(3)〈뚱뚱하고 날씬한 물고기 잔치〉에서 욕망의 원인은 부재하는 대신 '나'와 대등한 비중을 차지하고 있는 인물로 '은남이'가 출현했으며, 은남이의 욕망의 원인이 '나'에게로 전이되었다. 그 결과는, '은남이'가 나에게 삶의 원인으로 작용한다는 것이다. 새 출발을 하기 위해서는 어린이의 상태로 있어야 한다는 것. 심지어, '은남이'가 왜소증에 걸린 것조차도 '아이'의 상태로 머물고 싶어 하는 욕망의 표현이라고까지 할 수 없더라

도 '나'에게 적극적 조건으로 작용한다는 것을 독자는 보았다. 자라지 않음은 삶의 이력을 줄인 만큼 삶의 가능성을 크게 키우는 것이다. 그것이 삶의 원인으로 작용하는 소이이다.

마지막으로 〈오로라를 보라〉가 남았다. 유일하게 '나'가 '그'로 지칭된 작품이다. 여기에 '그녀'는 없다. 친구인 '호시노 오사무'에게는 잃은 아내가 있으나, '그'는 호시노 오사무에게 동일시될 틈이 없다. 자신의 문제에 시달리고 있기 때문이다. '그'를 힘들게 하는 것은 '엄마'다. 그 점에서 이 작품은 〈짐승의 편지〉와 유사하지만 그러나 '그'에게는 '수정'과 같은 존재가 없다. 또한 이 부재하는 욕망의 원인은 〈뚱뚱하고 날씬한 물고기 잔치〉에서처럼 '종합적'이기 때문에 부재하는 것이 아니라, 선험적으로 없다. 한편, '무거운 그녀'들에게서 나타났던 '그녀'의 한 특징, 즉 죽음이 '엄마'에게서 일어난다. 그렇다면 이 작품은 욕망 자체가 의지 혹은 고통으로 치환된 경우가 아닐까? 강박(억제) 신경증의 집요한 억제의 결과와도 같이. 과연 '호시노 오사무'가 찾아 나선 것은 "반쪽짜리가 아닌 완전한 오로라"(p.231)였다. 광휘의 형태로 변용된 욕망의 실재를(욕망의 실재란, 진짜 욕망을 가리키는 것이 아니라, 욕망을 태어나게 한 결정적인 결락을 가리킨다). 그러나 좀 더 정확하게 말해야 한다. 독자는 오로라가 촛불의 환각적 형태임을 방금 보았다. 그것을 통해 결락된 실재는 '깜깜한 어둠'으로서 모습을 드러냈다. 그것을 두고 저 깜깜한 어둠이 도대체 무엇인가, 라는 질문으로 가는 것은 무의미하다. 거꾸로 그것이 깜깜한 어둠으로 나타남으로써 그 어둠을 실체로 대체하고자 하는 모든 입장들의 욕망을 제어하고 있다는 것이 핵심이다. 그 제어를 가능케 한 것이 촛불의 환각적 출현이다. 이것은 '호시노 오사무'의 죽음을 향한 구도의 길이 결코 어떤 확정적 이상에 도달하기 위한 것이 아님을 엄숙히 가리키고 있다.

또 하나 주목할 점이 있다. 이 작품에서는 동일화가 일어나지 않는다는 것. '그'의 문제와 '호시노 오사무'의 문제는 병렬적으로 개진된다. 병렬은 게다가 확장된다. '그'-'엄마'의 관계와 '현대무용가 K선생'과 선생의 '형부'와의 관계가 병렬된다. '호시노 오사무'의 방랑과 '니코스 카잔차키스'의 "방랑"(p.225) 사이의 관계도 그렇다. 이 병렬은 작품 속의 주체와 작품 밖의 주체(작가) 사이에서도 작동하지 않겠는가? 동일화가 일어나지 않는 병렬의 끝없는 복제, 바로 이것이 내부 초점의 인물을 '나'가 아니라 '그'로 지칭하게 했을 것이다. 이 병렬은 "신은 모든 육체를 부수며 부는 사랑의 바람"(p.226)이라는 카잔차키스의 경구를 상기시킨다. 이 작품의 심층적 주제를 이 한마디로 요약할 수 있을 것이다. 욕망이 의지로 치환될 때 의지는 모든 정신적 에너지를 욕망을 억제하기 위한 힘으로 집중하면서 독사Doxa의 형태를 취한다. 그래서 의지 자체가 괴물스런 욕망으로 변한다. 그러한 도착을 이겨내려면 의지는 사랑이 되지 않을 수 없다. 그 사랑은 모든 존재를 하나로 만드는 사랑이 아니라, 모든 것을 부수는 사랑이다. 의지의 자발적 약화로서의 사랑은 "원래의 사랑의 대상으로부터 떨어져 있다는 감각을 유지"(프로이트, 〈애정 생활의 가장 일반적인 냉각에 대해〉)시킨다.

네 개의 원인

'욕망의 원인'으로 작용하는 '그녀'들을 살펴보는 데 많은 시간이 흘렀다. 그러나 이 시간이 그냥 장황했던 것만은 아니다. 이 과정 속에서 독자는 이응준 소설의 핵심 구조를 파악할 수 있었다. 그것은 '그녀'들을 살피는 작업이 불가피하게 다른 인물 집합들도 함께 뒤져보도록 한 때문에 가능할 수 있었다. 이 나머지 집합들은 흥미롭게도 원소들이 양극으로 쏠려 이중적인 형상을 취하고 있다. 그 집합들은 모두 대위쌍 개념으로 표현된다. '아버지/어머니' '형제/친구' '아이/동물'. 처음의 두 집합, '나'와 '그녀'가 중앙 집중적 형상을 취하는 데 비해, 나머지 세 인물 집합이 양극 분화적 양상을 취한다는 것은 단편들의 모음인 이 텍스트가 나/세계의 대립을 핵심 구조로 가지고 있으며 그것이 나/그녀의 문제로 압축되었다는 것을 가리키며,

이 문제의 해소 불가능성이 나/아버지(/어머니), 나/친구(/형제), 나/아이(/동물)의 위성 구조들을 낳는다는 것을 또한 가리킨다. 나머지 세 인물 집합은 그러니까 나/그녀의 원-대립으로부터 태어나 이질화된 변이체들로서 원-대립의 착종을 조절하는 작업을 수행하는 한편, 그 스스로 자율화되어 원-대립의 문제를 자신의 문제로 대체하려는 기운을 내뿜는다. 그러나 지금까지 독자가 본 바에 의하면, 그 대체의 기운은 집중되지 못하고 다시 해체되며 어떤 구조에도 정착하지 못하고 끊임없이 방랑하는 '나'의 움직임의 자원으로 작용한다. 그것을 가능케 하는 것이 촛불의 기능이다. 덧붙여 나/그녀의 대립이 원-대립을 이루고 있다는 것은 이응준의 소설이 근본적으로 상처의 소설이라는 것을 가리킨다. 즉, 무정한 짐승이고자 안간힘을 쓰는 초식동물의 소설이라는 말이다.

이제 위성들을 이루고 있는 나머지 인물 집합들을 간략히 정리해보기로 하자.

두번째, '아버지/어머니' 집합. 이 집합은 의지의 원인 혹은 고통의 원인으로 작용한다. 이들은 '무정함'의 권화들이다. 얼핏 보아 아버지와 어머니는 아주 다른 모습을 띠고 있지만, 그들이 공히 '그녀'의 유정함의 반대편, 즉 '무정한 짐승'들인 것은 분명하다. 아버지의 '무정함'은 의지의 총화로서 발생한다. 삶의 상처 혹은 결여를 자신의 정신적 태도를 극단화시켜 그것을 행동으로 출현시키는 일, 그것이 아버지가 한 일이며, 하는 일이다. 그 전형적인 형상은 미래의 아내로부터 "키가 작다는 것"으로 "모욕"을 당하자 "3미터가 넘는 죽마"를 타고 나타나 그녀를 내려다보는 장면(p.79)이다. 어머니의 '무정함'은 상처를 의지로 대체하려는 데서 오는 것이 아니라 상처를 의식하지 않는 것, 즉 순수한 무심함의 태도에서 비롯된다. 우리가 통상 '이기심'이라고 부르는 것. "나는 자식에게 뭘 바라고 그러는 유치한 엄마가 아냐. 그치만, 엄마가 몸이 아플 경우엔, 무조건 잘 돌봐줘야 하는 거야. 알았지?"(p.203)라면서 '나'를 결코 놓아주지 않는 어머니, 아버지들을 빈번히 갈아치우면서 오로지 자신의 일에만 관심을 쏟는, 그러면서도 많은 남자들이 "사랑해주는" 〈짐승의 편지〉의 어머니, 혹은 의붓딸을 강간하고 폭력을 휘두르는 남편과 그냥 함께 사는 '해수'의 어머니, 혹은 "한밤중 막걸리에 잔뜩 취해 집으로 돌아오다가, 자전거를 탄 채로 저수지에 빠져 죽"(p.57)은 어머니가 그 어머니들이다.

이 아버지/어머니가 '나'에게는 의지의 원인이며 동시에 고통의 원인이다. 의지의 원인인 것은 '나'가 그들을 닮으려 한다는 것을 가리키며, 고통의 원인인 것은 그러한 의지의 실천이 타인을 끊임없이 상처입히거나 상처 속에 살게 하기 때문이다. '나'가 그들을 닮으려 하는 이유는 분명하다. 그들이 '홀로 선' 자 혹은 '스스로 살아남은 자'이기 때문이다. 그들은 "대역사의 아수라장을 종단하는 도중에 인육으로 허기진 배를 채웠"(p.94)으며, "정과 망치로 대형 냉장고만 한 바위를 쪼아대"(p.239)며 "바위를 어떤 짐승으로 만들고"(p.241) 신을 "간증"(p.215)하고 "죽음을 희극 배우로 만들"(p.65) 줄 아는 이들이다. '나'에게 그들이 동시에 고통의 원인인 이유도 분명하다. 이 "무정한 악어의 아가리 냄새"(p.241)를 풍기는 존재들을 닮는 것은 스스로 무정한 짐승이 되는 일이기 때문일 것이다. 무정한 짐승이 되는 것은 초식 동물의 상처를 방치하거나 먹어 없애는 일이기 때문이다. 그러나 이 고통의 원인의 원인은 좀 더 복합적이다. 왜 나는 아버지나 어머니처럼 되지 못하는가? 〈길과 구름과 바람의 적〉의 '법인'은 왜 끝끝내 법현에 대한 강박 관념에 시달리는가? 표면적으로 그 순정한 의지 혹은 순수한 무관심의 삶이 실은 온갖 더러움의 총화이기 때문이다. 아버지를 찾아간 기도원 산 아래에서 마셨던 시원한 물의 원천이 기도원이 버린 온갖 오물로 더럽혀져 있는 것을 발견했을 때의 놀라움. 그러나 여기에서 한 걸음 더 나아가야 한다. 그것은 무정한 짐승이 자신의 상처를 먹어치움으로써 '거듭난' 게 아니라, 자신의 상처를 결코 해소하지 못한 채 억누르려 한 몸부림 끝에 어쩔 수 없이 변신해간 존재들이라는 것이다. 아버지의 수의 속에는 "미당 서정주의 처녀 시집 《화사집》"(p.75)이 숨어 있었던 것이다. 아버지가 남긴 해시계는 눈부신 계율과 원리의 상징이 아니라 해독되어야 할 문서였던 것이다. 그것은 적어도 아버지의 "수의 속에 심장처럼 박혀 있던, 문둥이가 숨어 있는 미당 서정주의 진본《화사집》과 동의어였을 터이다"(p.98).

그러니까 이들은 자기 멋대로 산 사람이 아니라 자기에 '취해' 산 사람이다. 잊기 위해서 혹은 자신의 상처를 승화시키기 위해서. 저 무정한 악어의 아가리 냄새를 피우는 어머니의 지하실에도 "이름 모를 타악기 연주와 휘파람 비슷한…… 유목민의 노래, 바람의 노래"(p.236)가 숨어 있었던 것이다. 그 어머니가 '나'에게 전화를 걸어 자신이 "만든 짐승"을 보라고 말하는, 〈짐승의 편지〉의 마지막 장면은 그 점에서 되풀이해서 읽어야 할 괴이한 장면이다.

"내가 만든 짐승이다. 무지막지하지?"

"……."

"희랍의 것도, 중국의 것도 아닌 최초의 짐승 말이야. 기계를 초월 직전에 이겨버리는, 아주 현대적인 놈이다."

우, 그때 그 바위가 이제 저 짐승이 되었구나! 은빛 이빨을 드러낸 채 두 팔을 활짝 벌린 짐승은 천천히 움직이고 있다.

"어떠니?"

"슬퍼요. 아름다워요."

"깔깔깔―."

"엄마, 개들은 죽어서 무지개다리를 건너지요?"

"그래, 가거라! 바람이 많이 불지? 그리로 들어가!"

나는 언제나 신이 나와 함께했음을 익히 깨닫고 있었다. 그는 내가 괴로워하고 기뻐하던 꼴을 곁에서 다 지켜보았던 것이다. 때문에 나는 더 쓸쓸하였다. 나는 옥상의 난간을 넘어 허공을 걸어가고 있다.(p.251)

이 장면에서 '어머니'는 "개들은 죽어서 무지개다리를 건너지요?"라는 아들의 물음에 무관심한 '무정한 짐승'이 아니다. 오히려 그녀가 만든 '무지막지한 짐승'이 무지개다리와 통함을 그녀는 밝힌다. 그녀는 또한 바람의 고뇌를 알고 있다. 그녀가 만든 짐승은 그 바람으로부터 '나'를 보호해줄 것이다. 그 끝에 '나'는 나를 지켜보는 신의 존재를 깨닫는다. 잘 알다시피 신은 종교인들이 요구하듯 금욕의 끝에 있거나 철학자들이 성찰하듯 무관심의 끝에 있는 것이다. (인간 세상은 신이 만들어놓고 지켜보는 무대에서 노는 꼭두각시들 아닌가?) 의지와 고통의 원인은 절대적 존재로 추상화되는 대신 '나'는 홀로 쓸쓸히 지상에 남는다. 어머니의 무정함 뒤에 감추어져 있던 억눌린 상처를 안고. 아니, 지상을 허공 걷듯 걷는다. 초월된 것의 원본을 내장하기 때문에 어쩔 수 없이 끊임없이 발이 지상에서 떨어져서 허공으로 들어올려지는 것이다. 그것이 '나'의 방랑의 의미이다.

세번째, '친구/형제' 인물 집합은 감각 혹은 지식의 원인이 된다. 대체로 친구들은 '호시노 오사무' '사팔뜨기'처럼 '나'의 욕망, 의지의 근원에 대한 암시를 '나'에게 주는 역할을 한다. 앞에서 말한 대로 J의 경우는 욕망의 원인이면서 감각의 원인으로 변형된 존재이다. 〈무정한 짐승의 연애〉의 Y의 경우는 주목할 만하다. 증오하는 아버지의 돈으로 주색에 빠지고 또 같은 논리적 맥락에서 독일 공산당에 가입하는 Y는 욕망을 향락으로 몰고 간다. 그런데 이 성향은 '사팔뜨기'에게도 소극적인 형식으로 내재되어 있는 것(스트립쇼를 즐긴다)으로, Y가 '친구' 집합의 다른 인물들과 동떨어진 존재가 아니라 원 존재의 변형임을 알 수 있다. 그 변형의 의미는 무엇인가? 감각 혹은 지식의 원인은 물신화fichisation에 노출되어 있다는 것. 욕망의 원인, 다시 말해 작은 대상 a의 결핍이 낳은 '시니피앙의 연쇄'에 고삐가 풀리면서 매 순간의 결절점이 은유로 작동할 때, 욕망의 원인을 대신해 선택된 대상들은 매 순간 즉물적인 소비의 대상으로 출현하는 것이다. 이때 감각 혹은 지식은 대상의 소비를 향해 분출하고 그 소비 자체가 욕망이 된다. 앞에서 보았던, 인터넷에 글을 올린 청년의 한국에 대한 '저주' 역시 그 물신화의 예로 읽을 수 있다. 다른 한편, Y는 〈뚱뚱하고 날씬한 물고기 잔치〉의 '장희'와 "뻔뻔한 활기"를 공유하면서 장희와 달리 "나이브한 천성"(p.270)을 갖지 않는다. Y의 뻔뻔한 활기는 그가 감각·지식의 소유자이기 때문에 작위적으로 실천된 것이다. 반면, 장희의 나이브한 천성은 그녀의 '무지', 백치성을 가리킨다. 이 무지는 양상은 다르지만 〈무정한 짐승의 연애〉의 '큰형'의 속성이기도 하다. "대형 덤프트럭이, 깜박이도 켜지 않고 갑자기 끼어들었"을 때 "반사적으로" "오, 주여!"(p.159)를 내뱉는 사람. '큰형'은 계율이 지식의 외양을 하고 몸에 달라붙은 존재다. 그는 "검은 양복을 입고 홀로 우뚝 서 있는" 존재, 다시 말해 광채가 죽은 신성의 대리인이다. 그러니까 여기에서 지식/무지의 대립을 가르는 기준은 얼마나 많이 알고 있느냐가 아니다. 욕망의 원인에 놓인 균열을 눈치채고 있는가 아닌가의 문제이다. 그 최초의 선택만 다를 뿐 '친구/형제'는 함께 '아버지/어머니'의 파생물들이다. 의지 혹은 고통의 원인이 불타올라 추상화된 자리에 신이 있음을 앞에서 보았다. 그 용암이 지상으로 흘러 구체화된 자리에는 '친구/형제'가 있는 것이다. 의지가 계율이 되고 계율이 양식화되는 것. 고통이 형식을 찾아 향락의 마니에리즘을 생산하는 것, 그 전형적인 형상이 '큰형'이고 Y이다. 이것은 지식은 의지의 아들이며 지식의 과잉은 지식의 부정(형식화)으로 귀결한다는 것을 보여준다. 이 길을 '호시노 오사무'와 J는 피할 수 있었는데, '호시노 오사무'는 자신의 죽음을 대가로, J는 다른 남자와의 결혼과 아이의 죽음을 대가로 그럴 수 있었다. '호시노 오사무'의 경우는 의지의 파생물로서의 지식의 방향을 거꾸로 의지 쪽으로 되돌림으로써 가능했으며(이것은 모든 지식은 비판적일 때만 생명이 있다는 상식을 그대로 환기시킨다), J의 경우는 욕망의 원인으로부터 이탈하는 것이 다른 남자와 결혼하는 계기가 되는데, 거꾸로 그것은 '나'에게 욕망의 원인이 향락을 향해 변이되어 나가는 것을 막는다. "그렇다면 몰락한 나는, 그 많은 과거의 여자들 가운데 왜 유독 J를 그리워하고 있는가? (……) 아이러니컬하게도 그건, J가 나를, 진지하게 대해주었기 때문이다."(p.149) '아이'의 죽음은 그러한 고착의 허구적 처리이다.

그러나 그것이 정말 허구적이기만 할까? 아이는 죽어 "유골가루"를 남긴다. 그걸 J가 '나'에게 건넨다.

물론 그렇지 않겠지만, 혹시라도 괴로워하지는 마. 오빠에겐 그럴 자격조차 없으니까. 죄인이긴 나도 마찬가지야. 알고도 모른 척 속아준 남편에게 미안해. 그이는 아이를 너무 사랑했기 때문에 고통받고 있어. ……오빠와 나, 둘 중에 하나가 죽었어야 했어. 그런데 이렇게 뻔뻔하게 살아 있잖아. 아이가 대신 하늘나라로 간 거야.(p.160)

앎의 원인으로서 J가 전하는 깨우침은 이렇다. 그럴 자격이 있는 자만이 괴로워할 수 있다는 것, 아이 대신 J와 '나'가 "뻔뻔하게" 살아남았다는 것. 괴로워할 자격이 없다는 것은 '아이'의 존재 자체에 대해 마음을 둔 적이 없다는 것 외에는 달리 읽히지 않는다. "둘 중에 하나가 죽었어야 했어"라는 것은 직접적으로는, 고통받는 남편과 대비되어, 아이에게 무심했던 행위에 대한 비난이다. 그런데 속사정이 깊다. 우선 아이에게 무심했다는 것, 정확히 말해 자신에게 책임이 돌아가는 존재에 대해 무심했다는 것은 비난의 사유가 되며, 그 존재가 죽었을 경우 자신 또한 살 가치를 상실했다는 뜻을 포함한다. 다음, 남편의 고통은 '사랑'의 결과라는 것, 따라서 '나'와 J가 살 가치가 없다는 것은 곧 사랑의 포기라는 죄 때문이라는 것이다. 다시 다음, 남편은 자신의 책임이 아닌 아이를 사랑했다는 것, 그것이 J에게도 '죽었어야 하는' 비난을 유발한다는 것이다. 즉 죄는 비례적으로 증대된다는 것. 책임 없는 사람의 행동에 비추어 책임 있는 J의 행동은 그만큼 죄에 해당한다는 것이다. 이 관점을 넓히면, 사랑을 실천하는 최소한의 한 사람만 있다면 세상에 사랑이 없음을 한탄하는 사람은 누구든 잘못을 범하고 있다는 논리가 성립한다. 마지막으로, 죽지 못했으면 잘 살아야 한다는 것. 왜냐하면 자신들의 죄를 '아이'가 대속했기 때문. '아이'도 의지에 관계없이 예수의 역할을 떠맡을 수 있는 것이고 그 덕분에 살아남은 사람은 삶의 책임을 가중적으로 떠맡는다는 것이다.

여기에는 사랑의 상대성 원리라고 할 만한 것이 압축되어 있다. 독자는 애초에 '참된 만남'이라는 뜻으로서의 사랑의 실패로부터 출발한 이응준의 소설이 사랑의 윤리학으로 완성되는 지점에 선다. 그러나 그 윤리학은 단순한 것이 아니다. '사랑'이라는 것이 무조건적인 절대적인 명제로 주어지는 것이 아니기 때문이다. 이에 대해서는 잠시 뒤로 미루기로 하고, 우선 기왕 하던 일을 메지내기로 하자. 궁극적으로 이 대목은 네번째 인물 집합, '아이/동물'이 삶의 원인임을 보여준다. 〈뚱뚱하고 날씬한 물고기 잔치〉의 '은남이'가 그러했듯이. 다른 한편 동물들 역시 삶의 원인으로 작용한다. 가령,

나는 마치 잃어버린 유년(幼年)의 심장을 되찾은 것처럼 놈을 꼬옥 끌어안으며, 그만 그 자리에 대자로 드러눕고 말았다. 아아, 신은 그런 식으로 내게, 자기가 데리고 있기 싫은 절름발이 천사를 내려 보냈던 것이다.(p.104)

에서, 길거리에서 만나 개가 내가 "잃어버린 유년(幼年)의 심장을 되찾"게 해준 것처럼. 다만, 동물은 아이가 삶의 소중함을 일깨우는 것과는 달리 삶의 하찮음을 증거한다. 그 증거에도 불구하고 동물이 삶의 원인으로 작용하는 것은 그것이 그 하찮음의 증거를 통해 '다른' 삶을 각성시키기 때문이다. 방금

읽은 인용문의 '개'가 신을 상기시키듯이. 혹은 "개들은 죽어서 무지개다리를 건넌다"는 진술처럼. 또한 그것을 발견했을 때 '문영'이 탄성을 지른 '낙타'처럼. '문영'은 "낙타를 타고 싶어"한 반면, '나'는 "낙타가 지저분하고 무서웠다"(p.58). 그러나 문영이 죽은 후, 문영을 그대로 복제한 '운영'과의 섹스 도중에 '나'는 자신이 "낙타와 그 짓을 하는 중"(p.64)임을 발견하고 경악한다. 운영은 '문영'에게서 욕망의 원인이 빠져나간 존재이다. 이때 욕망은 성적 욕구 그 자체로 변형된다. 그리고 앞에서 말했던 것처럼 이때 욕망의 원인은 '텅 빈 대상'이 아니라 잉여로, 폐기물로 변질된다. "문영과 똑같은 방식으로 나를 애무하며 쾌락을" "리드"(pp.56~57)해 나가는 운영과의 섹스에서, "운영의 신음이, 화장터 같은 시멘트 다리 밑 사방으로 낮게 깔"(p.63)리고 있다고 느끼는 것은 그 때문이다. 〈해시계를 상속받다〉에서 '나'가 '소영'과 섹스를 벌이면서 "나는 반인반수와의 더러운 기분을 청소해버리고 싶다"(p.90)라고 생각하는 것도 '나'가 무의식중에 소영을 폐기물 처리장과 동일시하고 있음을 보여준다. 그런데 '문영'과의 섹스는 어떠했던가? '문영'이 욕망의 원인이라 했을 때 그것은 언제나 결여로 나타난다는 것을 함의하고 있다. 따라서 '문영'이 현실적 존재일 때 그는 갈망의 대상이자 동시에 불만의 대상이다. 갈망은 불만에 의해서 증폭되고 불만은 갈망에 의해서 증폭된다. 그것은 주체와 대상 사이의 무자비한 상호 공격을 낳는다.

우리는 우리의 사랑이 사랑이 아니라는 것을 익히 알고 있었다. 그것은 공격이었다. 상대방의 살덩어리를 통해 자신에게 가하는 혹독한 자해였다. 우리는 점점 더 외로워져갔고, 그것을 애써 모른 체함으로써 관계를 유지했다.(p.55)

욕망의 원인은 존재할 때 '의식'되지 않는다. 그것의 공동(空洞)은 차츰 잉여를 누적시킨다. 그 결과가 '운영'이다. 그러나 잉여물로 전락했을 때야 비로소 욕망의 원인은 재출현한다는 것을 〈그 침대〉는 보여준다. 문득 예전에 '문영'이 탄성을 지르고 타보았던 '낙타'로 운영이 변해 있었던 것이다.

하학!
나는 폐가 터져나갈 것 같았다. 나는 낙타를 끌어안고 있었다. 운영은 낙타로 변해 있었다. 나는 낙타와 그 짓을 하는 중이었다. 낙타는 갈색의 긴 눈썹을 열어 새까만 눈동자로, 마름모꼴의 주둥이에서 튀어나오는 미지의 방언으로 탄식하고 있었다. 눈물을 흘리며 나를 원망하고 있었다. 그 뜨끈한 슬픔이 내 와이셔츠를 활활 적시고 있었다. 나는 너무도 괴로워 허리를 크게 젖혔다. 아. 녹슬고 구멍이 숭숭 뚫린 갓을 쓴 가로등 아래, 눈발이 겨울바람에 동그라미를 그리며 지상을 향해 떨어지고 있었다. 어둠의 자궁에서부터 이 병든 세계로 죽음의 정액이 쏟아지고 있었다. 우리의 고통처럼 차가운 바늘에 뒤덮인, 철퇴 같은 눈송이들이었다.(pp.64~65)

독자는 반전을 유의해야 할 것이다. '운영'이 낙타로 변하는 순간, 우선 낙타는 더럽고 흉한 낙타이다. 그런데 그 더럽고 흉함이 묘사되는 순간, 낙타는 "탄식"하는 낙타, "눈물을 흘리며 나를 원망하"는 낙타로 돌변한다. 그리고 '나'는 "죽음의 정액"을 맞고 깨어난다. 그것은 "철퇴"처럼 '나'를 친다. 이 환각에 이어서 곧바로 '문영'과의 대화가 나오는 것은 이 각성을 통해 다시 욕망의 원인이 잉여로부터 공동으로 복귀하기 때문이다. '문영'의 말은 그 복귀를 그대로 실천하는 말이다.

누가 내 시체를 내려다본다는 건 상상만 해도 끔찍해. 정육점의 고깃덩어리처럼 영혼이 없는 내게서, 코를 틀어막고 눈살을 찌푸린다는 건.(p.65)

이 복귀의 매개자가 '낙타'이다. 낙타는 '나'를 다시 살게 한다. 낙타는 '나'의 삶의 원인이다. 동물이 환기하는 삶은 동물의 비천함에 의해서 '다른' 삶으로 나타난다. 〈그 침대〉의 낙타가 궁극적으로 "천산북로와 천산남로를 따라 타클라마칸 사막을 가로질러 가는 낙타들의 긴 행렬"(p.48)인 것은 그 때문이다. 그 '다른' 삶을 '이곳에서의 삶'으로 바꾸는 것은 '아이'이다. '아이'에 대해서는 이미 앞에서 충분히 얘기했다. 다만 이 점을 지적하기로 하자. 지식의 원인이 의지의 아들인 것과 비례하여, 삶의 원인은 욕망의 자식이라는 것. 그러나 자식들은 부산물이 아니라 부모의 산파이다. 아비가 자식을 낳은 것과 마찬가지로 자식이 아비를 낳는다. 자식을 낳은 아비와 자식이 낳은 아비 사이에는 엄청난 '돌연변이'가 있다. 그러나 한마디 덧붙여야 한다. 그 자식은 자연의 산물이 아니다. 자연의 산물로서의 자식은 과잉 향락에 침닉하고 폐기물로 전락한다. 아비를 잉태하는 자식은 그런 자식이 아니라 반성하는, 말의 정확한 의미에서 생의 심연을 비출 줄 아는 자식이다. 더러운 낙타와 탄식하는 낙타 사이에도 돌연변이가 있다. 그 돌연변이를 가능케 하는 것은 '촛불'이다. 모든 선택들에 유예를 선고하고 선택들 사이에 각성과 성찰의 수액을 흐르게 하는 작업이다. 그것이 의지의 치명적인 미달과 과잉 향락 사이의 긴장을, 욕망의 깜깜한 어둠과 끔찍한 잉여의 상태 사이의 긴장을, 가로질러서는 욕망의 절대적인 결핍과 향락의 지긋지긋한 유희 사이의 긴장을, 그리고 수직적 초월의 상승력과 그 역시 수직적인 추락의 현기증 사이의 긴장을 머흘은 방랑의, 그러니까 순례의 지평선 위로 펼치는 것이다.

사랑의 윤리학 혹은 글쓰기의 욕망

그 돌연변이의 핵심적인 면모는 사랑의 재탄생이다. 독자의
'방랑'은 사랑의 실패 혹은 초식 동물의 상처로부터 무정한 짐
승의 잔혹함을 거쳐 사랑의 윤리학으로 나아갔다. 그 윤리학
이 결코 단순하지 않음을 지적했었다. 무엇보다도 그것은 선험
적으로 주어지는 것이 아니기 때문이다. 선험적인 명제가 아니
기 때문에 이 사랑은 소설의 방랑 끝에 겨우 도달하는 명제이면
서 동시에 소설의 방랑을 처음부터 새로 출발케 하는 원자핵으
로서의 명제이다. 그 윤리학의 핵심 명제가 책의 중심을 이루
고 있는 표제작의 맨 마지막 문단에 배치된 까닭이 여기에 있다
고 독자는 생각한다. 이 사랑의 윤리학은 그런 의미에서 사랑
의 양자역학이다. 그것은 다른 태도들, 그러니까 의지와 향락
과 몰입과 포기라는 위성들을 탄생시키면서 동시에 그 위성들
과의 긴장을 통해 끊임없이 궤도를 수정하며 붕괴하고 합성한
다. 사랑의 원자핵 주위를 도는 전자들을 독자는 최소한 네 개
를 발견하였고, 그것을 각각 욕망의 원인, 의지의 원인, 지식의
원인, 삶의 원인으로 명명하였다. 그것들 사이의 상응 관계에

대해서는 앞에서 자세히 기술한 바가 있다. 그것을 기하학적으로 도형화하는 일이 남았는데, 그 일은 이 글을 쓰고 있는 소설의 독자까지 포함하여 이 글을 읽는 독자에게 맡기련다. 그 상관 관계의 추적을 통해서 밝혀진 것은,

(1)사랑의 실재는 없음으로 있다

(2)그것의 '없음'은 '나'를 방랑케 한다

(3)'나'의 방랑은 그것의 '없음'을 '있음' 쪽으로 단속(斷續) short-circuit시키는 태도들에 영향을 받는다

(4)그 태도들은 '나'에게 동일화로 작용하는 원인들이다

(5)적어도 네 개의 원인이 있다

(6)그 원인들은 사랑의 부재로부터 태어났으나 사랑과는 다른 태도를 형성한다

(7)이 원인들은 자율화되면서 서로를 파생하고 서로를 제어한다

(8)이 파생과 제어를 소통의 유로 속에서 궁극적인 결정 불가능성의 상태로 유예시키는 힘이 있다

(9)그 힘은 촛불로 표상되며 환각으로 출몰해 저 원인들에 삼투하고, 사랑의 '없음으로 있음'을 환기한다

(10)사랑의 부재와 원인들의 결정 불가능성 사이에서 사랑으로의 복귀 혹은 사랑의 윤리학이 태어난다

(11)사랑의 윤리학은 선험적인 것이 아니라 구성적이며, 따라서 유동적이다. 그것에 사랑의 상대성 원리라는 이름을 붙여 줄 만하다

이다. 이것이 낭만적이고도 고딕적인, 쓸쓸하고도 달콤한, 난해하고도 상쾌한 이응준 소설이 거쳐간 머나먼 길이다. 모든 서사적 배치, 모든 묘사와 진술과 대화, 모든 경구, 모든 비유들은 그 머나먼 길을 형성하는 포석들이며 포석들의 구성이다.

마지막으로 두 개의 질문이 남은 듯하다. 첫 번째 질문. 이 사랑의 윤리학, 아니 사랑의 양자역학은 사랑의 존재론인가? 아마 그럴 것이다. 그렇다는 것은 이응준의 소설이 시공의 경계를 넘어서 있다는 것을 가리킨다. 그러나 오늘의 사회·문화적 상황과 이 소설이 전혀 무관하다고 말할 수는 없을 것이다. 우선 빌려온 소재들이 당연히 이 시대의 것이다. 그러나 소재는 차용물이 아니다. 거기에는 소설가의 생활 경험이 녹아 있다. 그 경험의 집적체인 소재들이 글쓰기에 작용하지 않았을까? 다시 말해, 이응준의 소설은 이응준이 산 시대에 반향하는 것이 아닐까?

소설가보다 좀 앞선 세대의 독자가 제일 당혹스러웠던 것은 그 사랑의 실재의 깜깜한 어둠의 색조이다. 사랑을 '인생의 목적Telos'이라는 좀더 포괄적인 어사로 바꾸어보면 문제는 좀

더 명료해진다. 아무리 텔로스의 이데올로기적 성격에 대해 수많은 경고를 들었다 하더라도 독자는 분명한 명제, 분명한 목표에 익숙한 세대이다. 이응준의 소설에는 그게 보이지 않는 것이다. 다만 그 어둠을 수식하는 형용어들은 숱하게 발언된다. 전부 부정적인 쪽으로. 기억나는 대로 몇 개만 예를 들어보자. "비참과 부조리는 도처에 널려 있다"(p.90), "백성들이 이방의 자식들과 상간(相姦)하여 이상향은 지옥으로, 야마 왕은 염마왕으로 변한 것"(p.186), "신의 상실, 그것이 인간의 죽음이다"(p.177), "지옥일 수는 있으나 낙원일 수는 절대 없는 세상"(p.137). 독자가 당혹한 것은, 과잉된 형용어가 지시하는 실상이 보이지 않는다는 것이다. 도대체 무엇이 비참하고 무엇이 부조리하다는 것일까? 인터넷의 그 청년이 한국에서 당한 수모라는 건 도대체 무엇일까? 다른 한편, 저 과잉된 형용어들과 그것들에 뒷받침된 확실한 실천들은 또 왜인가? 어떻게 "한국이라는 쓰레기통이 핵전쟁으로 말미암아 세계 전도상에서 아예 사라져버리길 바란다는 통 큰 저주"를 퍼부을 수 있을까? 이것은 몸의 관성에 젖은 독자까지 포함하여 소설가가 살고 있는 시대의 새로운 사회 패러다임에 반향하는 것은 아닐까? 왜냐하면, 적어도 세 개의 변동, 즉 형식적 민주주의의 회복, 현실사회주의의 몰락, 정보화 사회의 도래 속에서 한국 사회는 '큰 이야기'의 종식을 몸으로 겪었기 때문이다. 더 이상 분명한 적, 분명한 목표는 사라진 것이다. 그렇다고 해서 큰 이야기가 그대로 사라진 것은 아니다. 큰 이야기를 대체한 것은 '작은 이야기들'인데, 그런데 그 작은 이야기들은 모두 큰 이야기의 욕망으로 불타오르고 있는 것이다. 그래서 모두가 주장하고 모두가 분노하고 모두가 요구하는 시대가 된 것이다. 3월 1일의 야밤에 태극기를 몸에 두르고 굉음을 내며 도로를 질주하는 젊은이들의 시대, 다시 말해 대의가 향락으로 부풀어오른 시대가 지금의 시대인 것이다. 또한 거리를 가득 메웠던 몇 년 전의 그 비상한 국가주의적 활력은 무엇인가? 그것이 소모적인 양상으로 나타나든 생산적인 결과를 낳든, 분명한 목표, 분명한 적이 향락의 방식으로 귀환했다는 것은 분명하다. 이응준 소설의 핵심에 검은 구멍으로 박혀 있는 저 깜깜한 어둠은 바로 이 제거된 큰 이야기와 들끓는 작은(-큰) 이야기들의 복합체로서의 한국 사회의 새로운 패러다임에 반향하는 것이 아닐까? 성찰적으로. 왜 성찰적이냐 하면, 소설은 저 작은 이야기들이 스스로 큰 이야기임을 주장하는 통로들에 간섭하고 있기 때문이다. 적어도 사랑의 상대성 원리는 오늘의 집단적 감성에 대한 가장 진지한 권유 중 하나이다. 한국 사회의 문화사회학적 분석에 의해 보완되어야 할 이 문제를 독자는 단지 암시의 형식으로 남겨두려고 한다.

두 번째 질문. 그런데 저 '촛불'은 어떻게 태어났을까? 촛불의 미약한 불을 켜는 자는 누구인가? 독자는 그것을 글쓰기의 힘이며 글쟁이의 역할이라고 우선 적는다. 그런데 도대체 그 힘은 어떻게 생겨난 것일까? 인간이라면 당연히 그래야 한다, 는 대답은 무의미한 대답이다. 펜의 힘을 역설하는 것도 그렇다. 언젠가 동물에게도 그 힘이 내장되지 않으리라고 독자는 단정할 수 없다. 기계는 또한 어떠한가? 이미 사람이 상당 부분 기계로서 살고 있는 마당에. 그런데 대관절 그 힘은 어디에서 오는 것일까? 그 힘의 잠재성은 충분히 알 수 있다. 왜냐하면, 독자가 보았던 모든 입장들은 자율화와 상호 파생과 상호 제어의 미궁 속에서, 완성되고자 하는 욕망으로 끊임없이 결락의 구멍들을 생성하고 있기 때문이다. 그러나 초에 불을 붙이는 결정적인 한 동작은 어떻게 가능할 수 있었을까? 양적 팽창은 질적 전화를 유발한다는 것이 변증법의 고전적인 공식이지만, 어떤 '매개'가 없으면 그 전화는 영원히 유보될 수도 있다. 무엇이 그 전화를 가능케 했을까? 돌연변이의 메커니즘을 필연의 메커니즘으로 이해하려고 시도하는 것보다 어리석은 짓은 없다. 그럼에도 독자는 궁금하다. 그것이 문학의 생존, 다시 말해, 꿈꾸고 성찰하는 작업의 생존에 직결된 문제이기 때문이다. 다시 말해, '시학'의 존재 이유이자 시학의 구성 원리에 관련되기 때문이다. 그 대답을 이 자리에서 찾아낼 능력은 독자에게 없다. 다만 독자는 이것을 말할 수 있다. 이 또한 욕망이라고. 글쓰기의 욕망이 분명히 있다고. 그게 욕망이라면 그 욕망은 욕망이 계율들로, 향락들로, 체념들로, 몰입들로 과잉되는 것을 제어하는 욕망일 것이다. 그러니, 물음은 "계속되어야 한다". 이 자기 지시적 욕망 혹은 재귀적 욕망은 도대체 무엇인가?

2004년 초판
작가의 말

 가끔씩 내가 경험한 것들이 믿어지지 않을 때가 있다. 내 몸의 흉터조차 누군가 새겨넣은 문신처럼 여겨지는 그런 날이 있다. 이제 인정할 것은 인정하면서 미워해야겠는데, 나는 아직도 당신이 붉은 꽃을 보고 있으면 세상이 다 무너진 듯 슬프다. 어떤 나무는 어떤 새의 아버지이고, 어떤 지옥은 어떤 양떼를 잠재우는 음악이다. 고작 이따위 말장난 같은 진실을 알기 위해, 나는 주로 밤에서 아침까지 일했고 낮에는 죄를 지으며 돌아다녔다.

 기조는 유지하되 전형에 묶이지 않으려는 노력은 비단 작가에게만 국한된 어려움이 아닐 것이다. 나는 내가 목격하는 다른 이들의 삶이 무서웠고, 또 점점 그렇게 되어가고 있는 내 삶이 더 무서웠다. 하여 나는 내게 불멸을 준대도 감사하지 않는다. 다만 고백할 뿐이다. 나는 유리창을 베어내는 검(劍)의 차가운 선(線) 같은 문장을 터득하고 싶었다. 나는 늙어서는 희극을 쓰고 있을 것이다.

그간 이 무지막지한 세계와 정을 떼고자 했던 나는, 몇 가지의 서러운 능력을 얻은 만큼 몇 가지의 희망에 관하여서는 완벽한 불모에 이르렀다. 나는 안전제일주의자들의 눈치를 살피는 스스로를 깨달을 적마다 혐오의 극한을 맛보았다. 화를 내면 내가 부서지고, 참고 있자니 외로움만 쌓여갔다. 하지만 사랑은 그 사랑을 버리고 나서야 비로소 이야기하기 시작한다. 나는 어두웠던 나를 결코 후회하지 않는다. 조촐한 치료는 가장 비열한 패배를 의미하기도 하니까. 과거의 나는 고통을 비유했으나, 앞으로의 나는 그 고통 안에서 내가 모르던 나라를 발견할 것이다.

나는 죽기까지 내 마음 어디에도 나의 사원(寺院)을 세우지 않을 작정이다. 대신 여기 짐승을 화두로 삼은 아홉 편의 소설들이, 인간이라는 물음표를 괴로워했던 내 청춘의 면벽을 두고 두고 증명할 것이다. 부질없는 속세의 판단은 이미 나의 소관이 아니다. 그러나 아무도 흉내낼 수 없는 책 한 권을 가지게 되었다는 지금의 이 기쁨은 오직 나만의 것이다.

2004년 봄
이응준

사라지지 않을 권리

— 개정판 '작가의 말'을 대신하여

1

소설은 인간과 세상을 가장 넓고 깊게 보는 장르라는 내 믿음
은 현대문학이 시들어버린 이 시대에도 여전하다. 인간과 세상
이 변하듯 문학 역시 변하고 또 변해갈 것이다. 어쩌면 끝없이
몸을 바꾸는 윤회(輪廻)처럼. 하여 문학이 사라진다면, 그건 정
말로 사라진 게 아니라, 내가 '한 시절' 생각하던 '어떤 문학'이
이 세계의 뒤편으로 얼마간 숨어버린 것에 관한 내 착각일 것
이다. 이렇게 내 마음이 정리되기까지는 공부와 고통이 필요했
고, 무엇보다 시간과 과거가 필요했다. 게다가 자신의 가장 소
중한 것이 모욕받고 훼손당할 적에 아무나 전의(戰意)를 잃지
않을 수 있는 건 아니다. 그 점에 있어서 나는 나약한 사람이 아
니고, 간단한 작가가 아니다. 이 책이 다시 새롭게 움직이게 된

것은 대체로 그런 뜻이다.

2

예전에는 책을 많이 내는 사람을 보면 미심쩍고 싫었는데, 오늘 문득 세어보니 전부 열아홉 권을 출간한 자가 바로 나였다. 그중 하나는 두께가 무려 832페이지다. 언제 이랬는지 모르겠다. 나쁜 쪽으로든 좋은 쪽으로든 이러한 내가 만들어진 이유일 것이다. 그래서 삶이 더욱 두렵지만 결과적으로 내 문학은 다양해졌고, 도리어 나는 내가 항상 오리무중(五里霧中)에 정처 없게 돼버려 좋다.

3

나는 '인간'을 의심하였기에 작가가 되었다. 인간을 신뢰했더라면 문학이 아니라 정치를 하고 있었을 것이다. 세상을 사랑했다면 돈을 벌었을 것이고 인간과 세상을 연민했다면 종교인이었을 것이다. 이러니 나는 내 어둠에 불만이 없다. 칼날 위에 서 있던 그 시절에도 소설들을 남길 수 있었던 게 다행일 뿐이다. 《무정한 짐승의 연애》는 《밤의 첼로》《소년을 위한 사랑의 해석》과 더불어 내 '현대예술로서의 소설 3부작'을 이룬다.

이 세 권이 "내가 '한 시절' 생각하던 '어떤 문학'", 즉 20세기의 전통을 잇는 현대문학으로서의 소설이다. 나는 독실한 모더니스트로서, 한국 현대소설이란 유럽과 영미의 현대소설 이론이 한국어와 한국인으로 전염돼 변화 발전하는 과정이라 판단했고 '내 미래의 전집 일부분'에서 그것에 대한 명백하고 지독한 싸움을 끝장내버리고 싶었다. 정말이지 나는 반미치광이가 되어 그 작업에 성실하고 치밀하게 임했더랬다. 이 책이 다시 새롭게 세상에 말을 걸어보려는 것은 특히 그런 까닭이다.

4

문학은 정답이 아니라 질문이다. 나는 청년시절 내내 '희생양'에 관해 자문했다. 그러며 내 소설 안에 이 세계의 희생양들을 하나하나 새겨넣었다. 문학이 무언가를 구원할 수 있다면 죽기 전에 꼭 한번 경험해보고 싶다는 소망으로 전력을 다했다. 물론 나는 구원받지 못했고, 내 문학은 아무도 구원하지 못했다. 만약 그럴 수 있었다면 내가 이제껏 이 지경일 리가 없지 않겠는가. 내 죄는 누구보다 내가 잘 알고 있고, 내 문학이 누구에게로 가 어떤 것이 되었는지는 근본적으로 그 누군가의 일이지 내 소관이 아니다. 다만 깨달은 바는, 인간들은 서로가 서로의 희생양이라는 사실이다. 우리는 가까운 사람들은 물론이요 지구 반대편의 전혀 모르는 누군가를 희생양으로 삼기도 하고, 반대로 희생양이 되기도 한다. 여럿이 그런 일을 벌이건 혼자 그러건 간에, 그 진실을 스스로 알건 모르건 간에, 그런 짓은 치열하며 멈추질 않는다. 물질적으로나 영적으로나 혹은 그 두 가지 속에서 동시에. 이게 바로 한 시절 내가 인간과 이 세계의 핵심에 문학으로 새겨넣다가 마치 남이 그린 그림인 것처럼 발견해서 놀란 문신(文身)이자 벽화(壁畵)인 것이고, 여기 아홉 편의 소설들은 전부 그런 얘기를 하고 있다. 삶이란 도저히 이해할 수 없는 이상한 예배(禮拜) 같은 것이 아닐까 하는 그런 얘기 말이다. 인간과 세계를 낯설게 성찰하는 게 현대문학이고 그것을 읽고 쓰고 감각하고 생각하는 행동은 우리를 함부로 말하여질 수 없이 높고 깊은 차원에서 새롭게 한다. 문학이 인간의 희생양이 되어주던 나의 지난날, 그리운 그 시대를 슬프게 추억한다.

5

무엇의 본질에 어떤 옷을 입혀서 보여주면 그 옷이 그것의 본질이라며 추궁하고 공격하는 수준의 사회란 작가에게는 있는 그대로 지옥이다. 내가 처음 문학을 시작했던 그 시절보다 훨씬 더 자기검열에 시달려야 하니 이 시대를 대체 어떻게 해석해야 할지 정말 모르겠다. 이 말이 제발 수수께끼로 남기를 기도할 뿐이다. 세상에 대한 경멸과 환멸은 너무 피곤하다.

6

"한 작가의 문학은 그 작가가 죽고 나서의 일이다."

1991년 봄이었는지 가을이었는지는 가물가물하다. 첫 만남이었지만, 그는 유명한 소설가였기에 그의 연구실에 단 둘이 앉아 있기 전에도 나는 그를 알고 있었다. 그는 이를테면 국문과라든가 불문과가 아니라 역사학과 교수였다. 단재 신채호의 사진이 책상 위에 놓여 있었던 걸로 기억한다. 그날 나는 그 대학교 독문과에 재직 중인 한 스승을 방문하였고, 스승은 시인인 나를 그에게로 데려가 소개시켜주신 거였다. 그의 첫인상은 에누리 없는 미소년 타입이었지만 예의 역사학자다운 꼿꼿함 때문인지 함부로 근접할 수 없는 어떤 기운 같은 것을 자아내고 있었다. 당시 그는 이미 오랜 기간 암묵적인 절필상태였다. 강의 때문에 자리를 비워야 했던 그는 내게 책 구경을 하고 있으면 돌아와 더 이야기를 나누자고 했다. 나는 그가 연구실을 나간 지 얼마 안 돼 도망치듯 그곳을 빠져나왔다. 왜 그랬는지는 모르지만, 무슨 급한 용무가 있어서 그랬던 것은 분명 아니었다. 뭐랄까, 원인을 알 수 없는 부끄러움이 나를 더 앉아 있지 못하게 했고, 지금도 그 느낌만이 희미하게 몸에 남아 있을 뿐이다. 아무튼 몇 년 뒤 한 출판사에서 딱 안부를 주고받을 만큼만 해후하게 되었을 때, 그는 매우 정력적인 창작활동을 재개한 즈음이었다. 그는 내가 그사이 소설가가 되었다는 걸 이미 알고 있었고, 의외라는 표정을 지어 보였다. 나는 이번에도 일찌감치 자리를 떠났다. 또 왜 그랬는지는 이제 와 느낌조차 남아 있지 않다. 그리고 얼마 뒤 그가 새벽길 교통사고로 유명을 달리했다는 소식이 들려왔다. 헤아려보니, 지금의 나보다 여섯 해나 젊은 나이였다. 어린 내가 바라보던 어른들보다 어느새 더 많이 늙어버린 자신을 발견했을 때의 기분은 그로테스크하다. 4년만 더 살면 나는 내 어머니가 살아보지 못했던 나이를 살게 된다. 그날은 또 얼마나 가라앉아 서성일 것인가. 우리가 살아서 무엇이었든 죽고 나서는 다 사라지지만, 역사학자이자 소설가였던 그의 말처럼, 한 작가의 문학이 그가 죽고 나서야 비로소 시작되는 예는 문학사에 차고 넘친다. 그리고 이러한 생각은 인간이 품을 수 있는 가장 무서운 생각이다. 삶과 투쟁하기에 적확하니까.

7

영원히 남는 것은 없다. 천년만년을 견뎠다면, 그다음 천년
만년 안에는 반드시 사라진다. 하지만 아직은 사라지지 않고자
하는 것들이 있다. 어떤 이의 인생도 그러하고 우리의 인생 또
한 그러할지 모른다. 우리가 그러한 뜻을 가지고 있다면 우리
에게는 그러한 권리가 있다고 믿고 싶다. 그래야 사랑도 우정
도 문학도 있기 때문이다. 아직은 사라지지 않을 권리가 오늘
도 나로 하여금 뭔가를 쓰게 하고 이 책을 다시금 여기 있게 하
였다. 내용과는 상관없이, 이 책의 작은 히스토리가, 시련과 한
계와 절망 속에서도 새로운 싸움을 시작하려는 이들에게 용기
가 된다면 좋겠다. 인간과 세상에 대해 뭔가 곰곰이 생각하게
만든다면 좋겠다. 이득이 없다며 비웃음 받을 일에 골똘하다
는 것은 아직 살아 있다는 가장 강력한 증거이기 때문이다. 그
러한 사람은 자신도 모르는 사이 그 증거를 증명하기 위해 이미
행동하고 있을 것이기 때문이다. 문학도 사람의 일이다. 아직
살아 있는 사람의 일이다. 죽고 나서의 일은 시체들에게 물어
보라. 흙먼지에게 물어보라. 재에게 가서 물어보라. 예술도 사
람의 일이다. 의지가, 사라지지 않을 권리를 만든다.

언젠가 한 독자가 멀리서 내게 찾아와《무정한 짐승의 연애》가 다시 사람들에게 읽혔으면 좋겠다는 말을 한 적이 있다. 뜻밖이었다. 자신이 고통스럽게 쓴 것을 누군가가 아름답게 얘기해줄 적에 작가는 겸손해진다. 그리고 힘을 얻는다. 문학은 외면이 아니라 외면을 지배하는 내면의 세계라는 것과, 얼마나 많은 사람들이 읽었느냐가 중요한 게 아니라 단 한 사람의 마음을 움직였다면 우주를 움직였다고 믿는 것과, 문학이 세상을 변하게 할 수는 없지만 세상을 변하게 하는 한 사람을 호명(呼名)할 수는 있다는 것과, 결국 인간의 상처에 대해 이야기하는 것은 인간의 사랑에 대해 노래하는 것임을 이제 나는 안다. 몸이든 영혼이든, 아픈 자가 성자(聖者)라는 것이 모더니스트로서의 내 리얼리즘이다.《무정한 짐승의 연애》가 다시 사람들 속으로 스며들기를 바라던 그 사람은 어쩌면 내 문학보다는 나를 걱정하고 있을지 모른다. 이런 괴상한 글도 인사가 된다면, 이 글이, 젊은 시절부터의 내 글을 꾸준히 읽어준 몇 안 되는 독자들에게 전하는 감사의 인사이기를 바란다. 단 한 번 만난 적도, 그 무엇도 오간 일 없이도 서로의 존재를 잘 알고 있는 경우는 의외로 많다. 어쩌면 이 사실이, "삶이란 도저히 이해할 수 없는 이상한 예배(禮拜) 같은 것"임에도 불구하고, 우리가 서로의 희생양이라는 사실보다 더 중요한 사실인지도 모르지.

지금껏 많은 글들을 쓴 만큼 많은 것들이 나를 꿰뚫고 지나갔다. 자신이 허공에 손가락으로 그린 동그라미처럼 여겨질 때 인간은 그 지경에서 홀로 빛난다. 견디기 힘든 일들이 많았고, 기쁜 일들은 아주 가끔 있었다. 다 잊을 것이다.

2021년 초겨울
이응준